Jannis

Zufriedenheit hat einen Klang. Oder besser eine Melodie aus ganz unterschiedlichen Klängen. Daris und Livs gleichmäßige Schritte auf dem feuchten Sand, das Rauschen der Wellen, eine kreischende Möwe, die sich in die graue Ostsee stürzte, und Fridas Stimme, die Liv Lob und liebe Worte zuflüsterte – das war meine Zufriedenheitssymphonie. Da machte es noch nicht mal was aus, dass es Februar war, feucht und trist und selbst um halb fünf schon dämmrig. Nur Fridas Haare gaben sich noch Mühe, gegen die Eintönigkeit anzuleuchten.

Sie merkte, dass ich ihren kupferroten Zopf anlächelte, und sah mich an. Mehr als diesen Blick brauchte ich gar nicht, damit mir warm wurde, aber sie packte noch ein Lächeln obendrauf. »Traben wir ein Stück?«

Die Stuten spitzten schon die Ohren und warteten kaum auf die Hilfen. Schwungvoll platschten sie durchs Wasser auf die Landspitze zu, während die Geräusche des Tages langsam verstummten.

Vom Wasser zog Nebel herein und vermischte sich mit dem Dunst, der seit Tagen über Eldenau hing. Nur hin und wieder frischte der Wind auf und die Wolkenfetzen gaben den Blick auf eine schmale Mondsichel frei. In dem Zwielicht war es schwierig auszumachen, wo der Strand endete und das Meer begann.

Es war eine unwirkliche Stimmung, als würden Land und See ineinanderfließen. Der Wind war kaum mehr als ein Flüstern, sodass sich die Wellen auf dem Sand kräuselten und darin versickerten. Silber und Grau, dazu das Schwarz und Weiß der Pferdefelle, mehr Farben schien es nicht mehr zu geben.

Neben mir blitzten Fridas Zähne auf. »In solchen Nächten zeigen sich die verlorenen Seelen der Schiffbrüchigen«, raunte sie.

Ich grinste auch, aber in Wahrheit klang das gar nicht so unvorstellbar. Nicht hier, auf diesem Streifen Sand zwischen Wasser und Land, zwischen Nacht und Tag.

Doch da wehte mir ein Windstoß Gischt und ein paar Sandkörner ins Gesicht und ich blinzelte mir erst das Salz und dann diesen Blödsinn aus den Augen. Verlorene Seelen, klar. Das taugte vielleicht für eine Halloween-Party, aber ernsthaft glaubte so was doch niemand.

Energisch trieb ich Dari an. Erst als sie unwillig mit dem Kopf schlug, merkte ich, dass Frida nicht weitergeritten war. Ich schaute mich um. Mit zusammengekniffenen Augen saß sie auf Livs Rücken und starrte nach Nordosten. In einem Bogen wendete ich Dari, und während sie und Liv sich begrüßten, als wären sie drei Jahre und nicht dreißig Sekunden getrennt gewesen, wandte Frida den Blick nicht vom Horizont, sondern hob den Arm und deutete auf eine Stelle schräg hinter den Klippen der Landspitze.

»Da, schon wieder«, sagte sie nach einem Moment.

Ich stellte Dari neben Liv und guckte in die Richtung, in die Frida zeigte. Gerade als ich sie fragen wollte, was es da zu sehen gab, entdeckte ich es auch: ein Flackern, schwach und zittrig. Es dauerte kaum länger als vier, fünf Sekunden, dann verlosch es.

»Ein Schiff?«, mutmaßte ich.

Langsam schüttelte Frida den Kopf. »Eher nicht. Die Fahrrinne ist viel weiter westlich.«

Theresa Czerny

Die Pferde von Eldenau

Wiehern im Wald

Band 4

Band 1: Die Pferde von Eldenau – Mähnen im Wind
Band 2: Die Pferde von Eldenau – Galopp durch die Brandung
Band 3: Die Pferde von Eldenau – Donnernde Hufe
Band 4: Die Pferde von Eldenau – Wiehern im Wald

Theresa Czerny

Die Pferde von Eldenau

Wiehern im Wald

Band 4

magellan

»Vielleicht haben sie in dem Nebel die Orientierung verloren und sind auf Grund gelaufen. Und jetzt rufen sie um Hilfe.«

Frida warf mir einen Blick zu, der laut und deutlich »Landratte« sagte. »Dann würden sie ein SOS-Signal senden. Dreimal kurz, dreimal lang, dreimal kurz.« Sie runzelte wieder die Stirn und wandte sich dem schwachen Lichtschein zu. »Aber das da vorn ist viel zu unregelmäßig.«

Das stimmte. Weder die Dauer des Leuchtens war gleichmäßig noch die Lichtstärke oder der Abstand zwischen zwei Signalen. Falls es Signale waren.

Wir guckten noch eine Weile, doch nach dem fünften Flackern tat sich nichts mehr. Und von Minute zu Minute wurde es dämmriger.

»Komm, wir müssen nach Hause.« Als Frida nicht gleich reagierte, versuchte ich es noch einmal: »Wahrscheinlich war es einfach nur eine Spiegelung im Nebel. Irgendein Scheinwerfer, den die Wolken reflektiert haben.«

Frida brummte und trabte Liv an. Man musste sie nicht so gut kennen wie ich, um zu kapieren, dass es sie wurmte, keine Antwort auf das Rätsel zu finden. Schweigend ritten wir nebeneinanderher am Spülsaum entlang, der nun fast der einzige Orientierungspunkt war bei den diffusen Lichtverhältnissen. Es war wirklich besser, dass wir uns auf den Rückweg machten. Ich hoffte nur, dass Mama noch mit den Reitstunden beschäftigt war, sonst konnte ich mir was anhören.

Kurz vor dem Strandaufgang tauchte Frida endlich aus ihrer grüblerischen Stimmung auf. Ihr Kopf fuhr zu mir herum.

»Ich bin so blöd«, sagte sie. »Der Leuchtturm! Das war genau die Richtung, wo der Leuchtturm auf der Oie steht!«

Völlig sinnlos drehte ich mich im Sattel um, denn außer einer dunkelgrauen Wolkenwand war hinter uns nichts mehr zu erkennen. Noch bevor ich Frida wieder ansah, wusste ich, dass sie recht hatte. Die Oie war eine Vogelschutzinsel mitten in der Wiek, einer schmalen Ausbuchtung der Ostsee, die unsere Halbinsel von den schicken Seebädern und schneeweißen Stränden auf Kroslitz trennte. Wenn man von Hunderten Kranichen, Gänsen, Kormoranen und einer Rinderherde im Sommer absah, war die Oie unbewohnt.

»Ich dachte, der Leuchtturm wird nicht mehr genutzt«, sagte ich deswegen.

Frida zuckte mit den Schultern. »Das kam mir auch nicht wie ein Leuchtturmsignal vor. Vielleicht wird der Turm gerade gewartet und da hat sich einfach nur eine Taschenlampe in der Linse gespiegelt.« Ihre anfangs entschiedene Stimme war nach und nach unsicherer geworden.

Ich sprach ihre Zweifel aus: »Aber warum sollte ein Leuchtturm gewartet werden, der nicht mehr genutzt wird?«

Sie schaute mich an und verzog den Mund. »Brandschutzbestimmungen?«

Ich guckte nur und dann mussten wir beide lachen.

Mittlerweile hatten wir den Strandaufgang erreicht, der uns auf schnellstem Weg zum Carlshof bringen würde. Von uns aus hatten es Frida und Liv nicht mehr weit bis zum Gut.

Frida seufzte. »Wäre aber cooler, wenn es irgendwas Geheimnisvolles wäre.«

»Ich hab gehört, in Nächten wie diesen zeigen sich die verlorenen Seelen von Schiffbrüchigen.«

Einen Moment lang schwieg sie, aber dann hörte ich das unterdrückte Lachen in ihrer Stimme, als sie wisperte: »Sie erscheinen als züngelnde Flammen über der Stelle, wo sie ihren tragischen Tod in den Wellen gefunden haben. Jeder, der den Lichtern folgt, wird in ein nasses Grab hinabgezogen.«

Ich verkniff mir ein Grinsen. »Mhm, vor allem an einer Stelle, wo die Ostsee gerade mal eineinhalb Meter tief ist.«

Frida gluckste und boxte mir gegen den Arm. »Für kleine Menschen reicht das.«

Ich griff nach ihrer Hand und drückte sie. Für Menschen, die eine Herde Wildpferde retten wollten und mit ihnen durch die Wiek schwammen – so wie Frida es im Herbst getan hatte –, auch. Wie durch ein Wunder war damals alles gut gegangen, Frida hatte die Koniks heil auf die Oie gelotst und damit verhindert, dass sie in andere Schutzgebiete gebracht oder geschlachtet wurden. Ihretwegen gab es noch wilde Pferde in Eldenau.

Aber all das behielt ich für mich. Stattdessen rückte ich endlich mit der Sprache raus. Das Thema trug ich jetzt schon seit ein paar Tagen mit mir rum, aber weil ich mir vorstellen konnte, wie Frida darüber dachte, hatte ich mich bisher vor dem Gespräch gedrückt. Ich strich mit dem Daumen über ihre Hand, ließ sie los und holte Luft.

»Du, Frida …«, begann ich. Daris Ohr drehte sich zu mir nach hinten.

Auch Frida horchte auf. »Was ist?«

»Kannst du dich an Peter Strohwein erinnern?«

»Den Trainer des Jugendkaders?«

Im Dämmerlicht konnte ich Fridas Stirnrunzeln nur noch erahnen. Aber ich wusste ja, dass sie für die Turnierszene nicht viel übrighatte.

»Genau. Er hat mich gestern angerufen und mich um einen Gefallen gebeten.«

»Einen Gefallen?«

»Mhm.« Ich war auch überrascht gewesen. Letzten Herbst hatte ich in letzter Minute eine Sichtung bei ihm sausen lassen, um mit Frida die Koniks zu retten. Als Pferdemensch hatte er meine Entscheidung verstanden, aber als Trainer, und das hatte er mir klipp und klar gesagt, erwartete er absolute Verlässlichkeit und Zielstrebigkeit. Dass er sich jetzt ausgerechnet bei mir meldete, hieß wohl, dass er ganz schön in der Patsche saß. »Er betreut im zweiten Jahr ein deutsch-polnisches Freundschaftsprojekt für junge Springreiter. Ein Teil des Teams kommt aus Polen, der andere aus Deutschland. Es geht anscheinend weniger um Platzierungen als um den sportlichen Austausch. Oder was weiß ich.«

Frida kicherte und ich musste auch schmunzeln. Es hatte Zeiten gegeben, da war Reiten für mich gleichbedeutend mit Platzierungen gewesen. Das hatte sich geändert, aber ich gewann immer noch gern.

»Jedenfalls ist ihm kurzfristig jemand abgesprungen und deswegen soll ich teilnehmen.« Nach einer kleinen Pause ergänzte ich: »Wenn ich mitmache, schlägt er mich nächstes Jahr für den Kader vor.«

Eine Weile kam nichts von Frida. Ich strich Dari über den Hals und kraulte ihren Widerrist. Sie schnaubte wohlig.

»Dann hättest du dein Versprechen gehalten«, sagte Frida schließlich.

»Ja.« Es war ein Versprechen, das ich meinem Vater gegeben hatte. Seit sich meine Eltern getrennt hatten, hatten wir ein ziemlich angespanntes Verhältnis, und wenn ich etwas tat, was ihm nicht passte, hatte er mir gern damit gedroht, mir Dari wegzunehmen, die zur Hälfte ihm gehört hatte. Im Herbst war für meine Mutter das Maß voll gewesen und sie hatte ihm seinen Anteil an Dari abgekauft – aber erst nachdem er mir das Versprechen abgenommen hatte, Daris und mein Potenzial zu nutzen und wieder Turniere zu reiten. Dari konnte er jetzt nicht mehr als Druckmittel einsetzen, aber an unseren Deal fühlte ich mich trotzdem gebunden. Frida hatte von der Sache von vornherein wenig gehalten – klar, in den Kader zu kommen, bedeutete viel mehr Training, viele Wochenenden weg von Eldenau und auch mehr Stress für Dari –, doch sie respektierte meine Einstellung.

»Und eine andere Möglichkeit hast du nicht?«, hakte sie nach. Als ich sie fragend anguckte, erklärte sie: »In den Kader zu kommen, meine ich. Du machst jetzt ein Jahr lang bei diesem Projekt mit, aber danach hast du immer noch nichts in der Hand. Wenn Strohwein dich für den Kader vorschlägt, ist dein Vater dann zufrieden? Oder musst du auch noch eine Saison lang auf Turnieren starten?«

Ich war mir nicht ganz sicher, ob sie es dachte, aber nicht aussprach – ich jedenfalls hatte die Möglichkeit im Kopf: Es konnte ja sein, dass ich nach diesen zwei Jahren wieder Spaß am Turnierbetrieb hatte. Dass ich weitermachen wollte. Weil Dari und ich gut waren, weil wir Erfolg hatten. Doch ich verdrängte die Überlegung. Wenn es so kam, würde Frida mehr als ein Hühnchen mit mir zu rupfen haben.

»Ich glaube nicht, dass es einen schnelleren Weg in den Kader gibt«, antwortete ich deswegen auf ihre erste Frage. »Wenn ich das jetzt ablehne, welchen Grund hätte Strohwein, mich nächstes Jahr in den Kader zu nehmen? Wir müssten ja erst mal ein paar Springen gewinnen, um uns überhaupt zu qualifizieren.«

»Also erpresst er dich«, sagte Frida düster.

»Er würde es wahrscheinlich eher ein Geschäft nennen«, erwiderte ich, aber ganz konnte ich nicht leugnen, dass es sich so anfühlte.

Neben uns tauchten die Zäune unserer Koppeln aus der Dunkelheit auf. Dari und Liv schritten fleißig aus, sie wussten, dass es nach Hause ging, und schnaubten immer wieder zufrieden. Wenn ich Strohwein zusagte, würden wir für solche Ausritte wahrscheinlich weniger Zeit haben. Dari und ich müssten wieder häufiger auf den Springplatz, ich müsste ihr Futter umstellen und wir wären bestimmt jedes zweite Wochenende mit dem Hänger unterwegs. Ich würde Frida viel seltener sehen, jedenfalls außerhalb der Schule.

Und trotzdem ... Wenn ich nicht zusagte, wenn ich Versprechen Versprechen sein ließ, würde mir Björn im Nacken sitzen, bis ich achtzehn war. Oder achtzig.

Nein, so viele Gründe auch dagegensprachen, ich wusste längst, dass ich das durchziehen würde. Weil ich zu meinem Wort stehen wollte. Weil es wahrscheinlich keinen einfacheren Weg in den Kader gab. Und vielleicht ... vielleicht auch, weil ich mich endlich wieder auf dem Platz mit jemandem messen wollte.

Frida

»Was hat sich Luise eigentlich dabei gedacht?«, ächzte Linh, als sie zum dritten Mal die Wand zwischen dem Ostfenster und der Tür in Angriff nahm.

Von der Leiter auf der gegenüberliegenden Seite des Zimmers aus begutachtete ich die zartrosa schimmernde Fläche, die nach zwei Farbschichten längst hätte weiß sein sollen.

»Sie war elf damals«, verteidigte ich meine Schwester. »Und ich glaube, sie wollte Orange haben, aber als die Farbe trocken war, war es Lachs.«

Linh rümpfte die Nase und zupfte sich den Malerhut aus Zeitungspapier zurecht, den Max für sie gefaltet hatte. Ich war froh, dass Jannis keinen Sinn fürs Basteln hatte. Bei mir hätte so ein Teil einfach nur bekloppt ausgesehen, aber Linh wirkte damit gleichzeitig süß und verwegen. Und mittlerweile ziemlich verzweifelt. Konzentriert schwang sie die Farbrolle von oben nach unten, dann von links nach rechts.

»Wir kriegen das Zimmer weiß, das schwöre ich dir«, presste sie zwischen zusammengebissenen Zähnen hervor.

Ich grinste in mich hinein, aber bevor ich mich zum ungefähr hundertsten Mal bei ihr bedanken konnte, dass sie mir bei dieser Entrümpelungsaktion half, polterten Schritte die Treppe herauf, und die Jungs quetschten sich nebeneinander durch die Tür. Sie hatten beide einen roten Kopf und verschwitzte Haare, aber ob das am Möbelschleppen lag oder daran, dass sie sich bei jeder Tour ein Wettrennen durchs Haus lieferten, wusste ich nicht.

»Der Anhänger ist fast voll«, keuchte Max und strich sich die blonden Strähnen aus der Stirn. »Nicht zu glauben, wie viel Kram deine Schwester gehortet hat.«

»Und sie hat den größten Teil ja schon mitgenommen.« Linhs Stirn glättete sich, als sie sich zu Max umdrehte. Die beiden warfen sich wieder einen dieser Blicke zu, als wären sie seit drei Wochen und nicht eineinhalb Jahren zusammen. Man hätte meinen können, dass sie sich jetzt, wo Max dauerhaft in Eldenau wohnte, nicht mehr bei jeder Gelegenheit versichern mussten, wie verliebt sie waren, aber anscheinend konnten sie es immer noch nicht fassen, dass sie sich endlich jeden Tag sahen.

Max unterbrach den Blickkontakt erst, als er über einen Stapel Kartons voller Pferde- und Landwirtschaftszeitschriften stolperte, den ich neben der Tür aufgeschichtet hatte.

Jannis griff nach seinem Arm und grinste. »Hier auf dem Land ist das völlig normal, dass die Leute horten. Platz haben sie ja.«

»Luise ist schon extrem«, gab ich zu, während ich den Pinsel in den Farbeimer tunkte. So pragmatisch sie in allen anderen Angelegenheiten war – wegwerfen konnte sie einfach nichts. Ich hoffte wirklich, dass Simon es schaffte, hinter ihrem Rücken das Altpapier zu entsorgen, sonst hatten sie ihre kleine Wohnung über der Sattelkammer an Ostern so zugemüllt, dass Luise ihr Zimmer zurückwollte. Nicht nur deswegen hatte ich so schnell wie möglich mit der Renovierung begonnen, denn sobald ich mich eingerichtet hatte, kriegte mich hier keiner mehr weg.

Max deutete auf die Kisten mit den Zeitschriften. »Die müssen also auch runter?«

Ich nickte, doch bevor Max sich auch nur bücken konnte, verkündete Jannis: »Pause!«

Wie zwei Verdurstende stürzten sich Linh und Max auf die Getränkekiste in der Ecke. Vorsichtig stieg ich von der Leiter und legte den Pinsel auf dem Rand des Eimers ab.

Jannis kam zu mir und schlang von hinten die Arme um mich. Mit dem Kinn auf meiner Schulter flüsterte er: »Toll wird das.«

»Mhm.« Langsam ließ ich den Blick durch mein neues Zimmer schweifen. Eigentlich war es ein ausgebauter Dachboden, aber durch die vielen Fenster in drei Richtungen war es schön hell. Ich hatte jetzt nicht nur einen Ausblick auf unseren Garten, sondern auch auf die Weiden hinter dem Haus. Gerade standen die Stuten in der Kuhle unten bei den Bäumen eng zusammen. Ihr Atem stieg in weißen Wölkchen in die Februarluft auf. Obwohl sie alle noch ihr plüschiges Winterfell hatten, wärmten sie sich gegenseitig.

Ich lehnte mich an Jannis und er drückte mich. »Wo kommt eigentlich das Bett hin?«, fragte er dicht an meinem Ohr.

Ich lachte auf und drehte mich in seinen Armen um, aber bevor ich ihn in die Seite kneifen und ordentlich kitzeln konnte – dagegen war *ich* ja völlig immun –, klingelte das Telefon. Da heute der Rest der Familie drüben bei Luise half, hatte ich Telefondienst. Ich machte mich los und wühlte in einem Stapel Malervlies, bis ich das Handteil beim vierten Läuten endlich fand.

»Gut Eldenau, Frida Beneke«, japste ich und richtete mich auf. »Wie kann ich Ihnen helfen?«

»Ach, hallo, Frida«, meldete sich eine Stimme, die ich ein paar Sekunden lang nicht zuordnen konnte. »Hier spricht Lorenzen. Von der ›Ostsee-Presse‹.«

»Hallo, Herr Lorenzen.« Aus dem Augenwinkel sah ich, wie Jannis aufhorchte. Unser Lokalreporter war schon bei einigen unserer »Abenteuer« – wie Max gesagt hätte – dabei gewesen, und in seinen Berichten waren wir immer gut weggekommen. Trotzdem war es ungewöhnlich, dass er anrief. »Meine Eltern sind leider gerade nicht erreichbar. Sollen sie zurückrufen?«

»Ach so … hm. Nein.« Herr Lorenzen schien zu überlegen. Als er weiterredete, klang er zögerlich. »Ich wollte nur … also … Sag mal, Frida, habt ihr etwas von dieser verrückten Geschichte gehört?«

»Welcher verrückten Geschichte?« Jetzt hatte ich auch Linhs und Max' Aufmerksamkeit.

»Die Vogelschutzinsel … Du weißt doch, die Oie …«

»Ja, weiß ich«, warf ich ein.

»Also, dort hat angeblich jemand ein Pferd gesehen. Ein Geisterpferd.«

»Ein Geisterpferd?« Ganz konnte ich das Lachen nicht aus meiner Stimme heraushalten. Die anderen drei grinsten sich an.

»Ja, ich weiß, das klingt verrückt. Ich dachte zuerst auch, dass da jemand einfach betrunken war. Aber die Erste, die davon erzählt hat, war eine ältere Dame, und dann noch eine Familie mit zwei kleinen Kindern, die hier Urlaub macht.«

Ich runzelte die Stirn. »Und was haben sie gesehen?«

Mittlerweile standen Linh, Jannis und Max um mich herum. Ich stellte das Telefon auf Lautsprecher.

»… war wohl wie ein weißer Schatten zwischen den Bäumen. Die Leute waren alle drüben am Ostufer der Wiek, da ist sie ja recht schmal. Die beiden kleinen Jungs waren begeistert und haben jedem erzählt, dass sie ein Einhorn gesehen haben, aber die Erwachsenen schienen ziemlich beunruhigt.«

»Die haben das Horn nicht gesehen«, flüsterte Max, und wir mussten uns gegenseitig stützen, um vor unterdrücktem Lachen nicht umzukippen.

»Und da fanden sie ein Geisterpferd plausibler?«, fragte ich Herrn Lorenzen mit mühsam beherrschter Stimme.

»Hm, na ja … Irgendjemand hat dem Elternpaar wohl erzählt, dass es vor langer Zeit mal eine Sage über ein weißes Pferd auf der Oie gab, die aber in Vergessenheit geraten ist.«

»Scheint so. Von so einer Sage habe ich nämlich noch nie was gehört.« Ich warf Linh einen Blick zu, aber sie schüttelte den Kopf.

»Ging mir genauso«, bestätigte Herr Lorenzen. »In den Archiven von Eldenau und Buddenwalde konnte ich auch nichts finden. Außer dem kopflosen Reiter von Pasewalk gab es überhaupt keine Sage mit einem Pferd. Aber das liegt ja ein schönes Stück von der Oie entfernt.« Er klang, als würde er schmunzeln.

»Also hat sich jemand die Geschichte ausgedacht, um die Touristen zu beeindrucken?«

»Ja, so kommt es mir auch vor. Nur …« Herr Lorenzen zögerte wieder.

»Nur was? Glauben Sie die Sache mit dem Geisterpferd? Könnte es nicht einfach Nebel gewesen sein oder so etwas? Eine Spiegelung?« Ich suchte Jannis' Blick, weil mir unser Ausritt gestern einfiel und das seltsame Licht in Richtung der Oie. Sein Stirnrunzeln sagte mir, dass er auch daran gedacht hatte.

»Ja, das ist wahrscheinlich. Ich rufe eigentlich auch bloß an, weil ich wissen wollte, ob sich beim Schutzverein jemand gemeldet hat.«

Ich nickte. Wenn ich mit Pferden nichts am Hut gehabt und irgendwo eins hätte rumlaufen sehen, ob Geisterpferd oder nicht, hätte ich wahrscheinlich auch beim Schutzverein für die Wildpferde im Naturschutzgebiet angerufen.

»Davon habe ich nichts mitbekommen. Aber wenn Sie möchten, frage ich meine Mutter, und sie meldet sich, falls sie mehr weiß.«

»Das soll sie bitte machen. Danke, Frida. Auf Wiederhören.«

»Wiederhören, Herr Lorenzen.« Ich legte auf.

»Das ist das Verrückteste, was ich in Eldenau je gehört habe«, meinte Max nach einer Sekunde trocken. »Und das will was heißen.«

Jannis grinste und setzte sich auf den Boden. »Jedenfalls wissen wir jetzt auch, wer auf der Oie den Leuchtturm bedient hat.«

»Klar«, antwortete ich. »Geisterpferde können sicher Treppen steigen.«

»Weißt du, wovon die reden?«, fragte Max Linh.

»Nicht die Spur. Aber die viele frische Luft auf dem Pferderücken tut den beiden nicht gut.«

In Linhs Stimme schwang eine plötzliche Schärfe mit, doch als ich ihren Blick erwiderte, fragte ich mich, ob ich sie mir nur eingebildet hatte.

Jannis grinste noch breiter und setzte dann ein bekümmertes Gesicht auf. »Ich würde euch ja gern unsere eigene Spukgeschichte erzählen, aber ich bin zu schwach. Ich brauche dringend eine Stärkung.« Mit einem theatralischen Seufzen ließ er sich auf den Rücken sinken und schloss die Augen. »Es ist nicht noch zufällig Kuchen da?«

Einen Moment lang antwortete ich nicht, dann beugte ich mich über ihn. »Das kannst du ganz einfach herausfinden, wenn du deinen Hintern in die Küche schwingst und nachsiehst.«

Er reagierte erst nicht, dann klappte er doch ein Auge auf und grinste mich an. Mit einem Satz war er auf den Beinen. »Okay.« Er griff nach mir und drückte mich an sich. »Aber nur, wenn du mitkommst.«

Ich verdrehte die Augen. »Als ob ich dich jemals unbeaufsichtigt an unseren Kuchenvorrat lassen würde.«

Jannis

»Deine Freundin ist eine verdammte Sklaventreiberin.« Max setzte die Schubkarre mit den leeren Futtereimern ab und rieb sich den Rücken. An die Stallarbeit hatte er sich mittlerweile gewöhnt, aber an ein und demselben Tag Renovieren und Füttern war anscheinend ein bisschen viel gewesen.

Ich stellte die Eimer in die Futterkammer, schob die Tür zu und grinste ihn an. »Das sagst du ihr schön selber.«

»Bin doch nicht lebensmüde«, brummte er, doch seine Augen blitzten. Er genoss jede einzelne Minute hier in Eldenau, das wusste ich genau. Bei uns war es ja auch viel schöner als in Schanghai, wo seine Mutter seit Anfang des Jahres lebte. Wenn Max mir von den Skype-Gesprächen mit ihr erzählte, hatte ich den Eindruck, sie wäre auch lieber hier als in China.

Während wir über den Hof und zwischen den Bungalows hinter der Reithalle hindurch zum Haus gingen, boxte ich ihm in die Seite und legte den Arm um ihn. Ich ließ gleich wieder los, aber es war trotzdem einer dieser Momente. Einer von denen, in denen wir beide wussten, dass es uns an den richtigen Ort verschlagen hatte, gemeinsam. Wie Brüder. Wir hätten uns wahrscheinlich lieber die Zunge abgebissen, als das laut zu sagen, dafür waren wir fünf Jahre zu alt, aber so war es jetzt. Wir sahen uns wieder jeden Tag, wir verbrachten sogar mehr Zeit miteinander als jemals zuvor in unserem Leben. Es war alles, wie es sein sollte.

Tadeusz' und Kamils Bungalow war hell erleuchtet, aber Kamil saß allein am Tisch. Tadeusz war übers Wochenende nach Hause gefahren. Klar, das machte er öfter, doch irgendwie kam mir der Gedanke gerade seltsam vor. Er und Kamil waren von Anfang an dabei gewesen, als wir hier unser neues Leben angefangen hatten, sodass ich mir den Carlshof gar nicht ohne sie vorstellen konnte. Plötzlich war ich ihnen dankbar. Sie hatten ihre eigenen Familien in Polen gelassen und mit uns etwas aufgebaut, was jetzt Mamas und meine neue Heimat war. Und Max'. Wie war das für die beiden? Ich hatte sie nie gefragt.

Das war aber kein Grund, es heute Abend nicht anders zu machen. Kurz entschlossen änderte ich die Richtung, lief über den Rasen zum Bungalow und klopfte ans Fenster. Kamil zuckte zusammen und sah auf.

»Was ist denn …«, fing Max an, aber ich achtete nicht auf ihn.

Kamil machte das Fenster auf. »Ist alles in Ordnung?«

»Ja klar. Ich wollte nur fragen, ob du mit uns essen willst.« Wenn ich mir den Stapel Brote anguckte, den er sich geschmiert hatte, schien er ja ganz schön Hunger zu haben.

Kamils Blick folgte meinem. »Das … ja, also, danke. Gern. Die kann ich auch noch zum Frühstück essen.«

»Okay, cool.« Ich hob die Hand und deutete über meine Schulter zum Haus. »Dann in einer Viertelstunde.«

Kamil schien so überrumpelt zu sein, dass er einfach nickte und das Fenster wieder schloss. Ziemlich zufrieden mit mir ging ich zurück zu Max und wir liefen weiter.

Auf den letzten Metern zum Haus mussten wir darauf achten, wohin wir unsere Füße setzten. Mama hatte das rosa Reetdachhäuschen von Anfang an geliebt, und für uns zwei war es perfekt gewesen, aber jetzt, wo Max bei uns wohnte und die andere Hälfte unserer Patchworkfamilie auch mindestens ein paar Tage die Woche da war, platzte es aus allen Nähten. Und für Basti und seinen Rollstuhl waren die schmalen Türen und die verwinkelte Treppe gar nichts. Also hatten Mama und Florian beschlossen anzubauen, und letzte Woche waren die Arbeiter mit schwerem Gerät angerückt, das sie überall ums Haus verteilt hatten. Es herrschte mal wieder Ausnahmezustand, und schon nach dem ersten Tag hatten Max und ich uns gefragt, ob es ein großes Zelt nicht auch getan hätte.

Mama sah von einer riesigen Schüssel voller Wasser und Salat auf, als ich den Kopf in die Küche streckte und »Hallo« sagte.

»Hallo, Schatz. Beeilt ihr euch bitte? Das Essen ist fast fertig.«

Hinter mir knurrte Max' Magen, also brüllten wir nur einen Gruß Richtung Wohnzimmer, wo wir Emma und Basti hörten, und lieferten uns ein Rennen die Treppe hinauf. Max war meiner Mutter immer noch so dankbar, dass sie ihm Asyl gewährte, dass er noch nicht wieder zu seiner vollen Rücksichtslosigkeit gefunden hatte, also rempelte ich ihn an, und in dem Moment, als er gegen die Wand rumste, drückte ich mich an ihm vorbei und stürzte, begleitet von Mamas »Jungs, lasst das Haus stehen!« und Max' gegrunztem »Echt, Alter!«, als Erster ins Bad.

Eine knappe Stunde später räumte Florian den kümmerlichen Rest seines Nudelauflaufs ab. Kamil wollte aufstehen und helfen, aber Florian winkte wortlos ab. Während Emma und Basti die benutzten Teller in den Geschirrspüler stellten, lehnten Max und ich uns auf der Bank zurück und genossen unseren wohlverdienten

Feierabend. Mama hatte ihren berüchtigten silbernen Taschenkalender gezückt, ging Stundenbelegungen durch und fragte mich hin und wieder nach dem Trainingsstand eines Pferdes oder den Turnierchancen einer Reitschülerin. In der Luft hing der Geruch nach Essen und einem faulen Restwochenende.

Neben mir atmete Max zufrieden ein, rutschte auf der Bank noch tiefer und faltete die Hände über dem Bauch. Ich grinste in mich hinein.

Die Zwillinge verzogen sich mit ihrem Nachtisch ins Wohnzimmer vor den Fernseher. Florian stellte je eine Schüssel Schokoeis vor Kamil, Max und mich und einen Espresso vor Mama. Ein paar Sekunden starrte Mama das Tässchen an, dann stand sie auf, ging zum Kühlschrank, nahm die Eispackung aus dem Gefrierfach und setzte sich mit einem Esslöffel wieder an den Tisch.

»Wie lang kennen wir uns jetzt?«, murmelte sie, bevor sie sich den ersten Berg Eis in den Mund schob.

Grinsend beugte sich Florian zu ihr und küsste sie auf die Wange.

»War nur Spaß«, sagte er und zog eine Packung Waffelröllchen hinter seinem Rücken hervor. »Die hab ich für dich gerettet.«

Bisher hatte ich den beiden noch leidlich amüsiert zugesehen, aber jetzt erschien ein Blick auf Mamas Gesicht, gegen den ich schleunigst vorgehen musste. Knutschalarm, würg.

»Ich hab mich entschieden«, verkündete ich deswegen.

Einen Moment brauchte Mama, um sich von ihrer rosa Wolke wieder in unsere Niederungen zu schwingen, dann fragte sie: »Und wofür?«

Mit den Unterarmen stützte ich mich auf dem Tisch auf. »Ich mache bei diesem Freundschaftsprojekt mit Polen mit.«

Kamils Hand, die sein Glas hin- und hergedreht hatte, erstarrte. Ich konnte Max' Blick auf mir fühlen. Okay, das war jetzt nicht supergeschickt gewesen. Natürlich hatte ich ihm von Strohweins Anruf erzählt, ihn ging die Sache ja auch etwas an, nicht nur Frida. Aber von meinem Entschluss wusste er noch nichts. Klar, wenn ich nicht da war, würde er schon eine Beschäftigung finden, im Zweifel mit Linh, doch als ich ihn eingeladen hatte, bei uns zu wohnen, war nicht die Rede davon gewesen, dass ich jedes zweite Wochenende unterwegs sein würde. Allerdings wusste er ja auch, warum ich zusagte.

Mama nickte. »Dachte ich mir schon.« Sie lächelte und aß noch einen Löffel Eis. »Finde ich gut. Das ist eine schöne Sache und Peter ist ein toller Trainer. Du wirst da viel mitnehmen.«

Wie erwartet überwogen für Mama natürlich die Vorteile. Jedenfalls dachte ich das, bis sie nach einem Moment die Stirn runzelte.

»Wie sieht es denn mit dem Zeitaufwand aus?«

»Ich kriege das zusätzlich zur Schule hin. Ist ja auch nicht so viel anders als früher, als wir auf Turniere gefahren sind.«

»Das meine ich eben. Früher war ich immer dabei, aber jetzt kann ich hier ja nicht mehr weg. Jedenfalls nicht jedes zweite Wochenende. Hast du die Termine da?«

Ich holte mein Handy aus der Hosentasche, rief die Mail auf, in der mir Strohwein die Daten der Trainings- und Turnierwochenenden geschrieben hatte, und las sie vor.

Mama tippte auf ihren Kalender. »Da, an dem Aprilwochenende haben wir einen Lehrgang, im Juni auch. Bei eurem ersten Trainingslager haben sich zwei neue Einsteller angekündigt. Den Termin könnte ich zwar verschieben, aber …« Sie sah auf. »Da müssen wir uns was überlegen. Du wirst ja auch weniger Zeit für

Berittpferde und Unterricht haben – nein, das wird so sein, und es ist auch gut so, du arbeitest immer noch zu viel –, das muss ich übernehmen.« Sie verzog nachdenklich den Mund.

»Und wenn ich dich fahre?« Florian nahm Mama den Löffel aus der Hand und kratzte ein bisschen Eis aus der Packung.

»Hin und wieder geht das vielleicht«, kam Mama meinem Dank zuvor, »aber Annelie und die Kinder finden das auf die Dauer bestimmt nicht gut. Nein, das muss langfristig geregelt sein.«

Florian und ich grinsten uns an. Die Abläufe auf dem Carlshof waren ein einziges Provisorium – das war wahrscheinlich auf jedem Pferdehof so –, aber Mama gab die Hoffnung nicht auf, dass sie das Chaos irgendwann in geordnete Bahnen lenken konnte. Viel Glück damit. Wir scheiterten ja seit über einem Jahr schon daran, einen Bereiter einzustellen.

»Was ist denn mit dir?« Max drehte sich halb zu Kamil. »Oder mit Tadeusz? Könnte nicht einer von euch Jannis fahren? Ihr kennt Dari und noch dazu sprecht ihr Polnisch. Das schadet doch bestimmt auch nicht.«

»Max!« Meine Mutter strahlte ihn an. »Das wäre perfekt!« Sie wandte sich an Kamil. »Was meinst du? Würdest du das machen wollen? Die zusätzlichen Stunden vergüten wir dir natürlich.«

Kamil hatte sich aufrecht hingesetzt und schien angestrengt zu überlegen.

Es stimmte schon: Wenn Mama nicht mitkommen konnte, wäre er oder Tadeusz die perfekte Lösung. Doch mir fiel ein, was mir vorhin durch den Kopf gegangen war.

»Du musst das nicht machen, Kamil«, sagte ich deswegen. »Ihr habt oft genug Wochenenddienst, da braucht ihr mich nicht auch noch in der Gegend rumzukutschieren.« Ich grinste. »Aber natürlich nehme ich auf so ein Partywochenende lieber dich mit als meine Mutter.«

Max und Florian lachten.

»Party!« Mama sah mich kopfschüttelnd an. »Den Zahn wird dir Peter noch ziehen. Abends fallt ihr bestimmt todmüde in eure Betten. Und zwar vor neun.«

Kamils Gesicht blieb ernst. Immer wieder kratzte er mit dem Fingernagel über sein Glas. Dann schien er sich einen Ruck zu geben.

»Gut«, sagte er. »Ich mache das gerne.« Ganz gegen seine sonstige Gewohnheit grinste er mich an. »Auf nach Polen.«

Frida

Während der Ferien hatte ich so oft wie möglich bei den Reitstunden geholfen. Am Mittwochvormittag stand Geschicklichkeitsreiten für die Kleinen an und das lief wie üblich recht chaotisch ab. Mama und ich waren beide froh, als um halb eins das letzte Auto vom Hof rollte und wir die Ponys in ihren wohlverdienten Koppelnachmittag entlassen konnten.

Während wir im Nieselregen über den Hof zum Haus liefen, zog ich mein Handy aus der Tasche und stutzte.

»Was ist?«, fragte Mama, als ich stehen blieb.

»Florian hat angerufen.«

»Ach, das ist ja schön. Dann richte unserem Tierarzt doch bitte aus, dass er schon vor zwei Tagen vorbeikommen und nach den Mutterstuten sehen wollte.«

Ich grinste wegen ihrer gespielten Empörung. »Die sind doch fit. Und Florian weiß das auch.«

Mama winkte kopfschüttelnd, lächelte aber. »Dann bestell ihm schöne Grüße. Wenn er und Eva Zeit haben, sollen sie am Freitag zum Essen kommen.«

Ich nickte und rief Florians Nummer auf. Er ging beim zweiten Klingeln ran. »Frida, hallo, danke, dass du zurückrufst.«

»Klar. Du, bevor ich es vergesse: Mama sagt, du sollst bitte nach Wilma und Poppy sehen und am Freitag mit Eva zum Essen kommen. Jannis und Max dürfen auch mit«, fügte ich grinsend an.

Florian lachte. »Und Emma und Basti? Die sind am Freitag bei mir.«

»Logisch. Die sind ja sowieso immer mit eingeplant.«

»Schön. Eure beiden Dicken sehe ich mir an, versprochen.« Er machte eine kleine Pause. »Aber warum ich mit dir reden wollte, Frida … Warst du in der letzten Zeit mal auf der Oie?«

Ich hatte mich nach einem Führstrick gebückt, den eine Reitschülerin am Anbinder vergessen hatte, und hielt mitten in der Bewegung inne.

»Auf der Oie? Nein. Nicht seit November.« Unwillkürlich erschauderte ich. Die Erinnerung daran, wie kalt mir auf der Insel gewesen war, saß tief. Langsam richtete ich mich auf.

»Dachte ich mir schon. Mich hat vorhin ein Kollege von der Vogelschutzstation drüben auf Kroslitz angerufen. Er war zu einem Kontrollgang auf der Oie und hat frischen Pferdemist gefunden.«

Grinsend lehnte ich mich gegen den Anbindebalken. »Und du denkst, ich würde Pferdemist hinterlassen?«

»Quatsch.« Er lachte. »Eigentlich hatte ich mich gefragt, ob du im Winter ein Auge auf deine Konikfreunde hattest. Hast du einen vermisst?«

Ich brauchte einen Moment, bis ich kapierte, worauf er hinauswollte. »Du meinst, wir haben im Herbst ein Konik auf der Oie vergessen?«

»Unwahrscheinlich, ich weiß. Aber dir wäre es aufgefallen, oder?«

Im letzten Sommer hatte ich ganze Nachmittage mit den Koniks verbracht, ich kannte jede Familie, wusste, wie viele Pferde dazugehörten. Seit dem Tag im November, an dem es so ausgesehen hatte, als würde es bald keine Wildpferde mehr in Eldenau geben, war ich nicht mehr im Gehege gewesen. Das war sowieso verboten, nur hatte es mich im letzten Jahr nicht gekümmert. Jetzt wusste ich, dass es besser war, nicht nur für die Koniks, auch für mich. Ich hatte dort einen Freund zurückgelassen und manchmal tat das noch weh.

»Ja. Das wäre mir aufgefallen«, antwortete ich. »Wenn auf der Oie ein Pferd ist, ist es keins von unseren.«

»Okay. Danke, Frida, das wollte ich wissen. Dann gibt es bestimmt eine andere Erklärung für den Mist.« Er machte eine kleine Pause. Als er weiterredete, konnte ich hören, dass er schmunzelte. »Oder es ist doch dieses Geisterpferd.«

»Ach, hast du auch davon gehört?« Ich lachte. »Ich sage gleich beim Tourismusbüro Bescheid. In Eldenau haben wir das weltweit einzige Geisterpferd, das kacken muss.«

Ein paar Stunden später stieß ich mich von meinem Schreibtisch ab und drehte mich auf meinem Stuhl im Kreis. Langsam zog mein schönes Zimmer vorbei und wie immer musste ich beim Anblick der schneeweißen Wände, der gelben Vorhänge und meines neuen breiten Betts lächeln. Meine Gedanken waren aber woanders. Dreimal hatte jetzt jemand dieses angebliche Geisterpferd erwähnt, und ich fragte mich …

»Machen wir einen Ausflug?« Ich stoppte meinen Stuhl und schaute Jannis an, der so gebannt in sein Mathebuch starrte, als stünde da was Spannendes drin. Die Idee, dass wir uns heute zum Lernen trafen, stammte auch nicht von mir. Noch waren Ferien, aber das interessierte Jannis nicht. Und, zugegeben, den Test, der am Dienstag anstand, auch nicht.

»Hm?« Nur zögernd sah er auf und fokussierte seine Augen auf mein Gesicht.

Tadelnd guckte ich ihn an, aber ich merkte, dass ich anfing zu grinsen, als sein Blick an meinem Mund hängen blieb und er sich zu mir beugte. Eine Sekunde lang hielt er inne, und sein Atem glitt über meine Lippen, dann ließ ich mich ein paar Minuten von meinem Plan ablenken. Ich musste ja dankbar sein, dass Jannis mich am Ende doch attraktiver fand als Algebra.

»Einen Ausflug?«, fragte er zweifelnd, als er sich in seinem Stuhl zurücklehnte. Ach, dann hatte er doch zugehört? »Machen so was nicht nur Rentner und Eltern mit kleinen Kindern?«

»Ich will ja auch nicht auf Butterfahrt. Ich hatte eher an eine Bootstour gedacht.«

Er legte den Arm auf die Rückenlehne seines Stuhls und drehte sich halb zu mir. »Aha. Bei dem Wetter? Wo willst du hin?«

Ja, es stimmte schon, der Februar zeigte sich gerade von seiner schmuddeligsten Seite. Aber ich hatte auch nicht vor, nach Schweden überzusetzen. »Wir könnten uns mal auf der Oie umsehen. Vorhin hat Florian angerufen. Hat er denn mit dir noch gar nicht darüber gesprochen?«

Weil Jannis nicht wusste, wovon ich redete, erzählte ich ihm von dem Telefonat mit Florian.

»Das ist doch ein konkreter Hinweis, dass das mit dem Geisterpferd kein Hirngespinst ist, sondern vielleicht ein echtes Pferd dahintersteckt. Die Frage ist: Wie ist es dahingekommen?«

»Die Frage ist: Hat der Typ nicht einfach was verwechselt?« Skeptisch verzog Jannis das Gesicht. »Wer weiß, was der gesehen hat. Ein Ornithologe denkt vielleicht auch, dass ein bisschen trockenes Gras Pferdemist ist.«

»Der ist doch nicht bescheuert.« Kopfschüttelnd sah ich Jannis an. »Er hat gesagt, der Mist wäre frisch gewesen. Da kann er kein Gras gemeint haben.«

Jannis wirkte nicht überzeugt, aber ich ließ nicht locker.

»Können wir nicht am Wochenende rüberfahren? Vielleicht kommen Linh und Max mit, Max ist doch super bei diesen Rudersachen.«

Jannis war kurz davor zuzustimmen – klar, er war auch neugierig, ob an dieser Geisterpferdsache irgendwas dran war –, da schien ihm etwas einzufallen. Er verzog das Gesicht. »Ich kann nicht. Am Samstag ist das Kennenlerntreffen mit dem Team.«

»Das hast du gar nicht erzählt.« Ich wusste immer noch nicht, was ich von dieser Teamgeschichte halten sollte. Hoffentlich waren die Leute wenigstens nett und gingen gut mit ihren Pferden um, wenn sie schon unbedingt Turniere reiten mussten. Aber Jannis hatte sich entschieden und jetzt ging es ja anscheinend Schlag auf Schlag.

»Das kam kurzfristig. Es war nicht klar, ob alle Zeit haben, geplant war es ja nicht. Aber sie wollten, dass ich die anderen einmal gesehen habe, bevor wir in die Trainingswochenenden starten.«

Ich nickte. Nach einem Moment fragte ich: »Freust du dich?«

Jannis antwortete erst nicht. Er betrachtete mich, so als müsste er abschätzen, was er mir zumuten konnte.

»Irgendwie schon«, sagte er dann, und ich war froh, dass er ehrlich war. »Ich meine, ich bin auch aufgeregt und alles, aber ich vermisse es. Das Turnierleben. Den Wettkampf.«

Die Leute, die so tickten wie er. Ich sprach es nicht aus, er auch nicht, aber es stand zwischen uns. Das würde ich nie ändern können. Aber vielleicht musste ich es auch nicht.

Ich strich ihm mit der Hand über die Wange. Dann küsste ich ihn schnell und lehnte meinen Kopf an seine Schulter. »Ich hoffe, sie sind nett.«

Er legte seine Arme um mich. »Das hoffe ich auch.«

»Aber so nett auch wieder nicht.« Ich hob den Kopf und grinste ihn an. »Da sind doch bestimmt Mädchen dabei, oder?«

Er grinste zurück. »Das nehme ich an.«

»Na gut.« Ich kniff die Augen zusammen. »Du guckst am Samstag, ob nette Mädchen dabei sind, und ich jage ein Geisterpferd. Und wir kommen beide ohne Ergebnis nach Hause, verstanden?«

Jannis lachte. »Geht klar.«

Jannis

Das Lachen war schon von Weitem zu hören, das tiefere von Max, Bastis übermütiges Johlen und auch Emmas zurückhaltendes Glucksen. Der Radau kam vom Reitplatz.

Ich führte Dari am Zügel über den Hof und bog nach rechts ab. Die drei merkten gar nicht, dass wir auf sie zugingen, nur Selma drehte ein braunes Ohr zu uns.

Max hatte einen kleinen Parcours aus Hütchen und Stangen aufgebaut und führte Selma hindurch. Brav folgte sie ihm und achtete genau darauf, dass Emma und Basti auf ihrem Rücken nicht ins Rutschen gerieten.

Seit Max bei uns wohnte, kam es mir so vor, als wären die Zwillinge noch häufiger bei uns als vorher schon. Zugegeben, Max nahm sich viel mehr Zeit für die beiden, als ich das je getan hatte, aber in schwachen Momenten wunderte ich mich doch, wie schnell ich als Stiefbruder ersetzt worden war. Jetzt, als ich zuguckte, wie selbst Emma, die sich sonst selten mal auf ein Pferd traute, weich mit Selmas Bewegungen mitging und von einem Ohr zum anderen grinste, war kein schwacher Moment.

Wie es aussah, waren sie schon eine Weile bei der Sache. Bastis gelähmtes rechtes Bein, das oft verkrampft nach oben gezogen war, hing entspannt nach unten. Immer wieder strich er durch Selmas Mähne und war ganz klar in seinem Element. Basti war für einen Pferderücken gemacht, vielleicht fast so sehr wie Frida.

»Pass bloß auf, dass Iona nicht eifersüchtig wird.«

Max sah auf und führte Selma zu Dari und mir, aber Basti grinste nur.

»Was sie nicht weiß, macht sie nicht heiß.«

Wir mussten alle lachen, am meisten Basti.

»Wo hast du denn den Spruch her?«, fragte Max, aber Basti zuckte auf seine etwas schiefe Art mit den Schultern.

»Ein bisschen Spaß muss sein«, erklärte er. »Einem geschenkten Gaul schaut man nicht ins Maul. Hasta la vista, Baby.« Er spulte Spruch um Spruch ab, bis ihm Emma ins Wort fiel.

»Boah, jetzt halt mal die Luft an. Das nervt so.«

»Hart«, kommentierte Max, aber Basti schien die scharfe Zunge seiner Schwester gewohnt zu sein.

Völlig unbeeindruckt wandte er sich an mich. »Hast du gesehen, wie gut ich Slalom reite?«

»Ich hab gesehen, wie gut *ihr* Slalom reitet«, erwiderte ich und zwinkerte Emma zu. »Max ist ja anscheinend ein toller Lehrer.«

Falls ich mir eben eingebildet hatte, dass Emmas Wangen rosig wurden, hatte sie jetzt definitiv rote Ohren. Okaaay.

Trotzdem fragte ich sie: »Willst du dich auf Dari setzen? Der Lehrgang ist vorbei, wir könnten noch ein bisschen spazieren gehen.«

Sie betrachtete Dari mit kugelrunden Augen, aber obwohl sie ein absolutes Kleine-Mädchen-Traumpferd war, schüttelte Emma den Kopf. »Keine Zeit. Papa holt uns gleich ab.«

Also brachten wir die beiden zurück zum Stall, wo Florian schon wartete. Nachdem sie strahlend und winkend verschwunden waren, drehte ich mich zu Max. Mit der rechten Hand kraulte er wie selbstverständlich Selmas Widerrist.

»Du hast einen Fan.«

»Selma? Ja, wir beide sind ein Team.« Er grinste und ich beließ es dabei.

»Hast du Bock, an den Strand zu reiten?« Ich verzog das Gesicht. »Wenn nur die Hälfte von dem stimmt, was Strohwein erzählt hat, ist es mit faulen Ausritten bald vorbei.«

Er sah mich einen Moment prüfend an, dann nickte er. »Klar. Ich muss nur kurz aufsatteln.«

»Lass mal. So geht's schneller.« Innerhalb von Sekunden hatte ich Daris Gurt gelöst, ihr den Sattel vom Rücken gezogen und ihn über den Paddockzaun gehängt. Am Aufsteigblock schwangen wir uns auf die Pferde, und keine drei Minuten später erreichten wir den Wirtschaftsweg, der zum Dorf führte.

Es war ein klarer, blasser Februartag, und Daris Wärme unter mir tat gut, aber in den Sträuchern am Wegrand zwitscherten schon die ersten Vögel, und hier und da spitzten Gänseblümchen aus den braunen Grasbüscheln des letzten Jahres hervor.

»Mama hat gesagt, du hättest Lust, im Herbst mit Tino mal ein Turnier zu reiten.« Unauffällig sah ich Max aus den Augenwinkeln an.

Und wirklich wurde er rot. Er streckte die Hand aus und strich über Selmas Schulter, dann räusperte er sich. »Das … das war nur so eine Idee, die Eva neulich hatte. Weil es mit Tino gut lief. Aber … ich meine …«

»Aber Lust hättest du schon?«

Er zuckte mit den Schultern. Ein kurzes Stück mussten wir hintereinanderreiten, weil wir den Strandaufgang erreicht hatten, aber dann guckte ich ihn auffordernd an.

»Also?«

»Na ja, schon. Keine Ahnung. Da gibt's so viele Regeln und dann diese Klamotten. Ätzend, echt. Aber auf einem Turnier kriegst du es eben schwarz auf weiß …«

»… wie gut du bist?« Er nickte und ich grinste. »Bingo. Da hast du den Grund, warum ich diesen Quatsch mit dem Team mitmache.«

Max schien sich zu entspannen. »Als ob du das nötig hättest …«

»Komm, keine Komplimente hier. Ich find's krass, was du seit dem Sommer gelernt hast. Kannst es meiner Mutter ruhig glauben, wenn sie dich lobt.«

»Okay. Cool.« Seine Mundwinkel wanderten minimal nach oben. »Aber ob ich mir so weiße Leggings anziehe, ist noch nicht ausgemacht.«

»Linh fände die vielleicht ziemlich scharf.«

Max lachte. »Nee. Linh hat Geschmack.«

»Fährt sie morgen mit?«

Max sah mich an. »Linh? Auf die Oie? Ja.« Er zog die Augenbrauen zusammen. »Aber ich musste sie ganz schön lang überreden. Sie hält das mit dem Geisterpferd für eine von Fridas fixen Ideen.«

Gut, das konnte man nicht von der Hand weisen. Aber Linh war normalerweise die Erste, die Fridas fixe Ideen unterstützte. »Das stört sie doch sonst nicht.«

Max richtete den Blick aufs Wasser. »Ich glaube, sie tut sich gerade ein bisschen schwer mit Frida.«

Ich hielt Dari neben Selma an und schaute ebenfalls hinaus auf die Ostsee. Sich in Mädchenangelegenheiten einzumischen, war lebensmüde, deswegen sagte ich nichts dazu, aber meinen Ärger auf Linh konnte ich nicht ganz unterdrücken. Was war ihr Problem? Frida lernte mehr für die Schule, als ich es bei ihr je erlebt hatte, sie arbeitete sich auf dem Gut den Arsch ab, und sie hatte es geschafft, eine Erfahrung abzuschütteln, nach der andere sich jahrelang in ihrem Zimmer verkrochen hätten. Und dann tat sich Linh schwer mit ihr?

Ich war kurz davor, Dari zu wenden und im gestreckten Galopp aufs Gut zu reiten, so dringend wollte ich Frida in diesem Moment sehen. Der Wind hatte sich gelegt und die Sonne streute orangen und goldenen Glitzer übers Wasser. Und dank dem Treffen morgen würde es mehr als vierundzwanzig Stunden dauern, bis ich wieder bei Frida sein konnte. Die Sache mit dem Springteam kam mir gerade wie eine extrem bescheuerte Idee vor.

Als hätte er meine Gedanken gelesen, wechselte Max das Thema. »Und? Alles cool mit dem Teamtreffen?«

Ich musste mich schwer zusammenreißen, um aus meiner Stimmung rauszukommen. »Frag mich morgen noch mal. Dann kann ich dir sagen, wie die Leute drauf sind.«

»Du meinst, gechillt oder so vom Ehrgeiz zerfressen wie du?« Wie so oft wusste Max, wann ein Spruch angebracht war.

Ich schnaubte. »Sagt einer, der nach einem Jahr im Sattel Turniere gehen will.«

Wir grinsten uns an. Die Stuten streckten die Hälse und schnaubten, und das war unser Signal, in die Puschen zu kommen und wieder anzureiten. Wir hielten die Klappe und ließen uns einfach tragen, ganz entspannt. Langsam wurde es auch in meinem Kopf still.

Erst als der Wind wieder auffrischte und selbst die Körperwärme der Stuten nichts mehr gegen die heranschleichende Nacht ausrichten konnte, kehrten wir um.

»Woher nehmt ihr morgen eigentlich ein Boot?«, fragte ich, als zehn Minuten später die Lichter des Carlshofs in Sicht kamen.

Max lachte leise. »Daran wäre es wirklich beinahe gescheitert. Aber du kennst Frida. Im Notfall wäre sie auch geschwommen.«

Frida

»Na, denn kommt mal mit.« Heinrich schob die Tür zu seinem Schuppen auf und trat, ohne zu zögern, in die Dunkelheit hinter dem Lichtrechteck, das auf den Boden fiel. Nach ein paar Sekunden hatten sich unsere Augen an die Schwärze gewöhnt und wir folgten ihm.

Es war früh am Samstagmorgen. In ein paar Stunden brachen Jannis und Eva nach Neubrandenburg auf, wo er seine neuen Teamkollegen kennenlernen sollte. Ich hätte es ihm natürlich nie gesagt, aber eigentlich war Max bei meinem Vorhaben heute wichtiger als er, denn anders als Jannis kam er gut mit einem Ruderboot zurecht. Deswegen hatte ich mich auch echt gefreut, als er und Linh zugesagt hatten. Eine Weile hatten wir uns dann noch den Kopf zerbrochen, woher wir ein Boot nehmen sollten, bevor mir Heinrich eingefallen war. Ein bisschen erstaunt war er schon gewesen, dass ich mitten im Februar eine Rudertour unternehmen wollte, aber eine von Heinrichs besten Eigenschaften war, dass er keine unnötigen Fragen stellte.

»Hier irgendwo«, brummelte er in einer Ecke, die ich von da, wo ich stand, nicht einsehen konnte. Ich drückte mich an einem Schrank und einem unförmigen Haufen vorbei, der mit einer Plane abgedeckt war, und linste Heinrich über die Schulter.

In der hintersten Ecke lehnten Tomatenrankhilfen, Eisenstäbe, aufgerollte Bambusmatten und Metallgitter an der Wand. Mit der einen Hand stabilisierte Heinrich das Sammelsurium, mit der anderen zog er erst ein, dann ein zweites Ruder daraus hervor, die er mir in die Arme drückte. Ich reichte sie an Linh weiter.

»Fass mal mit an, Junge.«

Mit hochgezogenen Augenbrauen ließ ich Max an mir vorbei, aber als ich erkannte, was für ein Ungetüm sich da unter einer Decke versteckte, hatte ich nichts mehr dagegen, dass er mit anpackte. Stattdessen schob ich Gerümpel zur Seite. Die beiden keuchten ziemlich, als sie das Boot schließlich zur Tür gezerrt hatten.

Im Hof richteten sie sich auf und nickten sich zu. Linh betrachtete das Holzboot mit unverhohlener Skepsis, aber ich versuchte, so enthusiastisch wie möglich zu wirken.

»Das ist super, Heinrich, danke.« Ich lächelte ihn an. »Wann hattest du das zuletzt im Wasser?«

Er schob sich die Kappe in den Nacken und kratzte sich am Kopf. »Das muss so acht, neun Jahre her sein. Wahrscheinlich warst du sogar dabei. Ich hab dich oft mit rausgenommen, weißt du das nicht mehr? Damals warst du noch so 'n ganz kleiner Stöpsel.«

Ich sah, dass die beiden anderen anfingen zu grinsen, aber plötzlich hatte ich ein ganz anderes Bild vor Augen. Schimmernden Nebel, der sich in der aufgehenden Sonne langsam auflöste und den Blick auf orange glitzerndes Wasser freigab. Die Wiek plätscherte gegen die Bohlen und das Boot schaukelte träge auf den Wellen. Heinrich und ich redeten nicht viel. Er hielt die Angelrute ins Wasser, und ich frühstückte die Marmeladenbrötchen, die Hilda uns eingepackt hatte. Plötzlich schmeckte ich sogar den Hagebuttentee aus der Thermoskanne und hörte das Zischen der Schwarzstörche, wenn wir dem Schilf am Ufer zu nah kamen.

»Doch.« Ich lächelte Heinrich an. »Doch, das weiß ich noch.«

Ich hatte ewig nicht daran gedacht, aber jetzt fühlte ich ganz deutlich die Geborgenheit, die während dieser scheinbar unendlichen Sommermorgen meinen Bauch gewärmt hatte, mehr als es heißer Tee je gekonnt hätte.

Bildete ich es mir ein oder waren seine Augen feucht geworden? Im nächsten Moment drehte er sich weg und räusperte sich.

»Na, denn packt mal mit an, damit wir das alte Mädchen gut auf den Anhänger bekommen.«

Gemeinsam wuchteten wir das Boot auf die Ladefläche, und während Heinrich uns zum Wiekufer fuhr, wiederholte er alle Sicherheitshinweise, die er uns am Donnerstagabend schon eingetrichtert hatte. Wir nickten brav und brummten zustimmend. Ich wusste nicht, wie es den anderen ging, aber ich für meinen Teil würde alles unternehmen, um zu verhindern, ins Wasser zu fallen. Ein Bad in der Wiek stand frühestens im Juni an.

An einem kleinen Steg hielten wir an und luden das Boot vom Anhänger.

»Seht ihr das?« Heinrich hob den Arm und deutete auf ein Dickicht, in dem ich erst auf den zweiten Blick eine Bretterwand entdeckte. »Da drüben ist ein kleiner Schuppen, da könnt ihr das Boot unterstellen. Falls ihr es den Sommer über öfter benutzen wollt.«

»Danke, Heinrich.«

»Ja, danke, Heinrich.«

Wir winkten ihm nach, während er seinen Passat wendete und davonfuhr. Und dann legten wir die Ruder und unsere Rucksäcke ins Boot und stiegen ein.

Max setzte sanft auf dem schmalen Sandstreifen auf. Er verstaute die Ruder, dann kletterten wir nacheinander an Land und zogen das Boot aufs Trockene.

»Und wo fangen wir an zu suchen?« Linh hatte die Hände in die Seiten gestützt, zog die Nase kraus und sah sich um.

Ich hängte mir den Beutel mit Kraftfutter um, den ich mitgebracht hatte, und zuckte mit den Schultern. »In den Dünen ist es wohl nicht. Da ist es am wenigsten geschützt und findet nichts zu fressen. Ich glaube, wir sollten uns lieber Richtung Wald halten. Aber leise und langsam. Wenn es gerade auf der Wiese grast, will ich es nicht aufschrecken.«

»Woher kommt der Wind?« Max wandte sich um und hielt den Finger in die Luft. »Sollten wir nicht darauf achten, dass es uns nicht wittert?«

Ich grinste. »Stark *und* schlau. Ich wusste schon, warum ich dich mitnehme. Da entlang.« Ohne auf Max' gespielte Empörung einzugehen, deutete ich nach rechts und marschierte los. »Wir halten uns an den Dünen, bis wir zum Waldrand kommen, dann biegen wir nach Nordwesten ab. So haben wir den Wind im Gesicht.«

Zwischen den Dünen hindurch suchten wir uns einen Pfad bis zu der riesigen Grasfläche in der Mitte der Oie, wo wir besser vorankamen als im feinen Sand. Langsam ließ ich meinen Blick schweifen. Im Herbst war mir die Oie kleiner vorgekommen, mit hundert Pferden darauf war das vielleicht auch kein Wunder. Aber wenn ich mir jetzt ansah, wie weit sie sich nach Nordwesten erstreckte – die Spitze des Leuchtturms am nördlichsten Zipfel konnte ich gerade so erahnen –, kamen mir Zweifel, ob unsere Suche überhaupt einen Sinn hatte. Wenn es hier ein Pferd gab, konnte es überall sein, und es konnte uns aus dem Weg gehen, solange es lustig war.

Denn ganz bestimmt hörte es uns, bevor wir uns auch nur auf dreihundert Meter näherten. Hinter mir gluckten Linh und Max um die Wette. Ein paarmal machte ich »Psst!«, aber anscheinend war unsere Mission so lustig, dass sie gleich wieder mit ihrem Gekicher anfingen. So wurde das bestimmt nichts. Und Max hatte sich Gedanken um den Wind gemacht!

Der Wind stellte sich wirklich als unser geringstes Problem heraus. Die Brise vom Meer her legte sich, kaum ein Grashalm regte sich noch. Und plötzlich schienen auch alle anderen Geräusche zu verstummen. Wo gerade noch die eine oder andere Möwe gekrächzt hatte, war jetzt abgesehen von unseren Schritten auf dem verdorrten Gras nichts mehr zu hören. Selbst Linh und Max hielten die Klappe. Stille breitete sich über der Oie aus wie eine Daunendecke, sie fühlte sich ganz flauschig an in den Ohren.

Und mit der Stille kam der Nebel. Er stieg aus dem Gras, hängte sich zwischen die Bäume und tönte das Licht fahl.

Ich warf einen Blick über die Schulter. Linh und Max hielten sich an der Hand, doch jetzt sah es eher so aus, als würden sie sich aneinander festklammern. Es wäre schön gewesen, Jannis bei mir zu haben, aber der saß ja jetzt in irgendeinem Café und besprach Turniertermine.

Entschlossen straffte ich den Rücken. Das war ja auch alles Quatsch. Es war noch nicht mal Mittag und die Insel so klein, dass wir uns auf keinen Fall verlaufen würden. Das Schlimmste, was passieren konnte, war, dass wir aus Versehen in die Ostsee tappten. Es gab hier nichts, was uns gefährlich werden würde.

Außer ein Geisterpferd, raunte eine Stimme in meinem Kopf.

Das war ja lachhaft. Meine Fantasie war so durchschaubar, *das* war gruslig. Schnaubend stapfte ich weiter, auf die ersten Bäume zu.

Je tiefer wir in den Wald kamen, desto unebener wurde der Untergrund. Es ging langsamer voran, weil wir darauf achten mussten, wohin wir die Füße setzten. Durch den Nebel sahen wir nicht, wohin wir gingen, und mussten ein paarmal umkehren und um ein Dickicht herumlaufen. In der Stille war das Knarzen der Wipfel hoch über unseren Köpfen ohrenbetäubend. Und nirgends fanden wir Anzeichen, dass es hier ein Pferd gab.

Nach einer Stunde war es Zeit für eine Pause. Es fühlte sich an, als wären wir schon viel länger unterwegs, als wären wir nicht mehr auf der Oie, sondern an einem Ort, wo man das Meer nicht hören und nicht riechen konnte und das Zwielicht alle Farben schluckte. Lustlos kauten wir auf unseren Broten und sagten nicht viel, sondern sahen uns immer wieder um. Hin und wieder zuckten wir zusammen, wenn irgendwo ein Zweig knackte.

»Was meinst du, wie weit wir schon gekommen sind?«, fragte Linh in das bedrückende Schweigen hinein.

»Die Hälfte haben wir bestimmt schon geschafft«, antwortete ich so zuversichtlich wie möglich, aber der Gedanke schien die beiden nicht besonders aufzuheitern.

»Also noch mal dieselbe Strecke und dann doppelt so lang zurück?«, vergewisserte sich Max.

Ich zuckte mit den Schultern. »So ungefähr.«

Seufzend stand Linh auf und klopfte sich Brotkrümel von der Hose. »Dann trödeln wir besser nicht rum.«

Eineinhalb Stunden später waren wir tatsächlich wieder auf dem Rückweg. Nach der Rast hatten wir ziemlich schnell den Waldrand erreicht und eine Heidefläche mit einzelnen Schlehenbüschen überquert, hinter der sich Ahornbäume, Buchen und Eichen bis fast zum Leuchtturm erstreckten. So weit waren wir aber gar nicht gelaufen, denn dort fiel das Gelände zur Steilküste hin ab, und schon an den Bäumen war klar, dass sich rund um den Leuchtturm kein Versteck für ein Pferd bot.

Niedergeschlagen trotteten wir nebeneinanderher über das Gras, und auch wenn ich versuchte, mir einzureden, dass unsere Chancen, das Pferd zu finden, nie groß gewesen waren, hellte sich meine Stimmung nicht auf. Der Nebel tat sein Übriges, er hing noch immer in Schlieren zwischen den Bäumen, und die Sonne zeigte sich höchstens mal als hellerer Fleck durch graue Schwaden. Die Luft war so feucht, dass meine Haare dunkel und strähnig herunterhingen und das Kondenswasser von unseren Jacken abperlte.

In meinem Nacken kribbelte es. Erst dachte ich, mir wäre ein Tropfen in den Kragen gelaufen, aber dann schoss das Adrenalin durch meinen Körper.

Da war etwas! Nein, jemand …

Ohne den Kopf zu drehen, wandte ich meinen Blick zum Waldrand. Der Dunst machte es schwer, die Stämme und Büsche klar zu unterscheiden, aber danach suchte ich nicht. Ich suchte nach Augen.

Und schließlich fand ich sie. Ich musste irgendein Geräusch machen, denn Linh und Max fuhren zu mir herum. Da war der Moment auch schon vorbei. Ein heller Kopf und eine schimmernde Mähne verschwanden im Zwielicht, so lautlos, als wäre das Pferd nicht zwischen die Bäume getreten, sondern durch ein Tor in eine andere Welt.

»Da ist es! Los!« Bevor ich etwas sagen konnte, war Max schon losgestürmt und Linh hinterher. Ich seufzte, doch dann folgte ich ihnen. Als ich bei den Bäumen ankam, waren die beiden schon ein ganzes Stück tief in den Wald gelaufen, aber das sparte ich mir. Sie würden das Pferd nicht einholen.

An der Stelle, wo es eben gestanden hatte, schaute ich mich um. Der Boden war hart, Hufspuren gab es nicht, aber diese zerdrückten Blätter da … Ja, es sah aus, als wären sie zertreten worden.

Ich grinste. Dann konnten wir die Theorie mit dem Geisterpferd ja definitiv abhaken. Es gab wirklich ein richtiges, lebendiges Pferd auf der Oie.

Als ich aus der Hocke hochkam, fing mein Blick etwas Glitzerndes auf. Im ersten Moment dachte ich, die Sonne, die gerade für ein paar Sekunden herausgekommen war, hätte mich geblendet, aber als ich noch einmal in die Knie ging, sah ich es wieder.

Langsam trat ich auf den Busch vor mir zu und ließ das Glitzern nicht aus den Augen. Mit spitzen Fingern klaubte ich es vom Zweig.

»Was hast du da?«, fragte Linh, als sie schwer atmend hinter mir auftauchte.

Ich drehte mich zu ihr um. »Ein Haar. Aus der Mähne oder dem Schweif.«

»Na, dann haben wir ja wenigstens irgendwas vorzuweisen nach der Aktion heute«, meinte sie trocken. »Der Rest des Pferds ist nämlich spurlos verschwunden.«

Jetzt kam auch Max angekeucht. Er stützte die Hände auf die Knie und atmete ein paarmal tief durch, aber dann schaffte er es schon wieder zu grinsen. Mit hochgezogenen Augenbrauen betrachtete er das Haar in meiner Hand, das in der schräg stehenden Sonne fast zu leuchten schien. »Sag mir bitte, dass das von einem Einhorn stammt.«

Jannis

»Darf ich dann nachher reinkommen und Peter Hallo sagen?«

Ich drehte mich noch mal um und beugte mich zu Mama ins Auto. »Das haben wir doch besprochen. Erst muss ich die Leute abchecken. Wenn es cool ist, dass du auftauchst, schreib ich dir. Das fehlt mir gerade noch, dass ich als Letzter ins Team komme und sie mich für …«

»… ein Muttersöhnchen halten.« Mama grinste. »Gott bewahre.«

Sie warf einen Blick zu den riesigen Glasscheiben des Cafés, in dem ich gleich die anderen Mitglieder des »deutsch-polnischen Nachwuchsteams im Springreiten«, wie der offizielle Name lautete, treffen würde. Er wirkte fast sehnsüchtig, und wenn Mama nicht schon über vierzig gewesen wäre, hätte ich ihr gern meinen Platz überlassen. Klar, ich wusste, dass es eine echte Chance war, aber einerseits wurmte es mich, dass Björn jetzt doch bekam, was er wollte. Und andererseits … andererseits hatte ich Angst, dass Frida mit ihren Befürchtungen recht behielt. Ich hatte nicht vergessen, warum unser ehemaliger Bereiter Dari durch die Hölle geschickt hatte. Er wollte um jeden Preis gewinnen. Für viele funktionierte der Sport so. Und wenn dort drin fünf solche Kaliber auf mich warteten, dann stand mir ein langes Jahr bevor.

Aber es half ja nichts. Ich musste mich nur daran erinnern, wofür ich es tat: Dari.

»Ich melde mich, okay?«, sagte ich deswegen mit einem endgültigen Tonfall, damit ich es hinter mich bringen konnte.

Mama nickte und winkte mir noch einmal, dann warf ich die Autotür ins Schloss und wandte mich dem Eingang zu. Ein letzter tiefer Atemzug und los ging's.

Der Laden hätte Linh gefallen: Lange Bänke und Holztische, zusammengewürfelte Stühle und Geschirr vom Flohmarkt, das war der erste Eindruck, den ich gewann. Am Tresen, auf dem eine riesige Registrierkasse aus dem vorletzten Jahrhundert stand, sagte mir ein Typ um die zwanzig, dass ein Teil des Teams schon da war und im Wintergarten saß. Also schlängelte ich mich zwischen ausgefransten Sofas und kreuz und quer geparkten Kinderwagen durch zu einem Glasanbau. Hier bestand der Boden nicht aus Holz, sondern Stein, aber die Luft war weniger stickig, und es war bei Weitem nicht so laut. Fünf Tische standen entlang der verglasten Wände, doch selbst wenn es fünfzehn gewesen wären, wäre ich immer noch auf den mittleren zugesteuert, von wo aus mir mehrere Augenpaare neugierig entgegenstarrten.

Der einzige Erwachsene am Tisch drehte sich zu mir um. »Ah, Jannis. Sehr schön.« Er stand auf.

Ich hatte Peter Strohwein nur ein paarmal auf unserem Hof in Berlin getroffen, und das war Jahre her, trotzdem erkannte ich ihn sofort. Er war ungefähr so groß wie ich, hatte riesige Hände, O-Beine und eine Lücke zwischen den beiden oberen Schneidezähnen, die ihm etwas Verschmitztes verlieh, obwohl der Zug, der um seinen Mund lag, eher ernst war. Seine spärlichen grauen Haare trug er kurz geschnitten.

Wir gaben uns die Hand, dann legte er mir den Arm um die Schultern und führte mich nah an den Tisch heran.

»Leute, das ist Jannis Maibach. Behandelt ihn anständig, denn wenn er es sich noch mal anders überlegt, sind wir die Zuschüsse aus dem Ministerium los, kapiert?«

Er schmunzelte, aber ich wusste nicht, was mich nervöser machte: dass er die Truppe zur Freundlichkeit ermahnte oder dass von mir die Finanzierung abhing. Doch Zeit zum Überlegen hatte ich sowieso nicht. Er fing an, das Team vorzustellen.

Gleich bei dem ersten Mädchen kapierte ich, dass ich mich getäuscht hatte: Peter war nicht der einzige Erwachsene, und das Mädchen war auch kein Mädchen, sondern eine sehr jung aussehende Frau. »Das ist Kaja Wieczorek, meine Co-Trainerin. Sie kümmert sich um alles Organisatorische. Außerdem ist sie meine Dolmetscherin, wenn meine hervorragenden Polnischkenntnisse mal nicht ausreichen sollten.«

Die anderen Teilnehmer lachten, aber Kaja hielt mir lächelnd eine Hand hin. »Hallo, Jannis, freut mich. Wenn ich dir irgendwie helfen kann, dich gut einzufinden, melde dich jederzeit, ja?«

Ihr Deutsch war perfekt, nur das L sprach sie ein wenig schwerer aus, als es eine Muttersprachlerin getan hätte. Ich war echt beeindruckt. Mein polnischer Wortschatz beschränkte sich auf »Guten Tag« und »danke«, danach hatte ich den Onlinekurs abgebrochen.

»Mach ich, danke.« Dziękuję, dachte ich und verkniff mir ein Grinsen.

»Das ist Ola«, setzte Peter die Vorstellungsrunde fort. Er deutete auf ein Mädchen mit langen dunklen Haaren und blauen Augen, das neben Kaja auf der Bank saß und mich schüchtern anlächelte. »Eigentlich Aleksandra, aber so nennt dich niemand, oder?«

Sie schüttelte den Kopf und lächelte einfach nur weiter.

»Das neben ihr ist Tomasz, aber zu ihm sagt jeder nur Tomek.«

Tomek nickte mir zu. Er wirkte fast durchscheinend mit seinen hellblonden Haaren und den wasserblauen Augen, aber so entspannt, wie er da auf der Bank saß, hatte ich das Gefühl, dass wir gut klarkommen würden.

»Und an der Stirnseite sitzt Marta.«

»Hallo.« Das Mädchen, das er meinte, lächelte offen. Sie trug ihre braunen Haare in einem längeren Bob, und obwohl sie ziemlich unauffällig war, hatte sie irgendwas an sich, was mich breiter grinsen ließ.

»Hi. Und wie nennen sie dich?«

Links neben ihrem Mund wurde ein Grübchen sichtbar. »Marta genügt völlig.«

Ihr Deutsch war ebenfalls gut, auch wenn sie mit einem stärkeren Akzent sprach als Kaja. Peter wies mir den Stuhl neben ihr zu, doch ich kam nicht dazu, irgendetwas zu ihr oder der Gruppe zu sagen, denn alle Augen richteten sich auf etwas in meinem Rücken. Ich drehte mich zu einem Mädchen und einem Jungen um. Sie war klein und sehr schlank und hatte selbst jetzt im Februar eine Menge Sommersprossen, er kam mir ziemlich groß vor und eher kräftig.

Peter lächelte den beiden entgegen. »Schön, dann sind wir ja komplett. Jannis, das sind Rieke und Fabian, deine beiden deutschen Teamkollegen.«

Rieke winkte mir zu und ließ sich auf den Stuhl am anderen Tischende fallen, Fabian hielt mir die Hand hin. Ich schüttelte sie.

»Herzlich willkommen«, sagte er. »Ist gut, dass du so schnell einspringen konntest, wir müssen echt loslegen.«

»Klar«, antwortete ich, aber mir entging nicht, dass er mit Marta einen Blick tauschte. Als ich sie ansah, lächelte sie schmallippig und schaute weg.

Der Typ vom Tresen kam an den Tisch, und wir bestellten Kuchen, Tee, Kaffee und Saft, dann begannen Peter und Kaja mit ihrem Einführungsvortrag. Für die anderen war das alles ja wahrscheinlich nichts Neues, aber ich hatte schon nach zehn Minuten das Gefühl, mein Hirn würde vor lauter Infos platzen. Ich hatte echt keine Vorstellung gehabt, wie durchgeplant diese ganze Sache war. Trainingswochenenden, Turnierteilnahmen, Teamausflüge und dazu generalstabsmäßig aufbereitete Übersichten zu Unterbringung und Verpflegung von Mensch und Pferd, Transport, Notfallnummern, benötigten Versicherungen, Vollmachten und Bescheinigungen. Nicht nur einmal verspürte ich den Impuls, Mama zu schreiben, dass sie schnellstens hier aufschlagen sollte.

Für den Kuchen legten wir glücklicherweise eine Pause ein. Dabei kam endlich auch ein Gespräch in Gang. Ola war die Einzige, die praktisch nichts sagte, und Fabian hakte ein paarmal nach, als ich von meinen Turniererfahrungen erzählte, mit den anderen lief es aber ganz locker. Es war offensichtlich, dass sich die fünf gut kannten, und dieser Umstand machte mich ziemlich neugierig auf meinen Vorgänger. Bisher hatte ich kaum einen Gedanken an ihn verschwendet, aber jetzt fragte ich mich doch, warum er das Team verlassen hatte. Wie hatte er zu den anderen gestanden? Waren sie einfach nicht klargekommen und er war deswegen raus? Ich hätte gern gefragt, aber mit Peter und Kaja am Tisch hatte ich Angst, in einen Fettnapf zu tappen.

»Rieke, echt.« Fabian feixte, als Rieke nach dem Teller mit dem halben Stück Pfirsichtorte griff, den Ola ihr hingeschoben hatte. »Du frisst genauso viel wie Dexter.«

Rieke grinste und guckte betont auf Fabians Bauch, der sich über seinen Hosenbund wölbte. »Na und? Bei mir schlägt es ja nicht an.«

Daraus, dass nicht nur der Rest lachte, sondern auch Fabian grinste, schloss ich, dass das Thema ein Dauerbrenner zwischen ihnen war.

»Ist Dexter dein Pferd?«, wandte ich mich an Rieke, als wieder Ruhe einkehrte.

»Mhm«, machte sie mit vollem Mund. »Ein Holsteiner von Delcanto. Fabi hat schon recht, der frisst uns wirklich noch die Haare vom Kopf. Vor dem ist nichts sicher.«

»Was reitest du?«, wollte Fabian wissen.

»Eine Oldenburger Stute. Von Darius«, sagte ich. »Darina.«

Er nickte. »Hast du sie neu? Du bist in der letzten Saison sowieso nicht viele Turniere geritten und an eine Stute kann ich mich gar nicht erinnern.«

Aha, da hatte sich jemand vorbereitet.

»Das stimmt«, antwortete ich, so unbeeindruckt ich konnte. »Wir hatten im Jahr vorher Probleme und haben deswegen eine Pause eingelegt. Aber ich habe sie seit eineinhalb Jahren.«

Fabian hatte den Mund schon offen, um nachzuhaken, aber Marta zischte: »Fabi, es reicht.«

Er lehnte sich zurück und verschränkte die Arme. »Ist doch besser, wir wissen vorher alles. Nicht dass er auch einen Abgang macht wie Kuba. Nur weil er keinen Bock mehr …«

»Du weißt gar nicht, was dahintersteckt«, fiel sie ihm ins Wort. »Kuba hatte bestimmt einen guten …«

Aber gerade jetzt, als es spannend wurde, nahm Peter wieder das Gespräch auf, und ich musste alle meine Fragen vertagen.

»Da seid ihr ja endlich!« Frida stand in der Haustür und sah uns entgegen, als Mama und ich kurz nach sieben den schmalen Weg von der Garage entlangliefen. Aus der Küche wehte uns der Geruch nach Tomaten und geschmolzenem Käse entgegen.

»Hi.« Ich schob mir die Kapuze vom Kopf und zog sie an mich. »Hat Max Pizza gemacht? Ich verhungere.«

»Hallo, Eva.« Frida lächelte meine Mutter über meine Schulter hinweg an. »Ja. Zwei Bleche voll. Sollte reichen.«

Mama, die hinter mir in den Flur getreten war, wirkte verlegen. »Eigentlich …« Sie ging die paar Schritte zur Küche und begrüßte Linh und Max. »Sag mal, Max, bist du böse, wenn ich nicht mitesse? Ich habe noch was vor.« Sie warf mir einen schnellen Blick zu.

Max grinste. »Kein Thema. Geh du mal auf dein Date.«

Mama hob eine Augenbraue. »Da bin ich aber froh, dass ich Ausgang kriege.« Schmunzelnd deutete sie auf den Backofen. »Lasst mir was übrig, okay?«

Sie winkte uns zu und verschwand nach oben.

Ich drehte mich zu den anderen um. »Wie lang braucht die Pizza noch? Ist es okay, wenn ich vorher nach Dari schaue?«

Linh und Max schüttelten beide den Kopf und grinsten sich an.

Wenigstens Frida hatte Verständnis. »Du musst aber schnell sein. In zehn Minuten fangen wir an, egal, ob du da bist oder nicht.«

Das schaffte ich. Sekunden später war ich vor dem Haus und bog auf den Weg zwischen den Bungalows ab. Der Regen, der uns den ganzen Weg von Neubrandenburg hierher begleitet hatte, war in ein leichtes Nieseln übergegangen.

Kamil kam mir entgegen. Er hob grüßend die Hand und war schon drauf und dran, in seiner Wohnung zu verschwinden, als ich rief: »Max hat Pizza gemacht. Wollt ihr was davon abhaben?«

Einen Moment lang dachte ich schon, er hätte mich nicht gehört und wollte die Tür schließen, aber dann blieb er doch im dunklen Eingang stehen und antwortete: »Danke, aber heute nicht. Wir haben noch Bigos.«

Ich schaute durch das große Fenster in die hell erleuchtete Küche, wo Tadeusz am Herd stand und in einem Topf rührte. Das hatte ich ganz vergessen. Er hatte von dem Wochenende bei seinen Eltern einen Kofferraum voll Essen mitgebracht.

»Klar. Dann schönen Abend noch. Lasst es euch schmecken.«

Ich hatte mich schon weggedreht, als Kamil mich zurückhielt. »Jannis? Wie war dein Treffen?«

»Gut.« Ich grinste und ging rückwärts weiter. »Du lernst sie ja alle bald kennen. Das heißt, wenn du dir vorher keine Lungenentzündung holst.«

Kamil folgte meinem Blick und schaute an sich hinunter. Aus seiner Jacke tropfte es und seine Jeans klebte an seinen Oberschenkeln. Er sah aus, als wäre er in die Regentonne gefallen. Keine Ahnung, wie lang der heute Nachmittag draußen gewesen war, um so nass zu werden.

Er hob noch einmal die Hand, und während er die Tür zuschob, antwortete er: »Bestimmt nicht. Danke. Und schönen Abend.«

Zwei Minuten später stand ich vor Daris Box. Die anderen Pferde mampften zufrieden ihr Heu, aber sie drückte mir ihre Stirn an die Brust, damit ich sie im Nacken kraulen konnte.

»Mal sehen, wie das wird«, flüsterte ich ihr zu, während meine Finger unter ihrer schwarzen Mähne verschwanden. »Wenn du keinen Spaß an der Sache hast, dann lassen wir es, ja?«

Doch eine Stimme in meinem Kopf sagte mir, dass sie wieder genauso auf den Geschmack kommen würde wie ich.

»Lecker.« Linh lächelte Max über ihren leeren Teller an.

Frida und ich brummten nur zustimmend. Ich fragte mich, wie ich es geschafft hatte, mich so vollzustopfen, während ich von meinem neuen Team erzählt hatte. Frida hatte mir immer wieder kurze, forschende Blicke zugeworfen, aber ich wusste noch nicht, wie ich ihnen begegnen sollte. Vielleicht war es auch ganz egal – dass es ein guter Nachmittag gewesen war, hatte sie ja längst kapiert.

»Wir«, Max griff nach dem Backblech und stand auf, »haben übrigens auch was zu berichten.«

»Nein.« Ich setzte mich kerzengerade hin. »Nicht dein Ernst!«

Die Mädchen grinsten breit und schnappten sich die leeren Teller, um sie in den Geschirrspüler zu stellen. Bei so viel Tatendrang hatte ich keine andere Wahl, als die restlichen Überbleibsel des Essens abzuräumen und die Tischplatte abzuwischen. Sie hatten anscheinend nicht vor, irgendwas zu erzählen, bevor die Küche blitzblank war.

Fünf Minuten später saßen wir endlich im Wohnzimmer, Frida neben mir auf der Couch, Linh und Max halb übereinander im Sessel. Während die beiden noch damit beschäftigt waren, eine bequeme Position zu finden, vergrub ich meine Nase in Fridas Haaren. Unter ihrem normalen Honigduft lag der Geruch nach Salz und Pferd.

Schließlich beugte sich Max über Linh und hielt mir die Hand hin. Ich kapierte erst nicht, dass er mir etwas geben wollte.

»Ach so«, sagte ich, als er mit der Hand wedelte und ich sah, dass etwas zwischen seinem Zeigefinger und Daumen hing. »Was ist das?«

Max hob die Augenbrauen. »Ein Einhornhaar.«

»Mhm, klar, und ich bin der Osterhase.«

Frida und Linh gluckten und ich kniff die Augen zusammen. Jetzt erkannte ich das Haar auch. »Und das habt ihr von der Oie?«

»Ja«, bestätigte Linh triumphierend.

Max zog seinen Arm zurück und wickelte sich das Haar um den Zeigefinger.

Ich wandte mich an Frida. »Kann das nicht noch von einem Konik stammen? Das muss doch nicht heißen, dass da drüben ein Pferd rumläuft.«

Frida drehte den Kopf, um von meiner Brust zu mir hochzusehen. »Das nicht. Aber entweder wir haben heute ein Pferd gesehen oder es war eine sehr zottelige weiße Kuh.«

Ausführlich erzählten sie mir von ihrer Suche nach dem Pferd und wie es letztlich zu ihnen gekommen war. Eine Weile diskutierten wir noch, doch nach und nach merkte ich, dass meine Gedanken zurück zum Team schweiften. Über dieses rätselhafte Pferd wussten wir immer noch nicht viel – gut, außer dass es wirklich existierte –, aber dass das Treffen heute gut gelaufen war, stimmte mich optimistisch.

Es war wirklich ein Glück, dass Tomek, Ola und vor allem Marta so gut Deutsch konnten, sonst wäre die ganze Sache sicher mühsam geworden. Als ich Marta darauf angesprochen hatte, hatte sie mit den Schultern gezuckt und gemeint: »Deutsch und Englisch top, Mathe und Physik Flop.«

Sie grinste dabei, und ich konnte nicht anders, als ihr Grinsen zu erwidern. Marta hielt das Team zusammen, das war mir jetzt schon klar.

Mir fiel wieder Fabians Bemerkung über diesen Kuba ein und wie heftig Marta darauf reagiert hatte. Irgendwie sah ihr das gar nicht ähnlich. Rätsel gab es also auch im Team zu lösen, so viel stand fest.

Linh holte mich wieder in die Gegenwart. »Sollten wir jemandem Bescheid geben?«

»Dass ihr das Pferd wirklich gesehen habt?«, fragte ich.

»Wo bist du denn, Alter?« Max griff sich ein Sofakissen und warf es nach mir, traf aber Fridas Gesicht.

»Geht's noch?«, rief sie, packte das Kissen und schleuderte es zurück.

Und das war natürlich das Ende jedes sinnvollen Gesprächs.

Frida

Die Wochen nach den Winterferien waren so vollgestopft mit Hausaufgaben und Klassenarbeiten, dass ich kaum einen Gedanken für das weiße Pferd auf der Oie übrig hatte. Nach drei Tagen kam es mir vor, als hätten wir nie Ferien gehabt, und weil in der zweiten Februarhälfte das Wetter sonnig und mild wurde, hatte Mama fast von einem Tag auf den anderen doppelt so viele Reitkinder wie über den Winter. Seit Theo mit Miri zusammen war, gab er viel weniger Unterricht als früher, also half ich öfter aus. Und was ich früher nie gedacht hätte: Es machte mir sogar Spaß.

Weil ich nebenher auch noch mit Liv und Juniper arbeiten wollte, blieb für Bootstouren nur wenig Zeit. Anfang März überredete ich Jannis, Linh und Max dazu, noch einmal nach dem Pferd zu suchen, aber falls es noch auf der Oie war, hatte es weder Mist noch Haare hinterlassen.

»Vielleicht ist es einfach wieder aufs Festland geschwommen«, meinte Max achselzuckend, als wir uns entschieden zurückzurudern.

»Kann es sein, dass du dich getäuscht hast, und das Pferd, das du gesehen hast, war gar nicht weiß, sondern ein helles Konik?«, fragte Linh, während wir quer über die Wiese zu den Dünen liefen. »Vielleicht hat ihm der kleine Ausflug im November so gut gefallen, dass es das wiederholen wollte.«

Sie grinste, und Max lachte, aber dass sie jetzt anfingen, so zu tun, als hätte ich mir alles nur eingebildet, fand ich überhaupt nicht lustig. Das Pferd war garantiert kein Konik gewesen. Am Ende war es aber auch egal, keiner hatte mehr etwas von einem angeblichen Geisterpferd gehört, und vielleicht war es einfach Zeit, nicht mehr danach zu suchen. Genug zu tun hatten wir jedenfalls alle.

Für Jannis rückte das erste Trainingslager näher. Es würde in Polen stattfinden und er schwankte zwischen Vorfreude und Nervosität. Langsam wurde auch klar, wie viel mehr Arbeit auf ihn zukommen würde. Einmal ertappte ich mich dabei, wie ich in Geschichte eindöste, statt dem Film über den Matrosenaufstand von Kiel zu folgen. Als ich hochschreckte und dabei peinlicherweise meinen Kugelschreiber vom Tisch fegte, wollte ich Jannis schon fragen, warum er mich nicht geweckt hatte, aber er war damit beschäftigt, seine drei Listen zu pflegen.

Die erste Liste, hatte er mir erklärt, war Daris Packliste, also die Ausrüstung, die sie für das Wochenende brauchen würde, die zweite war seine eigene, und die dritte war die Orgaliste, auf der er festhielt, welche seiner Aufgaben sich Eva, Max und Tadeusz teilen mussten. Obwohl ich wusste, wie viel er arbeitete, schockierte es mich, wie lang die letzte Liste war. Und das stand ihnen jetzt alle vierzehn Tage bevor.

Zu Hause war es die meiste Zeit so still, dass ich manchmal sogar Musik laufen ließ, während ich lernte, und das machte ich normalerweise nie. So schön mein neues Zimmer war – im Dachgeschoss war ich weiter weg von allem als vorher. Dabei passierte nicht mal was, es war einfach nur das Gefühl, in einem Turm zu sitzen und nichts vom Leben mitzukriegen.

Früher war immer irgendjemand durchs Treppenhaus getrampelt, hatte sich etwas zu essen aus der Küche geholt und laut telefoniert. Aber jetzt war nicht nur Luise ausgezogen. Wenn Theo von der Uni nach Hause kam, war er eigentlich nur noch bei Miri oder mit den Tierschützern von Animal Attack unterwegs, und Mama und Papa hatten nach der Renovierung von Luises und Simons Wohnung beschlossen, auch gleich die Ferienapartments auf Vordermann zu bringen. Seitdem werkelten sie zusammen mit Simon und Heinrich bis in die Nacht hinein im Apartmenthaus und redeten seit Tagen über nichts anderes als Bodenbeläge, Wandfarben und Badarmaturen.

Die einzigen Gelegenheiten, dass es mal etwas munterer zuging, waren Mamas Reitstunden. Die Mädchen lachten im Hof oder zankten sich um das Putzzeug und am liebsten hätte ich dann meine Bücher in die Ecke geknallt und wäre auch zu den Pferden gegangen. Doch Schule ging vor. Das Zwischenzeugnis war keine Glanzleistung gewesen, und ich hatte Mama und Papa versprechen müssen, bis zum Jahresende die drei Vieren auszubügeln.

»Nein.«

Sanft, aber bestimmt schob ich Phelis Kopf weg und hielt Suki ein Stück Möhre hin, das sie mit weichen Lippen von meiner Handfläche pflückte. Dann bekam auch Pheli ihren Anteil, und für Alba gab es einen halben Apfel, den sie innerhalb von Sekunden zu einem weißen, schaumigen Brei zermalmte, der ihr aus dem Maul tropfte.

»Spuckemonster«, flüsterte ich und zauste ihr die Mähne.

Pheli war mit ihrer schnöden Mohrrübe natürlich nicht zufrieden und drohte Alba mit angelegten Ohren, aber ich wies sie mit einem Schnalzen und einem scharfen Blick zurecht. Hier hatte ich das Sagen, ihren Rang konnte sie durchsetzen, wenn ich wieder weg war. Draußen. Vor der Ponybox.

Ich fühlte Mamas Blick auf mir. Sie stand an der Tür und beobachtete mich, wie so viele Male in den letzten Monaten, in denen ich versucht hatte, meine alte Ruhe mit den Ponys wiederzugewinnen. Sie fand meine Idee, mit dem Futterbeutel in die Box zu gehen, nur mittelgut, und normalerweise hätte ich mich auch nicht in die Rangfolge der Ponys beim Fressen eingemischt, aber ein besserer Test war mir nicht eingefallen. Ein Test für meine Nerven. Für meine Klarheit und für die Bereitschaft der Ponys, sich meinen Anweisungen zu fügen.

Und es klappte. Pheli akzeptierte die Ansage und leckte sich das Maul, dann kam sie einen Schritt auf mich zu und wartete ab.

»Brav.« Ich kramte in meinem Beutel und zog einen kleinen Apfel heraus, den sie vorsichtig nahm.

Als ich alles Obst und Gemüse verfüttert hatte, reichte ich Mama den Beutel über die Tür nach draußen. Pheli kapierte, dass es nichts mehr zu holen gab, und trollte sich Richtung Heuhaufen, aber Suki und Alba blieben bei mir und ließen sich kraulen.

Es wirkte. Vorhin beim Füttern war ich konzentriert gewesen, aber das Gefühl hatte gefehlt. Und das kam jetzt. Ich war immer noch ganz im Moment, hatte meine Sinne auf die Ponys gerichtet und nahm ihre Bewegungen und Stimmungen wahr, doch vor allem konnte ich aus mir selber heraustreten. Mich abstreifen.

Ich war mir viel zu lang selber im Weg gestanden, mit meinen Befürchtungen und Erwartungen. Und Pferde spürten das. Aber wenn ich im Augenblick war, so wie jetzt, dann war ich das Beste, was ich für sie sein konnte.

Langsam ging ich in die Hocke und atmete ihren Geruch ein,

ihren Atem, den sie mir ins Gesicht hauchten, während ich ihnen die Unterlippe kraulte. Sie stupsten mich an und zeigten mir die Stellen, an denen ich sie kratzen sollte. Wir waren eine Herde und ich war ihnen unendlich dankbar.

Als ich aufstand und mich zur Boxentür umdrehte, wusste ich, was Mama sehen würde: mein Pferdegesicht. Ein paarmal hatte es schon geklappt in den letzten Wochen, dass die Erinnerungen an meinen Unfall im Sommer nicht gekommen waren und das Training gestört hatten. Ich hatte meine Antennen ausgefahren und gelauscht und geguckt, so wie früher, und mehr hatte es nicht gebraucht, um mich mit den Pferden zu verbinden. Und wenn ich wusste, dass wir uns verstanden hatten, dann setzte ich eine Miene auf, die Theo mein »Pferdegesicht« nannte: ganz ruhig und entspannt und zufrieden.

Und so war es jetzt wieder. Es war sogar noch besser: Ich erinnerte mich daran, wie meine verschwitzten Handflächen vom Riegel der Box abgerutscht waren, wie mein Herzschlag in meinen Ohren donnerte, wie die Ponys nervös schnaubten, weil sie merkten, dass mit mir etwas nicht stimmte – aber es kümmerte mich nicht mehr. Die Bilder und Geräusche zogen vorüber, gehörten zu jemandem, der ich nicht mehr war. Ich war nicht schuld gewesen an dem, was passiert war, ich hatte keinen Fehler gemacht. Unfälle passierten, wenn man mit Pferden arbeitete. Die Angst davor durfte sich nicht in den Alltag schleichen.

Mama legte mir einen Arm um die Schultern, als ich die Box verriegelt hatte. Sie sagte nichts, denn wir wussten beide, dass ich jetzt wieder nach vorn gucken konnte. Ich hatte es geschafft.

»Friiiida!«

Bevor ich mich umsehen konnte, prallte eine Kanonenkugel auf meinen Rücken. Jedenfalls fühlte es sich so an, als ich gegen das Gatter knallte, hinter dem ich gerade Liv verstaut hatte. Kurz blieb mir die Luft weg.

»Marit! Vorsichtig!« Die Stimme kam mir ziemlich bekannt vor.

Nur mit Mühe wand ich mich aus der Umklammerung zwei dünner Ärmchen und drehte mich um. Weil ich noch immer nach Atem rang, klang mein »Hallo« ein bisschen schwach.

»Hallo.« Marit hatte den Kopf in den Nacken gelegt, um mir unter ihrem Helm hervor ins Gesicht sehen zu können. Ihre Arme hatte sie wieder um meinen Bauch geschlungen und sie strahlte mich selig an.

Ihr Bruder schlich auf uns zu und wirkte weniger fröhlich. Ich sah ihm entgegen, begrüßte ihn aber nicht.

»Du warst ja lange nicht mehr da«, sagte ich zu Marit, die keine Anstalten machte, mich loszulassen. Für ihren Bruder übersetzt hieß das: *Du hast dich eine Ewigkeit nicht blicken lassen.*

»Mama meinte, das Wetter war zu schlecht.« Marit verzog kurz das Gesicht, als fände sie allein den Gedanken unsinnig, lachte aber gleich wieder.

Ihrem Bruder warf ich einen Blick zu, der fragte: *Und welche Ausrede hast du?*

Trotz seines Schneckentempos war Nils mittlerweile bei uns angelangt. »Hi.«

»Hi.« Wortlos musterte ich ihn. In der Schule hatte ich ihn über den Winter ein paarmal gesehen, aber warum er seit November nicht mehr auf dem Gut aufgetaucht war, hatte er nie erklärt. »Geht's gut?«

Er nickte, dann nahm er eine Hand aus der Hosentasche und deutete auf Marit. »Sie hat nicht aufgehört zu nölen, bis sie wieder herdurfte.«

»Ja, manchen gefällt's hier.« Meine Stimme klang zuckersüß, aber er kannte mich gut genug, um zu wissen, dass ich stinksauer war.

Nils schaute auf seine Schuhspitze und zog eine Linie in den Staub. »Vielleicht können wir ja mal wieder was machen?«

Ich war so verblüfft, dass ich bestimmt zehn Sekunden nicht antwortete. Resigniert sah Nils auf und nickte einmal, doch dann überraschte ich mich selber damit, dass ich sagte: »Ich überleg's mir.«

Auf seinem Gesicht erschien ein vorsichtiges Lächeln, und obwohl er noch eine Menge zu erklären und noch mehr wiedergutzumachen hatte, fühlte ich, wie ich es erwiderte. Ich schaute Marit an. »Komm mit, wir suchen dir ein Pony.«

»Darf ich Dotty haben?«, fragte sie, als sie mich losließ und meine Hand nahm. Gemeinsam liefen wir über den Hof. Nils folgte uns.

»Weiß nicht. Du bist ziemlich gewachsen.«

Sie kicherte. »Aber doch nicht sooo viel.«

Nils hatte zuerst anscheinend nicht gewusst, ob er eingeladen war, aber jetzt schloss er zu uns auf. »Ich glaube, du hast Besuch.«

»Was?«, fragte ich, doch da entdeckte ich ihn schon.

Max stand an der Ecke des Wohnhauses und schaute sich suchend um. Als er mich entdeckte, lief er auf uns zu. Ich grinste in mich hinein. So ganz hatte ich mich noch nicht daran gewöhnt, dass Jannis jetzt einen Mitbewohner hatte, der auch schon anfing, das Gut als zweite Heimat zu betrachten.

»Hey«, sagte er, als er bei uns ankam, und bedachte Nils mit einem neugierigen Blick. Nils nickte ihm zu.

»Hallo«, begrüßte ich Max, dann pfiff ich einmal so laut, dass die Jungs zusammenzuckten. Ich grinste. »Sorry. Dotty wird gebraucht.«

Fünf Sekunden später kamen trappelnde Schritte um die Ecke und ein gepunkteter Wattebausch stürmte auf uns zu. Dotty hatte immer noch so dichtes Winterfell, dass es fast aussah, als würde sie rollen.

»Dotty!« Strahlend breitete Marit die Arme aus und dann waren Pony und Mädchen ein paar Minuten lang nicht ansprechbar.

Fragend sah ich Nils an. »Weißt du noch, wie das mit dem Satteln und so geht?«

Er guckte zwischen Max und mir hin und her und wirkte ein bisschen enttäuscht, aber dann nickte er tapfer.

»Okay, dann übernimm doch bitte. Ich bin heute nämlich nicht im Dienst.« Ich wünschte Marit eine schöne Reitstunde und schickte sie in die Sattelkammer, um Dottys Putzzeug zu holen. »Und melde dich mal, ja?«, fügte ich an Nils gerichtet hinzu.

Dann drehte ich mich zu Max um.

»Hallo«, sagte ich noch mal. »War dir wohl langweilig zu Hause?«

Er verzog das Gesicht. »Euer Landleben färbt langsam auf mich ab. In Berlin konnte ich tagelang zocken, aber hier fällt mir nach einer halben Stunde die Decke auf den Kopf.«

Ich lachte. »Dann komm mit. Wir finden schon was, womit du dich beschäftigen kannst.«

Er half mir, vier Ponys vom Paddock zu holen und zum Anbinder zu führen. An seinen geübten Handgriffen und der Selbstverständlichkeit, mit der er Nessie zur Seite schob oder Duncans Hufe hochhob, merkte ich, dass er auf dem Carlshof kein Gast mehr war.

»Arbeitest du eigentlich viel im Stall mit?«, fragte ich, als ich das Gatter schloss.

»Kommt drauf an«, brummte er. »Unter der Woche nur, wenn Jannis füttern muss oder Eva mir vor den Anfängerstunden Unterricht gibt. Da bleibe ich dann noch und passe auf, dass die Sättel richtig liegen und sie die Hufe ordentlich auskratzen.« Er rieb sich die Nase. »An den Wochenenden ist es mehr. Aber das ist schon okay«, meinte er mit einem Seitenblick auf mich. »Jannis ist dann ja auch ständig im Stall.«

Zu einer Antwort kam ich nicht, weil Olivia um die Ecke bog und auf mich zustürmte.

»Hallo, Frida.« Sie schlenkerte mit ihrer Reitkappe und strahlte mich an. »Ich kriege Campari, oder?«

Ich lächelte. »Das denke ich doch. Frag einfach meine Mutter.«

Olivia und ich hatten letztes Jahr beide einen Unfall mit unseren Ponys gehabt, aber anders als ich hatte sie sich gar nicht erst von ihrer Angst unterkriegen lassen. Davor hatte ich echt Respekt.

Sie legte den Kopf schief. »Gibst du auch mal wieder eine Reitstunde?«

»In den Ferien bestimmt. Oder vielleicht mal am Wochenende«, schob ich hinterher, als sie eine enttäuschte Schnute zog.

»Okay«, sagte sie, schon wieder fröhlich. »Da reite ich dann mit.«

Sie winkte uns zu und hüpfte Richtung Stall davon. Gerade hatte ich mich wieder zu Max umgedreht, als wieder jemand meinen Namen rief.

»Huhu, Frida! Darf ich heute Nessie reiten?«

Die nächsten drei Reitermädchen rannten durch den Torbogen auf den Hof.

»Langsam!«, erinnerte ich sie, aber sie hörten mich gar nicht.

»Kriege ich Duncan?«

»Klara hatte Duncan letzten Freitag, diese Woche bin ich dran!«

Ich war dankbar, als Mama ihren Kopf aus der Sattelkammer streckte und die Mädchen zu sich rief.

»Lass uns verschwinden«, raunte ich Max zu, der mich breit angrinste. »Ich glaube, es gibt Kuchen.«

Luise hatte nämlich gerade Prüfungsstress an der Uni und zur Entspannung stellte sie sich in die Küche und backte. Sie hätte auch ausreiten können, aber davon hätte der Rest von uns weniger gehabt. Ich wunderte mich nur, warum sie immer noch zu uns kam, statt ihren eigenen Backofen zu benutzen.

Drei Minuten später wusste ich es: In unserer Küche sah es aus, als wäre ein Mehlsack explodiert.

»Guckt nicht so«, sagte sie, als sie Max und mich auf der Schwelle stehen sah. Ein Duft nach Zucker und Zimt umwehte uns. »Ich räume die Sauerei ja wieder weg. Aber habt ihr schon mal Hefeteig gemacht auf einer Arbeitsplatte so groß wie ein Taschentuch?«

Da ich noch nie Hefeteig gemacht hatte, wartete sie nicht auf eine Antwort, sondern streckte einen bemehlten Zeigefinger aus.

»Bleibt da stehen, ich bringe euch was. Deswegen seid ihr doch hier, oder?« Während sie in der Speisekammer verschwand, redete sie weiter. »Die Franzbrötchen sind noch nicht fertig, aber von denen hier könnt ihr welche haben.«

Sie hielt uns einen Teller mit Mohnschnecken hin. Wir griffen zu.

»Wo hast du denn Linh und Jannis gelassen?«, fragte Luise Max. Ich verkniff mir ein Grinsen. Für mich war das auch seltsam, ihn ohne die beiden zu sehen.

Max stoppte seine Schnecke kurz vor dem Mund. »Jannis hat dieses Wochenende sein erstes Trainingslager und Linh besucht ihren Patenonkel in Kiel.«

»Okay.« Luises Blick huschte zwischen ihm und mir hin und her. »Ich hab heute Abend lernfrei und wollte dich fragen, Frida, ob du zu uns kommen willst. Ich mache Lasagne und wir gucken einen Film. Wenn du Lust hast, komm doch auch, Max. Es reicht auf jeden Fall.«

Ich starrte meine Schwester mit offenem Mund an, weil es ungefähr noch nie vorgekommen war, dass sie mich zu einem Filmabend mit Simon eingeladen hatte, aber Max nickte schon begeistert.

»Cool, danke. Ich komme gern.«

»Super.« Sie lächelte, dann drückte sie uns noch ein paar Mohnschnecken in die Hand. »Bringt Mama doch auch eine, okay? Und jetzt raus hier, ich muss mich konzentrieren.«

Nach der ersten Mohnschnecke hatte ich meinen Schock verdaut, und wir überlegten, was wir mit dem Nachmittag anstellen sollten.

»Wenn wir uns beeilen, könnten wir vor dem Dunkelwerden noch mal auf die Oie«, schlug ich vor.

Max schnaufte. »Oh nee, Frida, echt nicht. Seit dem einen Mal haben wir keine Spur mehr von dem Pferd gefunden. Meinst du nicht, dass es längst weg ist? Wenn es überhaupt je da war …«

»Äh, bitte? Du warst dabei. Du hast es auch gesehen.«

»Mag sein«, lenkte Max ein. »Aber ich hab trotzdem keinen Bock, schon wieder auf dieser Insel im Gestrüpp rumzuschnüffeln.«

»Also gut. Dann reiten wir aus.«

Max' Augenbrauen schossen nach oben und ich unterdrückte ein Grinsen. Ich sah genau, dass er sich freute, aber nach all den Jahren, in denen er Jannis mit dem Reiten aufgezogen hatte, konnte er sich noch nicht eingestehen, wie viel Spaß es ihm machte.

Vor der Sattelkammer steckte ich mir den letzten Rest meiner Mohnschnecke in den Mund, umkurvte Reitkinder und die zugehörigen Eltern und fragte Mama in einer ruhigen Sekunde, in der niemand auf sie einplapperte: »Kann Max Lovis für einen Ausritt haben?«

Max war an der Tür stehen geblieben. Mama lächelte ihm entschuldigend zu. »Lovis geht in der Sechzehn-Uhr-Stunde.«

Ich drehte mich auch zu ihm um. »Und Walter?«

Walter war eins unserer größeren Ponys und den fortgeschrittenen Reiterinnen vorbehalten. Max wusste das. Er riss die Augen auf, sagte aber nichts.

Ich spürte Mamas Blick auf mir, bevor sie antwortete: »Ja, das passt. Aber dann wäre es mir lieber, wenn du James nimmst statt Liv.«

James und Walter waren ein eingespieltes Team, und weil Mama anscheinend Bedenken hatte, dass Max Walter die nötige Sicherheit vermitteln konnte, nickte ich.

»Geht klar. Mit den beiden war ich sowieso schon länger nicht mehr draußen.«

»Dann viel Spaß.« Mama lächelte Max noch einmal zu. »Und lass dir von Frida einen Helm raussuchen, ja?«

»Mama! Wofür hältst du mich?« Fast hätte ich ihr das kleine, in eine Serviette gewickelte Päckchen nicht gegeben. »Hier, bevor ich sie selber esse.«

»Eine Mohnschnecke. Danke, mein Schatz.« Sie legte einen Arm um mich und schob mich zur Tür. »Und jetzt ab mit euch, ich muss arbeiten.«

Liv wieherte sehnsüchtig, als ich auf James an ihrer Koppel vorbeiritt, aber Mama hatte schon recht, in den letzten Wochen hatte ich die anderen Ponys etwas vernachlässigt. Die Arbeit mit Juniper war mir wichtiger gewesen, deswegen war ich fest entschlossen, den Jungs heute einen langen Ausflug zu gönnen, solange es das Tageslicht zuließ.

Max und Walter klickten sofort zusammen. Max ging zwar ziemlich robust mit ihm um, aber diese Kumpelhaftigkeit schien Walter zu gefallen. Er unterließ sogar seine sonstigen Angewohnheiten, zum Beispiel am Hoftor umzudrehen oder unter den Büschen am Wegrand nach frischem Gras zu suchen. Wie ein Musterschüler zuckelte er neben James her und das wiederum gab Max immer mehr Sicherheit.

Anfangs konzentrierte er sich noch darauf, alles richtig zu machen, und antwortete höchstens einsilbig, wenn ich etwas sagte, aber langsam entspannte er sich und achtete mehr auf unsere Umgebung. Walter ließ den Kopf sinken und schnaubte.

»Sollen wir ein Stück traben?«, schlug ich vor, als wir an den Weg kamen, der hinüber zum Westwald führte, und Max nickte.

Es war ziemlich kühl, aber die Sonne strahlte vom blassen Märzhimmel, und in der frischen Luft schritten die Ponys fleißig aus, sodass ich eine Weile einfach nur James' gleichmäßige Bewegungen und den Wind in meinem Gesicht genoss. Ich hatte schlecht geschlafen letzte Nacht, doch nichts half besser gegen Müdigkeit als ein flotter Trab im Gelände.

Am Waldrand hob ich die Hand, um Max zu signalisieren, dass er durchparieren sollte, aber Walter war schneller und fiel in Schritt. Er hatte sicher auch gemerkt, dass Max die Puste ausging, doch das wunderte mich nicht. Ich fand es eher erstaunlich, wie gut er schon mithielt. An der Weggabelung nahmen wir den rechten Pfad, der uns hinauf zur Landspitze bringen würde.

»Wieso heißt der Westwald eigentlich Westwald, wenn er im Osten liegt?«, fragte Max, als er wieder Luft bekam.

Ich sah ihn an. »Das kommt, glaube ich, aus der Zeit, als zum Gut noch mehr Land gehörte. Da gab es viel mehr Wald, bis hinüber zur Wiek und auch dort, wo jetzt das Naturschutzgebiet ist.«

»Ach so. Und das war der Ostwald? Wurde der dann abgeholzt?«

Ich zuckte mit den Schultern. »Ja. Wahrscheinlich brauchten sie mehr Ackerfläche, als das Dorf größer wurde.«

Der Weg stieg jetzt sanft an. Hinter der nächsten Kurve wurde der Wald schon lichter.

»Als ich noch so viel mit dem Zug gefahren bin, fand ich es immer total auffällig, dass bei Berlin die Felder so riesig waren und es hier oben so viele Hecken und Wiesen und kleinere Äcker gab. Da wusste ich schon, dass ich bald da war.«

Ich warf Max einen Seitenblick zu. Er hatte echt viel für seine

Freundschaft zu Jannis und seine Beziehung mit Linh getan. Ging es ihm jetzt gut in Eldenau? Oder vermisste er seine Mutter und sein altes Leben in Berlin mehr, als er sich anmerken ließ?

Darauf ansprechen wollte ich ihn aber lieber nicht, deswegen antwortete ich: »Es gibt genug Betriebe, die das hier oben auch gern so hätten. Riesige Felder, die man mit richtig großen Maschinen bewirtschaften kann. Papa kriegt immer wieder Angebote, unseren Grund zu verkaufen, aber das will er natürlich nicht. Sonst müssten wir ja unser ganzes Futter zukaufen.«

»Und kilometerweit Mais vor der Haustür wollt ihr sicher auch nicht.«

Ich schüttelte mich. »Nee. Stell dir mal vor, wie das beim Ausreiten wäre! Schrecklich.«

Wir hatten den Klippenpfad erreicht, der zum Aussichtspunkt über dem Naturschutzgebiet führte. Er war so schmal, dass wir hintereinanderreiten mussten. Als wir bei der Plattform ankamen, stiegen wir ab und ließen die Ponys grasen.

Mein Blick schweifte über die Landschaft vor uns. Halb links von uns rollten die glitzernden Wellen der Ostsee auf dem Kiesstrand aus, direkt unter uns verbreiterte sich der Bach, der durch das Konikgehege floss, zu einem Teich. Die Sonne stand schon tief, doch wenn ich die Augen zusammenkniff, glaubte ich, in der Ferne hinter dem Naturschutzgebiet die Oie ausmachen zu können.

»Meinst du, wir sehen welche von den Koniks?«, fragte Max.

Ich hatte die Tagesabläufe der unterschiedlichen Familien nicht mehr so gut im Kopf wie letzten Sommer, aber bald dämmerte es, also konnte es gut sein, dass ein paar Pferde zum Bach zum Trinken kamen.

»Vielleicht«, antwortete ich, aber bevor ich es ganz ausgesprochen hatte, regte sich etwas unter den Bäumen am Waldrand gegenüber. Ich stupste Max in die Seite und deutete mit dem Kinn nach rechts.

Eine kleine sandfarbene Stute trat aus dem Zwielicht und witterte in alle Richtungen. Ich musste mich angespannt oder scharf eingeatmet haben, denn Max sah mich an. Doch ich hatte keine Augen für ihn. Das war die Stute, die den Winter über bei Nemo gewesen war. Würde jetzt gleich er …? Doch statt Nemo trat eine unscheinbare, trächtige Falbstute auf die Wiese und an ihrer Seite ein zotteliger Einjähriger.

Und dann war er doch da. Hinter der trächtigen Stute kam er aus dem Wald und trieb den trödelnden Jährling zur Eile an. Also hatte er seine Familie über den Winter vergrößert.

Ich wandte die Augen nicht von ihm. Gut sah er aus, kräftig und fit. Der silberne Schimmer in seinem Fell war noch deutlicher als letztes Jahr, und es lag etwas in seiner Ausstrahlung, was mich denken ließ, dass er bis zum Sommer noch ein paar Stuten mehr gewinnen würde. *Du kannst mir vertrauen,* schien jede seiner Bewegungen, seine ganze Haltung zu sagen, *ich lass dich nicht im Stich.* Genau das, was er im Herbst bewiesen hatte, als er mich durch die Wiek getragen hatte.

»Ist er das?«, flüsterte Max, der anscheinend gemerkt hatte, dass ich mich nicht mehr rührte.

»Ja«, antwortete ich genauso leise, auch wenn es unwahrscheinlich war, dass der Wind unsere Stimmen bis zu den Pferden trug.

Eine Weile sahen wir den vier dabei zu, wie sie tranken und sich gegenseitig das Fell kraulten. Hin und wieder schlugen sie mit dem Schweif, um die ersten Fliegen zu vertreiben, der Jährling drehte ein paar Galopprunden und machte Bocksprünge, und die Wellen der Ostsee rollten träge auf den Kies, wie zur Bestätigung, dass alles gut war. Dann, als der Horizont schon wie Perlmutt schimmerte, zuckten Nemos Ohren und die der sandfarbenen Stute zum Waldrand, und sie drängten zum Aufbruch. Über den Kiesstrand zogen sie davon.

»Du kannst jetzt loslassen.«

»Hm?« Fragend sah ich Max an, aber er zeigte nur auf meine linke Hand. Ich hatte mich so fest an der Balustrade festgeklammert, dass meine Fingerknöchel weiß hervortraten. »Oh.«

Ertappt grinste ich, aber Max schien mich nicht damit aufziehen zu wollen. Er schmunzelte nur in sich hinein.

»Sollen wir los?«, fragte er.

Ich warf noch einen flüchtigen Blick auf die Familie eines Hengstes mit gelblichem Fell, die unter den Bäumen aufgetaucht war, dann nickte ich.

»Nicht da lang«, sagte ich, als Max denselben Weg nehmen wollte, den wir gekommen waren. »Wir geben jetzt noch ein bisschen Gas.«

Bei der Aussicht, mit Walter zu galoppieren, hatte Max ziemlich nervös auf seiner Unterlippe gekaut, aber kaum legten die Ponys los, brach er in breites Grinsen aus. Das war genau der Grund, warum er reiten gelernt hatte, etwas anderes brauchte er mir doch nicht zu erzählen.

Unter dem verblassenden Himmel flogen wir dahin, und auch wenn ich mit Jannis noch ein ganzes Stück mehr aufgedreht hätte, preschten die Jungs Nase an Nase dahin und wirbelten Sand und Wasser auf. Ich schmeckte das Salz auf meinen Lippen und atmete tief ein. Die prickelnde Luft in meiner Nase, der doppelte Dreitakt der Hufe auf dem nassen Sand, der pfeifende Wind, die Schaumflöckchen, James' geschmeidige Bewegungen, das war das pure Leben.

Dieser Moment war so voll Freude – James kriegte sich kaum ein, dass er mal wieder laufen durfte, wie er wollte, und ließ sich sogar zu zwei kleinen Hüpfern hinreißen, Walter legte sich für Max ins Zeug wie ein Irrer und glich die paar Wackler, die sich Max leistete, spielend aus, und Max ... Max platzte fast vor Stolz und Ausgelassenheit. Und ich? Ich saß auf einem Pferd. Das reichte.

Wir waren alle vier außer Atem, als wir beim Strandaufgang langsamer wurden und die Pferde schließlich in Schritt fielen.

Max lobte Walter überschwänglich, klopfte seinen Hals und kraulte seinen Widerrist. Seine Wangen glühten.

Eine Weile sah ich mir das an, dann sagte ich: »Du hast es auch ziemlich gut gemacht.«

Max' rechte Augenbraue wanderte nach oben, dann antwortete er: »Jannis sagt, kein Lob ist härter verdient als eins von dir. Jedenfalls wenn man kein Pferd ist.«

Ich schnaubte. »Dann wird da was dran sein.«

»War cool heute«, meinte er nach einem Moment. »Danke.«

Ich konnte es mir nicht verkneifen. »Kannst froh sein. Normalerweise reite ich nicht mit Anfängern aus. Es sei denn, ich werde dafür bezahlt.«

»Autsch.«

Lachend fügte ich hinzu: »Bloß gut, dass du kein Anfänger mehr bist.«

Seine süßsaure Miene hellte sich auf.

Nach ein paar Minuten, in denen wir schweigend nebeneinanderher geritten waren, tauchte am Ende des Weges der Carlshof auf.

»Was weißt du eigentlich über Kamil?«

»Euren Kamil?« Verdutzt sah ich Max an. Wie kam er denn jetzt auf den? »Keine Ahnung … Er arbeitet für Eva, seit sie hier angefangen hat. Und er kommt aus Polen. Er hat ein Händchen für Pferde, und ich glaube, er ist ziemlich loyal.«

Im Herbst hatte er verhindert, dass Jannis' Vater klammheimlich Dari mitgenommen hatte, obwohl sie ihm da noch zur Hälfte gehörte. Das hatte ich ganz schön beeindruckend gefunden.

»Wieso?«, fragte ich, als Max nicht antwortete.

Er zuckte mit den Schultern. »Nur so. Ich meine, jetzt, wo er immer mit Jannis unterwegs ist … da wollte ich einfach mal hören, was du von ihm hältst. Und nein, ich bin nicht eifersüchtig«, fügte er widerwillig grinsend hinzu, weil er meinen Gesichtsausdruck richtig gedeutet hatte.

»Okay.« Ich grinste ebenfalls. »Dann ist ja alles in Ordnung. Und jetzt lass uns noch mal traben, ich hab keine Lust, im Dunkeln nach Hause zu kommen.«

Aber den ganzen Weg bis zum Gut fragte ich mich, ob ich mit Jannis darüber reden sollte, dass Max mit dieser Teamgeschichte doch nicht so gut zurechtkam, wie er behauptete.

Jannis

Sie wird es gut machen.«

»Hm?« Kamil hatte mich aus meinen Gedanken gerissen. Ich schaute ihn an.

Er deutete auf meine Finger, die sich in den Beifahrersitz gruben. »Dari. Du kannst dich auf sie verlassen.«

»Mhm«, brummte ich zustimmend und sah wieder durch die Windschutzscheibe. Natürlich konnte ich mich auf Dari verlassen, sie würde es großartig machen. Aber das ging mir auch nicht im Kopf rum. Langsam atmete ich aus und löste meinen Griff vom Sitz. Dass ich so aufgeregt war, kannte ich gar nicht von mir.

Wir holperten über eine schmale Straße, die uns zum Hof von Olas Eltern bringen sollte. Die Idee, dass Kamil mich fuhr, war wirklich eine von Max' Sternstunden gewesen. Schon vorhin beim Tanken wären Mama und ich völlig aufgeschmissen gewesen. Kamil dagegen quatschte mit der Tankstellenbesitzerin, als würde er sie seit Jahren kennen, und anscheinend hinterließ er bei ihr einen so positiven Eindruck, dass noch zwei Äpfel für Dari aus dem Korb auf dem Tresen raussprangen.

Was mich aber überraschte, war, wie gut wir uns verstanden. Auf dem Carlshof ließ er meistens Tadeusz reden, deswegen hatten wir uns noch nie so richtig unterhalten. Aber jetzt waren wir am Quatschen, seit wir vor vier Stunden aufgebrochen waren. Ich wusste mittlerweile, dass er mit einem jüngeren Bruder auf einem kleinen Hof ganz in der Nähe der Grenze aufgewachsen war, wo seine Eltern ein bisschen Landwirtschaft betrieben und Wielkopolski-Pferde gezüchtet hatten. Vor ein paar Jahren war sein Vater krank geworden, und weil das Geld knapp gewesen war, hatte er bei uns auf dem Carlshof angefangen, und seine Mutter arbeitete wieder als technische Zeichnerin. Nicht viele Worte hatte er verloren, als er erzählte, dass sein Vater nicht mehr lebte und sie den Hof hatten aufgeben müssen, und ich hütete mich davor nachzufragen. Was ich mich selber fragte, war allerdings, warum ich das in den eineinhalb Jahren, seit ich Kamil kannte, nicht herausgefunden hatte.

»Niesamowite«, murmelte Kamil, und wieder schreckte er mich damit aus meinen Gedanken auf.

Als ich einen Blick nach draußen warf, war es auch nicht schwer zu erraten, was er gesagt hatte: Es musste irgendwas in Richtung »Hammer« oder »Nicht zu fassen« oder auch »Heilige Scheiße« gewesen sein.

»Das ist es?«, vergewisserte ich mich.

»Das ist es.«

Kamil hatte mir zwar erklärt, dass »Zamek w Borówcu«, unser Bestimmungsort, auf Deutsch so was wie »Schloss Borówiec« hieß, aber ganz ernst genommen hatte ich das nicht. Irgendwie dachte ich, dass Olas Zuhause so was wie das Gut der Benekes sein musste, irgendein Landsitz einer adligen Familie, der nach dem Zweiten Weltkrieg verfallen und vor ein paar Jahren wiederaufgebaut worden war. Nichts gegen Eldenau, aber das hier war eine andere Nummer. Ein Schloss eben.

Nach einem schmiedeeisernen Tor fuhren wir über einen Kiesweg auf ein mehrstöckiges gelbes Gebäude zu. Es hatte drei Flügel, eine ganze Reihe Schornsteine und mehr Fenster, als ich auf die Schnelle zählen konnte. Eingebettet war es in einen riesigen Park mit alten Bäumen, Springbrunnen und einem Pavillon. Ich musste Ola unbedingt fragen, womit ihre Eltern ihr Geld verdienten.

»Wir sind falsch abgebogen«, brummte Kamil und deutete auf eine winkende Gestalt, die zwischen zwei Backsteinbauten links vom Schloss aufgetaucht war. Tomek. Er ruderte mit den Armen und wollte anscheinend, dass wir mit dem Pferdehänger zu ihm kamen.

Vorsichtig wendete Kamil auf dem Kiesplatz vor den Treppen, die zum Schlosseingang hinaufführten, dann bog er in den schmalen Weg ein, den Tomek uns wies. Und ja, hier passten wir schon besser hin.

Die Backsteinhäuser entpuppten sich als Ställe und Wirtschaftsgebäude, auf der anderen Seite eines ordentlich gefegten Hofes standen eine Scheune und eine riesige Reithalle. Dahinter lagen ein Reitplatz und ein Stück versetzt eingezäunte Koppeln.

Mehr konnte ich auf den ersten Blick nicht erkennen, denn es war ganz schön was los: Außer unserem manövrierten noch zwei andere Hänger auf dem Gelände herum, weiter vorne standen außerdem ein Transporter und ein SUV mit Anhänger. Zwischen den Gebäuden wieselten mindestens zehn Leute hin und her, ich sah Fabian, der einen tänzelnden Dunkelbraunen in eine Box führte. Marta lud gerade eine hübsche braune Stute von ihrem Hänger, während Tomek und Rieke mit zwei Mädchen quatschten, die beide die gleichen dunkelblauen Blousons mit weißem Aufdruck auf dem Rücken trugen. Wenn mich nicht alles täuschte, stellte er das Schloss hinter uns dar.

Kamil steuerte unser Gespann durch das Chaos, parkte in einer ruhigen Ecke und zog die Handbremse an. Er drehte sich zu mir und seine Mundwinkel hoben sich zu einem kleinen Lächeln. »Zeig ihnen, was Dari kann.«

Er klang so, wie ich mich bei dem Gedanken an Dari fühlte – froh und dankbar und unsagbar stolz, dass aus ihr das Pferd geworden war, das sie war, trotz allem, was sie mitgemacht hatte. Sie war die Beste. Immer. Ich nickte ihm zu, holte Luft und stieß die Tür auf.

Das Ausladen war wie immer ein Klacks. Ein paar Minuten blieb ich bei Dari im Hänger, fütterte sie mit Möhren und streichelte sie, dann band ich sie los und führte sie rückwärts von der Rampe.

In der Zwischenzeit versuchte Kamil herauszufinden, welche Box sie uns zugewiesen hatten. Weil er noch nicht zurück war, als Dari mit aufgerichteten Ohren und weiten Nüstern zum Stalltrakt hinüberwitterte, entschied ich mich, mit ihr spazieren zu gehen. Nach dem langen Stehen tat ihr das sowieso gut und mir auch. Außerdem wollte ich drüben bei den anderen Pferden keine Unruhe auslösen, wenn niemand wusste, wohin wir sollten.

Wir suchten uns einen schmalen Weg aus, der vom Hof wegführte und uns nach ein paar Hundert Metern zu den Koppeln brachte. Während sie fleißig ausschritt, sah sich Dari aufmerksam um, nahm immer wieder ein paar Pferde zur Kenntnis, die neugierig die Köpfe hoben, als wir vorbeimarschierten, und am liebsten hätte ich mich auf ihren Rücken geschwungen und eine Runde mit ihr gedreht.

Das war wirklich oberste Liga hier. Ola hatte erzählt, dass ihre Eltern Trakehner züchteten, aber so wie es aussah, war das eine der größten privaten Zuchten überhaupt. Ich zog das Handy raus und machte im schwindenden Licht Fotos von den Pferden, den Koppeln und dem weiten Park, der sich daran anschloss. Zwischen den Bäumen hindurch glitzerten ein paar einsame Sonnenstrahlen, die sich durch die Wolken kämpften, auf einer Wasserfläche. Einen eigenen See hatten sie hier also auch. Frida würde Augen machen, wenn sie die Bilder sah.

Einen Moment lang zog sich mein Magen zusammen. Das hier war alles großartig und eine einmalige Chance, klar, aber wie viel es mir ausmachen würde, ohne Frida herzukommen, hätte ich vorher nicht geglaubt. Wenigstens waren wir in ein paar Wochen auf dem Carlshof zum Training. Dann konnte Frida endlich Teil von alldem hier sein.

Als wir unseren Rundgang beendeten, weil Dari seit ein paar Minuten immer wieder mit dem spärlichen Gras am Wegrand liebäugelte, war der Hof schon viel leerer. Kamil lehnte am Auto und starrte auf sein Handy. Er schaute auf, als er uns kommen hörte, stieß sich von der Beifahrertür ab und deutete wortlos auf eine Außenbox ganz am Ende des Stalls. Er war vor Dari und mir da, öffnete uns die Tür, und nachdem sie sich ihre Unterkunft kurz angeguckt hatte, folgte mir Dari hindurch. Kamil hatte ihr schon Futter in die Krippe geschüttet, und in einer Ecke lag ein Haufen gutes Heu. Überhaupt war alles tipptopp, das Stroh dick und langstielig, keine Spinnweben, egal, wie genau ich guckte, selbst die hellen Lampen waren staubfrei. Von mir aus konnten wir hier öfter trainieren.

Ich nahm Dari das Halfter ab, strich ihr über den Hals und ließ sie fressen.

»Ich bringe sie nachher noch in die Halle, da kann sie sich austoben«, sagte Kamil, als er die untere Hälfte der Tür hinter mir verriegelte.

Dankbar nickte ich. Ja, nach der langen Fahrt tat ihr das bestimmt gut.

Er deutete mit dem Daumen über seine Schulter. »Ihr trefft euch in zehn Minuten im großen Haus. Dein Gepäck habe ich hingebracht. Ich schlafe da drüben.«

Verwundert drehte ich mich zu dem Gebäude um, auf das er zeigte. Auch das war ein Backsteinbau, dreistöckig, mit mehreren großen Toren im Erdgeschoss. »Über der Garage?«

Kamil wackelte mit den Augenbrauen. »In der Remise, habe ich mir sagen lassen.«

Ich schnaubte. »Über der Kutschengarage.« Irgendwie kam mir das nicht anständig vor. Er hier in einer Absteige, wo früher die Knechte hausen mussten, ich drüben in einem noblen Gästezimmer. Wir waren doch ein Team.

»Die Zimmer sind gut. Und wir essen im Schloss.« Er grinste. »Na los, verschwinde.«

Kurz zögerte ich, dann machte ich mich auf den Weg. Im Gehen drehte ich mich noch mal um. »Kamil? Danke für alles.«

Er hob die Hand und nickte, und wenn es nicht schon so düster gewesen wäre, hätte ich beinahe gedacht, dass er lächelte.

»Na, wart ihr Gassi?«, begrüßte mich Fabian, als ich eine knappe Viertelstunde später von einem schwarz gekleideten Hausmädchen ins Kaminzimmer geleitet wurde. Eine ihrer Kolleginnen hatte mir mein Zimmer gezeigt und mich diskret gebeten, mich zu waschen und umzuziehen, bevor ich »der Gräfin gegenübertrat«.

Ich ignorierte ihn und ging zu Ola und einer Frau in einem grünen Kleid, von der ich annahm, dass sie ihre Mutter war. Die Gräfin.

»Dobri wjetschur«, sagte ich und grinste dämlich. Meine Polnischkenntnisse waren echt unterirdisch.

Frau Mazur lächelte freundlich und überschüttete mich mit einer Flut unverständlicher Laute, bei der Ola mehrmals die Augen verdrehte.

Schließlich durfte sie übersetzen: »Meine Mutter heißt dich herzlich willkommen auf Zamek w Borówcu. Sie kann leider an diesem Wochenende nicht bei uns bleiben, deswegen sie wünscht dir einen schönen und erfolgreichen Aufenthalt und freut sich, wenn sie bald dich wiedersieht.« Aus der Art, wie sie den Text herunterleierte, schloss ich, dass sie den Spruch bei den anderen Deutschen auch schon hatte übersetzen müssen.

Frau Mazur nickte mir noch einmal zu, dann verabschiedete sie sich per Handschlag von Kaja und Peter, küsste Ola auf die Wange, winkte in die Runde, sagte noch etwas auf Polnisch und war verschwunden.

Ola ließ die Schultern sinken, als die Tür hinter ihrer Mutter ins Schloss fiel. Sie schien zu warten, bis auch die Haustür zugezogen wurde, dann ging sie ans Fenster und sah einem schicken Oldtimer-Cabrio zu, wie es über die Kiesauffahrt davonbrauste. Schließlich nickte sie zufrieden.

»Vor Sonntagabend sie kommt nicht zurück«, erklärte sie. »Vergesst den Unsinn mit Kleiderordnung und diesen Dingen.«

Kaja grinste ganz offen, als wir gleichzeitig aufatmeten, und auch Peter rieb sich über die Oberlippe.

Im Esszimmer – okay, nennen wir es beim Namen: im Speisesaal, komplett mit offenem Kamin, Kronleuchter und einem Dutzend Spiegeln an den Wänden – war eine ungefähr zehn Meter lange Tafel für uns eingedeckt. Das weiße Tischtuch, die glänzenden Kerzenleuchter und die funkelnden Gläser wirkten einschüchternd, aber Ola ging locker an einen Platz, griff sich einen Teller und belud ihn mit den Gerichten, die in der Mitte des Tisches aufgereiht standen. Wir langten ebenfalls zu und folgten ihr in einen wesentlich schlichteren Wintergarten. Sofort stieg die Lautstärke wieder auf ein normales Maß an. Wir verteilten uns auf mehrere runde Tische und hauten rein.

Marta setzte sich neben mich. »Hast du Dari gut untergebracht?«, fragte sie und lächelte.

»Sie schien ziemlich zufrieden«, antwortete ich, als ich einen riesigen Bissen Pastete geschluckt hatte.

»Sie ist toll. Ein wunderschönes Pferd.«

Oh, immer her mit den Komplimenten für Dari. Ich nickte, so bescheiden ich konnte, und meinte höflich: »Deine Braune hat mir auch gut gefallen. Habt ihr sie selbst gezogen?«

»Gezogen?« Marta runzelte die Stirn.

»Ist sie aus eurer eigenen Zucht?«, erklärte ich.

Ihr Gesicht hellte sich auf. »Ach so. Ja.« Jetzt strahlte sie voller Stolz. »Mit Ellas Mutter hat meine Mutter früher viele Turniere gewonnen. Ella ist noch jung, aber sie lernt schnell.«

»So wie Dari.«

Martas Lächeln wurde ein bisschen verhaltener. »Du hast erzählt, du hattest mit ihr Probleme.«

»Mit Dari?« Ich schaute von meinem leeren Teller in die Runde und überlegte, ob es unhöflich war, aufzustehen und mir Nachschub aus dem Speisesaal zu holen. »Nein, eher hatte Dari Probleme mit mir. Mit Menschen generell.« Als Marta mich weiterhin fragend ansah, holte ich ein bisschen weiter aus: »Wir hatten riesiges Pech mit einem Bereiter, der es irgendwie geschafft hat, ihr Angst einzujagen. Auch vor mir. Es hat lang gedauert, bis sie danach Vertrauen gefasst hat.«

»Und jetzt reitet ihr wieder Turniere?« Marta war sichtlich beeindruckt, aber ich zögerte.

»Noch nicht. Wir fangen an. Mit euch. Also, mit dem Team.«

Einen Moment lang musterte Marta mich nachdenklich, und ich fragte mich schon, ob sie Zweifel bekommen hatte, dass ich ein guter Ersatz für meinen Vorgänger war, als hinter uns die Tür aufging und zwei Angestellte Platten voller Essen hereintrugen. Das war mal ein guter Gedanke gewesen.

Marta grinste, als sie meinen sehnsüchtigen Blick sah, und deutete mit dem Kopf auf das Büfett, das in Windeseile aufgebaut wurde. »Sollen wir uns noch etwas holen?«

Ich stand, bevor sie die Frage beendet hatte. Wer auch immer hier kochte, hatte echt Ahnung davon. Am besten fand ich diese halbrunden Teigtaschen mit Pilzen und Zwiebeln, von denen lud ich mir gleich fünf auf.

»Das sind Pierogi.« Als ich sie anschaute, deutete Marta auf meinen Teller. »So was wie unser Nationalgericht.«

»Auf jeden Fall lecker.« Ich ließ meinen Blick über die Tische schweifen. Den anderen schien es auch zu schmecken. »Bist du eigentlich allein hier?«

Stirnrunzelnd guckte Marta mich an.

»Mich hat unser Pferdepfleger hergefahren. Aber anscheinend darf der nicht im Schloss schlafen. Ich hab mich gefragt, wo er ist. Und die anderen Fahrer.«

»Ach so.« Marta nickte. »Ja, das ist seltsam hier. Die Gräfin besteht darauf, dass die Begleiter in der Küche essen, zusammen mit ihren eigenen Angestellten. Mich hat meine Cousine hergebracht. Du triffst sie nachher bestimmt noch.«

Für einen Moment vergaß ich das Essen und starrte Marta nur an. »Im Ernst? So was gibt's noch? Nicht mal deine Cousine darf mit uns essen?«

Marta zuckte mit den Schultern, und ich hätte noch eine Menge über Standesdünkel zu sagen gehabt, doch gerade da setzte sich Ola mit ihrem Teller neben mich. Wahrscheinlich teilte sie die Einstellung ihrer Mutter nicht, aber ich wollte nicht gleich am ersten Abend rummotzen.

Doch anscheinend hatte Ola gehört, worüber wir redeten.

»Ich weiß.« Sie seufzte. »Meine Mutter ist schwierig. Ich versuche zu erklären, dass wir alle ein Team sind. Sie versteht das nicht.«

Darauf gab es wirklich keine Antwort, deswegen lächelte ich nur und deutete auf meinen Teller. »Das Essen ist unglaublich. Allein dafür hat es sich schon gelohnt, ins Team zu kommen.«

Marta lachte auf und selbst Ola grinste. »Hoffentlich du findest noch ein paar andere gute Gründe, warum du bist hier.«

Obwohl sie so schüchtern wirkte, floss das Gespräch zwischen Ola, Marta und mir ganz entspannt dahin. Ich hörte raus, dass Ola über die Jahre Wege gefunden hatte, die überholten Ansichten ihrer Mutter zu untergraben, und als wir uns satt und zufrieden in den Korbstühlen zurücklehnten, stand sie auf und sagte in die Runde: »Im Billardzimmer es gibt Nachtisch und Getränke. Und wahrscheinlich die anderen sind auch schon da.«

»Die anderen« stellten sich als unsere Fahrer und Begleiterinnen heraus. Kamil hielt eine Flasche in der Hand und nickte mir kurz zu, unterhielt sich aber weiter mit zwei Mädchen, die diese dunkelblauen Blousons trugen, die ich vorhin schon am Stall gesehen hatte.

Marta stellte mir ihre Cousine vor. Dorka studierte Tiermedizin in Berlin, machte aber gerade ein Praktikum bei Martas Mutter. Mit ihren schwarzen Haaren und strahlend blauen Augen hatte sie nicht viel Ähnlichkeit mit Marta, doch die beiden schienen sich gut zu verstehen. Und genau wie sie sprach Dorka perfekt Deutsch.

»Dann bist du also bei jedem Trainingswochenende dabei?«, fragte ich sie.

Dorka warf Marta einen Blick zu. »Nur wenn meine Tante nicht kann. Jemand muss ja auf dem Hof sein.«

Anscheinend waren auch Martas Eltern geschieden. Ich dachte an Mama, und mir fiel ein, dass ich ihr noch nicht mal geschrieben hatte, seit wir angekommen waren. Hektisch holte ich das nach, und in der Zwischenzeit wurde Dorka von einem Typ belagert, sodass ich unschlüssig war, ob ich mich wieder zu ihr stellen sollte. Aber sie winkte mich heran, beinahe erleichtert, wie mir schien.

»Jannis, das ist André. Er ist Fabians Pferdepfleger und auch meistens bei den Trainingslagern dabei.«

Der Typ war vielleicht Ende zwanzig, blond und ziemlich groß. Er hielt mir die Hand hin.

»Bereiter eigentlich«, stellte er richtig, und an der Art, wie Dorka die Lippen zusammenpresste, schloss ich, dass sie ihn absichtlich ein wenig degradiert hatte. »Du bist also der Neuzugang, was? Schönes Pferd hast du da. Hab sie mir vorhin angesehen.«

»Dari? Ja. Danke.« Ich schüttelte seine Hand, und Dorka wollte sich schon fortstehlen, aber so leicht ließ ich sie nicht davonkommen. »Erzählt mir doch mal was über meinen Vorgänger. Wie kommt das denn, dass der nicht mehr dabei ist?«

Dorkas Augen suchten Marta, aber sie war außer Hörweite.

André dagegen legte gleich los: »Kuba? Tja, das weiß keiner, warum sich unser kleiner Superstar verdrückt hat.«

»War er so gut?«

Er zuckte mit den Schultern. »Ja, ganz ordentlich. Er hatte allerdings auch ein Toppferd. Aber von einem Tag auf den anderen war er weg. Keiner hat mehr was von ihm gehört, nicht mal Marta.« Genau wie Dorka eben sah er zu ihr hinüber, aber um seinen Mund spielte ein spöttisches Lächeln. »Na ja, geht schnell in dem Alter. Sie waren ja wohl schon 'ne Weile nicht mehr zusammen.«

Dorka wirkte so angewidert, dass ich schon dachte, sie würde mich jetzt endgültig mit André stehen lassen, aber stattdessen sagte sie zuckersüß: »Tja, schade, dass du keine sechzehn mehr bist, was, André? Sonst hättest *du* vielleicht nachrücken können. Oder nein, warte, dafür müsstest du ja richtig gut reiten.«

Sein Kiefer trat so scharf hervor, dass ich schon fürchtete, er würde sie anbrüllen, aber dann fletschte er die Zähne zu einem Grinsen. »Keine Sorge. Ich verliere kein Wort mehr über euren Kuba. Aber ich weine der arroganten kleinen Kröte auch keine Träne nach.« Ohne ein weiteres Wort stiefelte er davon und knallte die Tür hinter sich ins Schloss.

»Sorry«, sagte Dorka leise, als die anderen nach einer kurzen Pause weiterredeten. »André und Kuba kamen nicht gut klar. Und Kuba *konnte* arrogant sein, so unrecht hat André da nicht. Aber er soll Marta in Ruhe lassen. Es nimmt sie schon genug mit.«

Ich beobachtete, wie sie mit Ola und Rieke zusammenstand und laut lachte. »Anscheinend kommt sie gut klar.«

»Ja. Sie packt das schon.« Dorka lächelte. »Aber die beiden waren wirklich sehr verliebt. Sie wenigstens. Kuba hatte zu Hause Probleme und hat niemanden mehr an sich rangelassen. Da hat sie Schluss gemacht. Trotzdem hat sie natürlich Angst um ihn.«

Das war echt eine krasse Geschichte. »Und niemand weiß, wo er jetzt ist?«

Sie schüttelte den Kopf. »Nein.« Nach einer kleinen Pause machte sie eine Handbewegung, als wollte sie das Thema wegschieben. »Dafür bist du jetzt da. Sie hätten es schlimmer treffen können.«

Ich grinste. »Hör auf, gleich werde ich rot.«

Sie lachte, dann stupste sie mich in die Seite. Mein Blick folgte ihrem Zeigefinger. Kaja winkte mich zum Billardtisch hinüber, an dem schon Tomek und Fabian mit ihren Queues standen.

»Viel Spaß«, sagte Dorka. »Kaja wird euch vernichten.«

Leider behielt sie recht. Und so ging der Abend mit dem schlechtesten Billardspiel aller Zeiten zu Ende.

»Hey, aufstehen!«

Ich grunzte und drehte mich auf die andere Seite.

»Aufstehen, habe ich gesagt!«

Langsam schaltete mein Hirn von Schlaf- auf Wachmodus. Es roch hier anders als in meinem eigenen Bett. Das Kissen fühlte sich auch anders an. Und normalerweise versuchte auch keine penetrante Stimme, mich zum Aufstehen zu bewegen, das erledigte höchstens mein Handy.

»Sag mal, geht's noch?« Jetzt saß ich aufrecht. Etwas Weiches, Feuchtes war auf meinem Gesicht gelandet. Ich hielt es in den

Händen und erkannte aus mühsam geöffneten Lidern, dass es ein Handtuch war. Angewidert warf ich es in Richtung Tür, wo Fabian stand. »Das ist ekelhaft.«

»Hab dich nicht so. Raus jetzt mit dir. In fünf Minuten treffen wir uns in der Eingangshalle.«

Ich versuchte, mich zu erinnern, was heute als erster Programmpunkt anstand, und hoffte auf Frühstück, aber jetzt fiel mir wieder ein, dass eine Laufeinheit geplant war. Stöhnend rollte ich mich aus dem Bett.

Statt vornehm zu schweigen (was in diesem Gemäuer angebracht gewesen wäre), kommentierte Fabian das mit: »Geht doch«, verschwand aber dankenswerterweise aus dem Zimmer.

Sechs Minuten später nahm ich immer zwei Stufen auf einmal, während ich die herrschaftliche Treppe ins Erdgeschoss hinunterlief. Erwartungsgemäß war ich der Letzte, der aufschlug, daher grinste mir ein halbes Dutzend widerwärtig wacher Gesichter entgegen.

Nur Ola schien Mitgefühl zu haben und flüsterte mir zu: »Ich finde es auch hart, so früh rauszumüssen.«

Ich mochte sie.

Kaja klatschte in die Hände. »Guten Morgen! Jetzt, wo wir vollzählig sind, schlage ich vor, wir legen gleich los. Frau Piotrowskas Frühstück wollen wir nicht warten lassen, oder?«

Ola lächelte leicht, und ich vermutete, Frau Piotrowska war die Köchin des Schlosses. Die Aussicht auf ein ordentliches Frühstück versöhnte mich ein bisschen mit dieser frühmorgendlichen Sporteinheit, aber nicht so sehr, dass mich Kajas blendende Laune angesteckt hätte. Immer noch missmutig schloss ich mich der Truppe an und zockelte in den Nebel hinaus.

Obwohl ich mir das Gelände gestern schon mit Dari angesehen hatte, war ich überrascht, wie weitläufig die Ländereien des Schlosses waren. Kaja rannte vorweg. In ihrer professionellen Kluft wirkte sie wie jemand, der seine Laufschuhe aus einem brennenden Haus retten würde, noch vor den Familienfotos und den Versicherungsunterlagen.

Gleich beim Eingang wandten wir uns nach links. Durch eine kleine Pforte ging es in den Schlosspark, zwischen kahlen Rosenbüschen hindurch zu einer verschnörkelten Laube im Schatten von drei riesigen Eichen, von dort quer über den Rasen zum schlosseigenen See. Meine Fresse.

Wir folgten einem schmalen Pfad am Ufer, der von Birken und alten Weiden beschattet wurde und im Sommer bestimmt megaidyllisch war. Im Moment bekam ich nicht so viel davon mit, was weniger am Nebel und dem tristen Mischmasch aus Braun und schmutzigem Grün lag, sondern an dem Tunnelblick, der sich allein darauf fokussierte, den Anschluss an die anderen nicht zu verlieren. Eigentlich hatte ich gedacht, dass ich ziemlich gut in Form wäre, aber anscheinend war da noch Luft nach oben. Max durfte sich zu Hause schon mal auf regelmäßige Laufeinheiten einstellen, so konnte das jedenfalls nicht bleiben.

Endlich hatten wir den See umrundet – wie groß war der? Kaum kleiner als der Wannsee, darauf verwettete ich meinen Arsch – und das Schloss kam wieder in Sicht. Kaja joggte locker aus, sodass ich langsam wieder Luft kriegte. Sie schien sich gerade warm gelaufen zu haben, während der Rest von uns – das immerhin – leuchtend rote Köpfe aufhatte.

Vor der Terrasse des Schlosses blieb sie stehen. Nach einem Stretchingprogramm, bei dem ich ernsthafte Bedenken hatte, ob am Ende meine Gliedmaßen alle wieder an Ort und Stelle waren, erklärte sie die Sporteinheit endlich für beendet. Und der erste Trainingstag hatte noch nicht mal richtig begonnen.

Ich ertappte mich bei dem Gedanken, dass ich für das Frühstück, das die Köchin im Wintergarten auffuhr, glatt noch mal um den See gelaufen wäre. Eine Dreiviertelstunde später lehnte ich mich in meinem Korbstuhl zurück und ließ den Blick über das Büfett schweifen. Würstchen, Pfannkuchen, Grießbrei mit Sahne, Obst, frisch gepresste Säfte, Eier in unzähligen Varianten – ich hatte von allem probiert, und jetzt ging wirklich nichts mehr. Na ja, vielleicht so ein Schüsselchen Kompott mit Vanillecreme?

Während ich noch überlegte, nahm Peter mir die Entscheidung ab. Er war ja offensichtlich vom Morgensport ausgenommen und hatte die Frechheit, noch verschlafen zu wirken. Das hinderte ihn nicht daran, das Tagesprogramm abzuspulen.

»Um Punkt neun Uhr treffen wir uns im grünen Salon für die erste Theorieeinheit. Wisst ihr noch, wo ihr hinmüsst? Ola hat uns den Salon gestern gezeigt, hier die Tür raus, nach links und dann die letzte Tür auf der linken Seite. Danach wärmt ihr eure Pferde auf und dann seid ihr hoffentlich bereit für ein paar kleine Sprünge. Nach der Mittagspause geht es mit der Theorie weiter und um sechzehn Uhr reiten wir mit den Pferden noch einen Geschicklichkeitsparcours. Fragen?«

Fragen gab es keine, also waren wir entlassen und konnten immerhin noch kurz nach den Pferden sehen, bevor es ernst wurde.

»So, liebes Team.« Kaja stellte sich vor uns und rieb sich die Hände. Ich kannte sie noch nicht lang, aber diese Geste bedeutete bei ihr selten etwas Gutes. »Ihr wisst ja, dass wir einen Geschicklichkeitsparcours für euch vorbereitet haben. Und damit ihr die Sache auch ernst nehmt, gibt es einen Anreiz: Wer heute die meisten Punkte holt, ist morgen vom Konditionstraining befreit.«

Keine morgendliche Folter? Eine Dreiviertelstunde länger schlafen? Das klang zu gut, um wahr zu sein.

»Lass mich jetzt nicht im Stich«, flüsterte ich Dari zu, aber es war ein blöder Spruch. Wann hatte sie das jemals getan?

Aus dem Augenwinkel beobachtete ich die anderen und schätzte meine Chancen ein. Marta wirkte ziemlich relaxt, sie hatte vorhin beim Springen einen ehrgeizigeren Eindruck auf mich gemacht. Klar, sie war Kaja heute beim Laufen ja auch an den Fersen geklebt, wahrscheinlich mochte sie diese Quälerei. Tomek zeigte schon mehr Elan, Ola war zurückhaltend wie immer. Vielleicht glaubte sie, dass sie mit Kajetan keine Chance hatte, einen Geschicklichkeitswettbewerb zu gewinnen, und wenn ich daran dachte, wie schludrig er vorhin mal mit der Vor-, mal mit der Hinterhand die Stangen purzeln ließ, gab ich ihr recht. Rieke und Fabian dagegen waren wie elektrisiert, ihre Pferde tänzelten auf der Stelle, und die beiden warfen mir immer wieder berechnende Blicke zu. Ganz richtig – ich hatte vor, das Ding zu gewinnen. Dari und ich hatten in den letzten Monaten so viele verrückte Dinge mit Frida unternommen, da rechnete ich uns gute Chancen aus.

Kaja schien nicht mitzukriegen, wie wir uns gegenseitig abcheckten. Sie redete längst weiter: »… geht also um eine Mischung aus Punkten und Zeit. Je schneller und je fehlerfreier ihr durch den

Parcours kommt, desto höher die Wertung. Habt ihr verstanden, was ihr tun müsst?«

Ich bezweifelte, dass wir alle ganz bei der Sache gewesen waren, als sie erklärt hatte, wie die einzelnen Stationen aussahen, aber so schwer konnte das ja nicht sein. Also nickte ich.

Prompt sprach Kaja mich an. »Super, Jannis, dann fang du doch mit dem Probedurchgang an. Den Stab aus dem ersten Hütchen ins zweite und den aus dem dritten ins vierte und so weiter.«

Äh ... alles klar. Ratlos ritt ich Dari an und konnte das Grinsen der anderen im Rücken fühlen. Anscheinend kannten sie solche Spielchen schon. Aber dann merkte ich, dass es nicht so kompliziert war. Auf der Mittellinie standen hintereinander sechs Pylonen, rot-weiße Kegel, wie sie auch für Baustellen genutzt wurden. Alle hatten oben ein Loch und im ersten, dritten und fünften steckte je eine rote Plastikstange.

»Okay, Mädchen, das kriegen wir hin.«

Ich trabte Dari an, schnappte mir den ersten Stab, ritt zum nächsten Hütchen ... und verfehlte es. Ich musste zweimal drum herumreiten, bis ich endlich dieses winzige Loch traf. Hinter mir kicherten sie.

»Nicht so einfach, oder?« Auch Kaja klang fröhlich. »Macht nichts, mit ein bisschen Übung kriegst du das hin. Nur weiter.«

»Nur weiter«, murmelte ich, aber Dari hatte schon kapiert, worum es ging.

Wieder trabten wir an, ich nahm den nächsten Stab in die Hand, Dari hielt an der vierten Pylone an, der Stab steckte, weiter ging es, und zwei Stationen später hatten wir die Aufgabe erfüllt. Ich wendete Dari und trabte auf die anderen zu. Sie pfiffen und applaudierten.

»Fürs erste Mal gut, Jannis, wirklich gut. Ola, zeig ihm mal, wie es aussieht, wenn man es beherrscht.«

So nett Kaja wirkte, sie hatte echt eine scharfe Zunge.

Ola nickte, trabte an das andere Ende der Bahn, wendete und hatte in weniger als zehn Sekunden die Stöcke wieder in ihr ursprüngliches Hütchen gesteckt. So viel zu Zurückhaltung. Das Mädchen hatte ein verdammtes Pokerface. Ich sah mich morgen schon wieder um den See hecheln.

Rieke und Tomek führten die beiden anderen Aufgaben vor: Wenn wir die Stäbe umgesteckt hatten, sollten wir die Pylonen als Slalommarkierungen verwenden und möglichst schnell und in engen Wendungen in die eine, dann in die andere Richtung reiten. Am Ende der Linie lag dann noch ein Hula-Hoop-Reifen. Da musste man absitzen, einmal durch den Reifen steigen und wieder in den Sattel. Die Ziellinie lag da, wo Kaja stand.

Okay, das war machbar. Vor den Stangen hatte ich weiterhin Respekt, aber Dari war wendig, und ich würde ja wohl wieder in den Sattel kommen, sobald ich durch diesen Reifen gestiegen war. Ich konnte mir vorstellen, dass bei Übung zwei und drei Marta, Tomek und ich einen Vorteil hatten, weil unsere Pferde kleiner waren als Olas langbeiniger Kajetan und die großrahmigen Dexter und Dünensturm. So oder so, ich gab mich noch nicht geschlagen.

Los ging's mit Marta. Sie steckte die Stangen in einem irren Tempo um, aber aus irgendeinem Grund verpassten sie und Ella bei der Wendung ein Hütchen und kassierten dafür Strafpunkte. Dafür war Marta so schnell auf dem Boden, durch den Reifen geschlüpft und wieder auf dem Pferd, dass ich es verpasst hätte, wenn ich nur einmal geblinzelt hätte.

Wir johlten, als sie die letzte Strecke galoppierte und über die Ziellinie preschte.

»Siebenundfünfzig Sekunden! Sehr gut, Marta!« Kaja reckte den Daumen. »Okay, Rieke als Nächste.«

Rieke hatte beim zweiten Stab Schwierigkeiten und stieß das Hütchen um, sodass sie absteigen und es wieder aufstellen musste. Und ja, sie war zwar ein richtiger Hüpffloh, aber Dexter war für sie doch ein bisschen hoch, sodass sie ziemlich im Steigbügel hing, bis sie sich in den Sattel ziehen konnte. Der Slalom klappte ganz gut, aber auch beim zweiten Absteigen am Gymnastikreifen brauchte sie ein paar Sekunden länger als Marta. Dexters Schlusssprint war dafür der Hammer. Er machte einen Galoppsprung, wo Ella zwei gebraucht hatte.

»Eine Minute fünf«, rief Kaja, als Rieke über die Ziellinie ritt. »War Pech an dem Hütchen, ansonsten toll gemacht!«

Tomek legte eine richtig gute Runde mit Florina hin, obwohl sie ihn vor lauter Aufregung beim Reifen kaum mehr aufsteigen ließ, und Ola, die ich ja eigentlich von vornherein abgeschrieben hatte, unterbot sogar Martas Zeit. So konnte man sich täuschen. Kajetan wirkte wie eine Schlaftablette im Parcours, aber hier hatte er eindeutig Spaß. Das ließ auch Ola nicht kalt.

Sie strahlte übers ganze Gesicht, als Kaja verkündete: »Sechsundfünfzig Sekunden! Bestzeit!«

Ola fiel Kajetan um den Hals und verstrubbelte seine Mähne, und als sie sich wieder aufrichtete, wandte er seinen schweren Kopf nach hinten und nahm sanft ein Leckerli aus ihrer flachen Hand entgegen. Sie bemerkte meinen Blick und lächelte ein bisschen verlegen, aber hallo? Wir waren hier doch alle in unsere Pferde verknallt. Nur deswegen wollte ich in diesem Team sein.

Die Erkenntnis traf mich wie ein Hufschlag. Klar, mit Fabian hatte ich noch meine Probleme, und ob die je aufhörten, wusste ich nicht. Aber auch für ihn war Dünensturm ein Herzenspferd. Es gab hier niemanden, der allein wegen seines Ehrgeizes mitmachte, und wenn ich das vor zwei Jahren noch anders gesehen hätte, war es jetzt der einzige Grund, diesen ganzen Stress auf mich zu nehmen. Ich fragte mich, wie Frida das sehen würde, aber gerade in diesem Augenblick hüllte mich eine warme Blase ein, mit der ich nicht gerechnet hatte.

»So, Fabian oder Jannis. Wer will als Nächster?«

Fabian deutete auf mich und mir war es recht. Dari hatte sich die Veranstaltung erst neugierig, dann aufgeregt angesehen. Sie wusste, dass sie gleich dran sein würde. Als ich die Zügel aufnahm, spitzte sie die Ohren. Ich kraulte ihren Widerrist.

Die Pylonen-Aufgabe machte ich in aller Ruhe. Bei Marta hatte es zwar echt leicht ausgesehen, wie sie entspannt vorbeigetrabt war und dabei die Stäbe versetzt hatte, aber ich wollte nicht das Risiko eingehen, auch absitzen zu müssen. Lieber hielt ich Dari neben jedem zweiten Hütchen an.

Und es funktionierte! Wir kamen fehlerfrei durch und nach dem letzten Kegel nahmen wir eine enge Wendung in den Slalom hinein, Dari war ganz bei mir, sie liebte solche Aufgaben. Davon hatten wir genug mit Frida gemacht, das zahlte sich jetzt aus.

Auch die Wendung am Ende des ersten Durchgangs klappte super, genau wie der Weg zurück. Ich sprang von Daris Rücken direkt in den Reifen, hob ihn über mich und trieb sie schon zum Galopp an, als ich noch Schwung nahm zum Aufsteigen. Ich hörte das Klatschen und Pfeifen, als ich zum Sitzen kam, und dann brachten wir das Ding nach Hause.

»Fünfundfünfzig Sekunden! Jannis! Großartig!« Kaja kriegte sich kaum ein, während uns die anderen umringten, uns gratulierten und Dari den Hals und mir den Rücken klopften.

Fabian war der Einzige, der sich zurückhielt. »Guter Durchgang«, presste er mit säuerlicher Miene hervor, aber ich nahm es ihm nicht krumm. Was Ehrgeiz war, wusste ich selber.

Am Ergebnis änderte seine Zeit dann aber nichts mehr: Er und Dünensturm brauchten eine Minute eine Sekunde, weil Fabian in dem Hula-Hoop-Reifen hängen blieb. Da musste er selber lachen.

Wild durcheinanderquatschend brachten wir die Pferde zum Putzplatz und von dort auf die Koppel. Die zwei Stunden Freizeit bis zum Füttern hatten sie sich redlich verdient. Ich genoss den Gedanken, dass ich morgen länger im Bett bleiben konnte, aber selbst wenn ich nicht gewonnen hätte, wäre meine Laune bestens gewesen.

Heute waren wir zum Team geworden. Und das war mehr wert als jeder Sieg.

Frida

»Brrr«, machte ich und setzte mich schwer in den Sattel. Junipers Ohr zuckte nach hinten, dann blieb er stehen. Er kannte das Kommando von der Bodenarbeit und verstand, was ich von ihm wollte. Aber vielleicht hätte er meine Stimme gar nicht mehr benötigt und allein wegen der Gewichtshilfe angehalten.

An Weihnachten hatte ich angefangen, ihn zu reiten, und ich war total glücklich mit unseren Fortschritten. Juniper hatte so viel Spaß am Training, dass ich mich manchmal bremsen musste, um nicht immer noch mehr von ihm zu verlangen. Er lernte so schnell, aber ich wollte ihm Zeit geben … und mir genauso. Er war das erste Pferd, das ich selber anreiten und ausbilden durfte, und ich wollte es gut machen.

Vorsichtig griff ich an seinen Hals und streichelte ihn, dann kraulte ich seinen Widerrist. »Brav. Das war toll. Kluger Junge.«

Ich atmete tief aus und keine Sekunde später ahmte Juniper mich nach. Er blieb brav stehen, sodass ich die Zügel lang ließ und mich aus dem Sattel schwang. Ein paar Meter von uns entfernt stand Mama. Sie nickte mir zu, als ich mich umdrehte.

»Das sieht schön aus. Er macht sich prima. Ihr macht euch prima«, fügte sie an, als ich Juniper zu ihr führte und neben ihr stehen blieb.

Ich lächelte. »Ich bin auch zufrieden.«

Sie strich Juniper lobend über die Schulter.

»Na, meine Lieben?«

Mama und ich guckten uns beide um.

»Omi!«

»Hallo, Mama«, sagte Mama und umarmte Omi, »schön, dass du da bist. So früh haben wir dich gar nicht erwartet.«

Omi musterte Mama kurz, bevor sie sich zu mir drehte und mich fest in die Arme nahm. »Hallo, mein Schätzchen. Geht es dir gut?«

Ich nickte und sie ließ einen Arm um meine Schultern liegen. Ihr Duft stieg mir in die Nase, eine Mischung aus dezentem Parfüm, samtig wie ein Pfirsich, und etwas Herberem, wie Salz und Tang am Morgen nach einer Nordseeflut, der deutlicher sagte, dass sie aus Hamburg kam, als ihr Großstadtoutfit und ihr perfekter silbergrauer Kurzhaarschnitt.

»Ach, ich war heute schon um fünf wach, da dachte ich, ich könnte auch eine Stunde eher losfahren.« Omi sah mich an und drückte mich. »So haben wir länger Zeit für uns, nicht?«

Ich nickte und Mama lächelte leicht. »Prima. Möchtest du etwas trinken? Hast du Hunger?«

Omi schüttelte den Kopf. »Ich war schon im Haus. Luise hat mir Kaffee gemacht, und es gab diesen fantastischen Zupfkuchen, den Hilda immer backt.«

»Wie wär's dann, wenn ihr mit Juniper eine Runde dreht, und wir sehen uns zum Mittagessen?«

Omi zögerte kurz. »Soll ich …?«

Aber Mama fiel ihr ins Wort. »Lass ruhig. Du bist zu Besuch.«

Grinsend sah ich zwischen den beiden hin und her. Dass Omi so ziemlich alles konnte außer kochen, war ein offenes Geheimnis, nur Mama und Omi taten so, als wäre irgendwas dabei. Da die Sache sowieso entschieden war, löste ich Junipers Gurt und zog ihm den Sattel vom Rücken.

»Nimmst du den mit?«, fragte ich Mama.

Sie nickte und hielt mir den Arm hin. Mit der freien Hand winkte sie. »Dann viel Spaß euch beiden, wir sehen uns später im Haus.«

»Oje, oje«, sagte Omi, als Mama Richtung Stall verschwunden war. »Deine Mutter hatte ja richtig Angst davor, was ich in ihrer Küche alles anstellen könnte.«

Ich grinste breiter. »Von wegen ihre Küche. Da hat immer noch Luise das Kommando.« Juniper drehte den Kopf zu Omi. Ich strich ihm über den Hals. »Aber mit der willst du dich erst recht nicht anlegen.«

»Das stimmt.« Omi lachte in sich hinein. »So, und was macht denn dein vierbeiniger Herzensjunge?«

Aus den Tiefen ihres weiten Mantels zog sie einen Apfel hervor und hielt ihn Juniper hin. Vorsichtig nahm er ihn entgegen und biss – weniger vorsichtig – hinein. Während Juniper mit seinem Apfel herumsabberte, führte ich ihn vom Reitplatz Richtung Wiek und erzählte Omi von unseren Fortschritten.

Es war schön, dass sie da war. Sie ging oft auf Reisen und hatte eine Menge Freunde in Hamburg, deswegen kam sie uns nicht so oft besuchen, wie ich es mir gewünscht hätte. Aber heute gab es einen Anlass: das Frühlingsfeuer, das jedes Jahr Mitte März auf einem unserer Felder stattfand.

Das Wetter war leider nicht optimal für unser Fest. Die ganze Nacht hatte es geregnet und gerade kämpfte eine schwache, blasse Sonne gegen die Wolken an. Aber heute Abend sollte es trocken bleiben und das war die Hauptsache. Ich konnte mich erinnern, dass wir oft genug hustend um ein qualmendes Feuer gesessen hatten.

»Dein Babypferd.« Als ich mit meiner Schwärmerei fertig war, ließ Omi einen bewundernden Blick über Juniper gleiten. »Ich weiß noch, wie viel Angst ihr damals um den kleinen Burschen hattet. Und jetzt ist er so ein Prachtkerl geworden. Sein Fell hat fast dieselbe Farbe wie deine Haare«, fügte sie schmunzelnd hinzu.

Ich lächelte, weil sie recht hatte. Aber Omi hatte mich auch daran erinnert, wie chaotisch Junipers Geburt verlaufen war. Sie hatte ungewöhnlich lang gedauert, danach konnte er eine ganze Weile nicht aufstehen, und wir wussten nicht, ob er durchkommen würde. Von all den Fohlen in dem Jahr war er das schwächste gewesen, es hatte sogar bis ins dritte Jahr hinein gedauert, bis er den Vorsprung der anderen aufgeholt hatte. Während der ganzen Zeit hatte ich mich um ihn gekümmert, war mit ihm spazieren gegangen, so wie jetzt, hatte ihm sein Lieblingsfutter gemischt und darauf gewartet, dass aus ihm das Pferd wurde, das ich vom ersten Moment an in ihm gesehen hatte.

Er war es nicht geworden. Er war viel schöner, größer, talentierter, frecher und anhänglicher, als ich es mir je hätte ausmalen können.

Er drehte mir den Kopf zu und schnaubte sanft, und ich musste blinzeln, weil mir Tränen in die Augen geschossen waren. Wie so oft spürte er, was in mir vorging.

Omi hatte den Blick schweifen lassen und ein paarmal tief eingeatmet. Von Junipers und meinem kleinen Austausch hatte sie nichts mitgekriegt. »Ich komme zu selten her oder was meinst du?«

Ich lächelte. »Viel zu selten.«

»Es gibt einfach immer so viel zu tun!« Sie lachte und drückte meine Schulter. »Aber jetzt bin ich ja hier. Dann kann ich mir auch endlich wieder deinen zweibeinigen Herzensjungen ansehen. Jannis kommt doch, oder?«

»Klar.«

»Linh bestimmt auch.«

Linh war ihr besonderer Liebling, sie hatte mich schon oft begleitet, wenn ich Omi in Hamburg besucht hatte. Ohne es zu wollen, zögerte ich einen Moment, und Omi merkte es sofort.

»Kommt sie nicht?«, fragte sie stirnrunzelnd.

Ich wechselte die Zügel in die linke Hand und schob die andere unter Junipers Mähne. »Doch, klar. Ihr Freund, Max, du weißt schon, wohnt ja jetzt bei Jannis. Natürlich kommen die beiden.«

»Aber?«

Ich überlegte. Bis zu diesem Moment war es mir selber nicht aufgefallen, doch bei dem Gedanken an Linh kratzte etwas an meinem Herzen, nicht erst jetzt, sondern schon länger. Es hatte sich fast unmerklich herangeschlichen, aber nun konnte ich es nicht mehr ignorieren.

»Wir machen gar nicht mehr viel zusammen. Jetzt, wo Max die ganze Woche über hier ist, hängt sie meistens mit ihm rum.«

»Du doch auch mit Jannis, oder?«

»Ja, schon.« Aber das war was anderes. Wir hatten die Pferde. Die Hälfte der Zeit, die wir zusammen verbrachten, hatte etwas mit Arbeit zu tun. Wir mussten die Pferde bewegen oder planten das Derbytraining für Liv. Klar, das war auch schön.

»Trotzdem will ich doch mal was mit meiner besten Freundin machen. Aber irgendwie … ist es anders zwischen uns.« Ich schaute Omi an. »Das geht schon seit Monaten so. Und oft hat sie so einen Ton drauf. Ungeduldig irgendwie. Oder vorwurfsvoll …«

Meine Stimme tröpfelte ziellos aus.

»Hat sie dir denn was vorzuwerfen?«

Aus dem Augenwinkel sah ich Omi an. Okay, sie hatte sich festgebissen. Diese Taktik verwendete sie nur, wenn sie auf etwas hinauswollte. Nur worauf?

Eine Weile überlegte ich, wann es das letzte Mal zwischen Linh und mir wirklich stressfrei gewesen war. Wann wir etwas unternommen hatten, einfach nur wir zwei, und uns dabei kaputtgelacht hatten. Es dauerte ewig, bis mir etwas einfiel. Das war letzten Sommer gewesen, ein Nachmittag in Buddenwalde. Max – oder Jannis – hatte nichts damit zu tun, dass wir das seitdem nicht gemacht hatten. Mit ihnen waren wir vorher schon zusammen gewesen und hatten trotzdem die Zeit gefunden, was zu unternehmen. Aber … dann kam mein Unfall.

Die Erkenntnis traf mich so unvermittelt, dass ich stehen blieb. Juniper guckte sich nach mir um und auch Omi sah mich abwartend an.

»Ich glaube, ich war ziemlich doof.«

Sie schmunzelte. »Wieso denn?«

»Das fing alles letzten Sommer an! Mit meinem Unfall.«

Omi ging zwei Schritte zu mir zurück und hakte sich bei mir unter. »Mit deinem Unfall? Oder damit, wie du mit ihm umgegangen bist?«

»Oh Mann.« Ich zog eine Schnute. »Warum weißt du so was nur immer?«

Sie lachte. »Das Alter, mein Schatz. Ich habe dieselben Fehler auch schon gemacht.«

»Und nicht mit deiner besten Freundin geredet?« Ich warf ihr einen scheuen Blick zu.

»Mit meiner besten Freundin, mit meinem Mann. Mit meiner Tochter.« Ein Schatten glitt über Omis Gesicht, aber er war gleich wieder verschwunden. »Kannst du dir denn jetzt vorstellen, was mit Linh los ist?«

Ich atmete tief ein und wieder aus. »Wir haben es nie aus der Welt geschafft. Warum ich nicht mit ihr reden konnte. Ihr nicht sagen konnte, wie es mir ging.«

Omi drückte meinen Arm. »Dann weißt du ja, was du nachholen musst.«

Wie jedes Jahr war ganz Eldenau gekommen, dazu die umliegenden Dörfer und sogar eine Menge Leute aus Buddenwalde. Wahrscheinlich war das Frühlingsfeuer deswegen so beliebt, weil es das erste größere Fest nach dem Winter war. Gut, das Wetter spielte dieses Jahr nicht ganz mit, aber von gedämpfter Laune war deswegen nichts zu spüren.

Anders als das Strandderby im Sommer war das Frühlingsfeuer eine entspannte Angelegenheit für uns. Papa stellte das Feld bereit, auf dem die Leute schon Tage vorher ihre vertrockneten Weihnachtsbäume aufeinanderschichteten, die Feuerwehr achtete nicht nur auf den Brandschutz, sondern kümmerte sich auch um den Getränkeausschank, und der Sportverein organisierte die Essensverpflegung. Wie immer gab es Grünkohl mit Mettwurst, aber seit Linh das zum ersten Mal probiert hatte, nahm sie mir jedes Jahr das Versprechen ab, mit ihr auf die vegetarische Alternative auszuweichen.

Die Jungs hauten schon rein, als wir uns mit unseren Kartoffelspalten neben sie auf die Bierbänke quetschten. Mitleidig beäugte

Jannis erst meinen Teller, dann mich und schob mir nach kurzem innerem Kampf seine Portion hin.

»Aber nur probieren«, warnte er mich.

Ich lachte und küsste ihn auf die Wange, doch sein Angebot schlug ich aus. Wenn ich ehrlich war, war ich auf den Catering-Kohl sowieso nicht scharf. Papa kochte ihn nach dem Rezept seiner Oma und seinen Grünkohl mochte ich viel lieber.

»Hallo, Jannis!«

Wir sahen auf und Jannis und ich winkten Emmas Freundinnen Jule, Zeynep und Zofia zu. Die Mädchen kicherten, wurden rot und gingen schnell an unserem Tisch vorbei. Ein Stück von uns entfernt stellten sie sich zu Olivia und guckten auffällig unauffällig zu uns rüber.

Ich sah Jannis an. »Soweit ich mich erinnere, hab ich die drei auch mit aus dem Moor gezogen.«

Jannis grinste auf seinen Kohl hinunter. »Dafür himmelt Olivia dich an. Ist doch gerecht verteilt.«

Max lachte und langte über den Tisch, um Jannis auf die Schulter zu klopfen.

Kopfschüttelnd schaute ich ihn an. »Unterstützt du ihn auch noch? Was ist das denn mit euch?«

Jannis deutete mit seiner Gabel auf Max. »Der kennt das auch. Emma ist total in ihn verknallt.«

Jetzt horchte Linh auf. »Echt? Hast du gar nicht erzählt.«

»Ist doch auch nicht …« Max' Stimme wurde lauter. »Hi, Emma, hi, Basti.«

Die Zwillinge kamen langsam durch die Menge auf uns zu. Wir winkten und versuchten, ihnen auf der Bank Platz zu machen, aber Basti schüttelte den Kopf.

»Nein, das geht nicht. Wir sitzen dort hinten.« Er deutete auf einen Tisch auf der anderen Seite des Ausschanks. »Wir sollen euch nur was von Eva ausrichten.«

Emma, die Max' Blick vermieden hatte, sah Jannis an. »Laura und Nele sind da. Du sollst vorbeikommen und Hallo sagen.«

Jannis nickte. »Mach ich. Danke, Emma.«

Wir schauten ihnen nach, bis sie in dem Gewühl vor der Essensausgabe verschwunden waren.

»Deine Familienverhältnisse.« Max lachte in sich hinein. »Sind Emma und Basti dann auch mit Nele verwandt? Doppelstiefgeschwister?«

Linh und ich starrten ihn an, aber Jannis meinte: »Klar. So wie du ihr Stiefwahlbruder bist.«

Sein Ton war sarkastisch, aber bei Max kamen die Worte schon so an, wie sie gemeint waren. Linh und ich wechselten einen Blick und schmunzelten, doch im selben Moment fiel mir das Gespräch mit Omi ein. Der Gedanke versetzte mir einen Stich. Linh und ich hatten dieses blinde Verständnis auch gehabt. Wir hatten es noch, und trotzdem hatte sich ein Misston in unsere Freundschaft geschlichen, der immer öfter alles andere übertönte. Und schuld daran war ich.

Max stand auf, um sich noch eine Portion Kohl zu holen, und Linh begleitete ihn, also nutzte ich die Gelegenheit und drehte mich zu Jannis.

»Ich muss nachher etwas tun, was du mir nicht übel nehmen darfst. Bitte.«

Irgendwie hatte ich ihn auf dem falschen Fuß erwischt, denn in seinen Augen flackerte etwas auf, womit ich nicht gerechnet hatte. Angst vielleicht. Sorge. Ich streckte die Hand nach ihm aus.

»Ich muss es für Linh machen, aber ich weiß noch nicht, ob ich mich traue.«

Sein Blick glitt über mein Gesicht, langsam, konzentriert, als könnte er darin eine Antwort lesen, doch ich schüttelte den Kopf.

»Es hat nichts mit uns zu tun, okay?«, flüsterte ich, weil Linh und Max schon in Hörweite waren.

Einen Moment antwortete er nicht. Dann sagte er ebenso leise: »Wenn du Spannung aufbauen wolltest, ist es dir gelungen.«

Ich lachte und lehnte mich für einen schnellen Kuss zu ihm. Seine Lippen schmeckten nach Salz und Rauch. »Alles zu deiner Unterhaltung.«

Jannis

Nach dem Essen ließen Frida und ich Max und Linh bei ein paar Leuten aus unserer Klasse stehen – Annika und Carina waren dabei, Paul und noch ein paar andere – und schlenderten hinüber zu dem Tisch, an dem Mama und Florian mit den Zwillingen und Fridas Familie saßen. Ich hielt Fridas Hand. Ihre geheimnisvolle Andeutung vorhin hatte mir im ersten Moment einen ganz schönen Schrecken eingejagt. Ich wunderte mich selber, was da mit mir los gewesen war. Vielleicht hing mir immer noch Martas Geschichte nach. Nachdem Dorka mir an dem Abend bei Ola erzählt hatte, wie sehr Kubas Verschwinden sie traf, war mir das nicht mehr aus dem Kopf gegangen.

Ich drückte Fridas Hand und sie lächelte mich an. Ihre Haare schimmerten im Schein der Lichterketten rings um die Tische und ich beugte mich zu ihr und gab ihr einen schnellen Kuss. Was immer sie vorhatte, verschwinden würde sie nicht.

»Hey, Frida! Jannis!«

Wir zuckten zusammen und sahen uns zu einer Gruppe von fünf Leuten um. Theo grinste uns an und winkte. Frida zögerte einen Moment, dann seufzte sie und wir liefen zu ihm hinüber. Simon hatte die Arme um Luise gelegt und nickte mir zu, Miri gab uns beiden Küsschen auf die Wangen und kuschelte sich wieder an Theo, aber mit alldem hatte Frida kein Problem. Sie war nur kein großer Fan von dem Typ, der neben Theo stand.

»Hallo, David«, sagte sie und lächelte schmal.

»Was geht?«, fragte er und erwiderte ihr Lächeln, ein bisschen zu enthusiastisch, wie ich fand.

»Na, guckt Animal Attack nach dem Rechten, ob auch alle Würste artgerecht geräuchert wurden?«

Frida hüstelte und Miri schnaubte. »Jannis, echt.«

David verzog keine Miene. »Nee, wir achten darauf, dass das Bier ordnungsgemäß entsorgt wird. Prost.« Er hob seine Flasche, dann ließ er sie wieder sinken. »Ach, ihr dürft ja noch nicht.«

»Dann habt ihr alle großen Tiere schon gerettet, wenn ihr euch um die Mikroorganismen kümmern müsst?«

David grinste jetzt doch, aber Frida schüttelte neben mir den Kopf.

»Wo sind denn die anderen?«, fragte sie diplomatisch, auch wenn ich das gerne noch ein paar Runden fortgeführt hätte.

Wieder lächelte David sie an. »Ann und Justus und noch ein paar Leute sitzen dort drüben.« Er deutete über seine linke Schulter. »Komm doch nachher mal vorbei, wenn du magst.«

Jetzt war's aber auch mal gut hier. Während Frida unbestimmt zurücklächelte, winkte ich in die Runde. »Wir sehen uns ja gleich noch. Bis später.«

»Bis später«, riefen sie uns hinterher, und als wir endlich den Tisch unserer Eltern ansteuerten, legte ich Frida den Arm um die Schultern.

Sie wandte den Kopf zu mir und sagte leise: »Brauchst nicht eifersüchtig zu sein.«

Ich brummte. »Nicht? Dann stehst du also nicht auf Typen, die sich an der Grenze der Legalität bewegen, um Pferde zu retten?«

Sie blieb stehen, drehte sich in meinem Arm und nahm mein

Gesicht in ihre Hände. »Ich stehe auf Typen, die Pferde retten. Punkt.«

Ihre Augen waren in dem spärlichen Licht dunkel, ihre Lippen ganz nah und unseren Kuss hätte ich sehr lange ausgekostet – wenn in diesem Moment nicht eine helle Stimme gebrüllt hätte: »Jannis!«

Ein kleines, weiß gepunktetes Etwas in gelben Gummistiefeln watschelte in einem Tempo auf uns zu, dass mir nichts anderes übrig blieb, als Frida loszulassen, in die Hocke zu gehen und es aufzufangen, bevor es uns umrannte. Zwei Ärmchen schlangen sich um meinen Hals und sehr feuchte Lippen drückten mir einen Kuss auf die Wange.

»Hallo«, hauchte Nele.

Ich guckte zu Frida hoch, die meine Stiefschwester und mich mit hochgezogenen Augenbrauen betrachtete. »Brauchst nicht eifersüchtig zu sein.«

Frida

Um neun war der große Moment endlich gekommen. Alle versammelten sich um den riesigen Holzhaufen in der Mitte unseres Feldes, und als Feuerwehrkommandantin hatte Frau Kohnitz die Ehre, das Feuer zu entzünden. Glücklicherweise machte sie nicht viele Worte, sondern erledigte einfach ihren Job, sodass schon nach ein paar Minuten der schlimmste Qualm abgezogen war und die Flammen aus dem aufgeschichteten Holz hoch in den Himmel loderten. Es zischte und prasselte und immer wieder stoben Funken auf wie Feuerwerksraketen.

Die Leute standen dicht beieinander, klatschten und lachten. Jannis hatte nach meiner Hand gegriffen und hielt mich fest. Hin und wieder fühlte ich seinen Blick auf mir, aber dann lächelte ich nur. Ich suchte noch immer nach Worten für Linh.

Gegen zehn war das Feuer so weit heruntergebrannt, dass man merkte, wie kalt die Nacht war. Ich konnte sehen, wie Linh in ihrem dünnen Mantel zitterte. Max zog sie an sich und schlang die Arme um sie und gemeinsam schauten sie weiter in die Glut.

Nele war auf Jannis' Arm eingeschlafen und hatte ein bisschen auf seine Jacke gesabbert, aber dann war Laura gekommen und hatte sie ihm abgenommen. Nach und nach verabschiedeten sich auch die Reitkinder mit ihren Familien, doch für die Älteren begann jetzt der eigentliche Spaß.

Zwei Jungs von der Feuerwehr machten den Anfang. Sie nahmen Anlauf und sprangen fast gleichzeitig über die mittlerweile niedrigen Flammen. Applaus und Pfiffe brandeten auf und schon waren die nächsten drei unterwegs. Einer von ihnen unterschätzte die Distanz und landete mit einem Fuß in der Glut, aber außer ein bisschen Gelächter und dem Geruch nach verbranntem Gummi hatte das keine Folgen. Die Mädchen zogen jetzt nach und sprangen ebenfalls.

Endlich rief jemand: »Partnerwahl!«

Darauf hatten die meisten hier gewartet. Nur Max rief gegen den plötzlichen Lärm an: »Was?«

Wenn er hingeguckt hätte, hätte er sich die Erklärung selber zusammenreimen können, aber Linh beugte sich zu ihm. »Das ist für Liebespaare. Und Freunde. Du bittest den Menschen, mit dir übers Feuer zu springen, den du im nächsten Jahr in deinem Leben haben willst.«

Langsam verzog sich Max' Mund zu einem Lächeln. Jannis machte einen Schritt von mir weg und hielt mir auffordernd die Hand hin, aber ich schüttelte den Kopf. Bevor Max dazu Gelegenheit hatte, streckte ich die Hand nach Linh aus. Verblüfft starrte sie darauf, dann sah sie mir in die Augen. Ich fühlte die Blicke der Jungs auf mir, aber das war mir gerade egal.

»Im letzten halben Jahr hab ich dich ausgeschlossen«, sagte ich. »Das wird nicht noch mal passieren.«

Linh blinzelte, dann packte sie meine Hand und zog mich so schnell zum Feuer, dass ich kaum hinterherkam. Wir sahen uns an und zählten gemeinsam.

»Eins, zwei, drei!«

Johlend rannten wir aufs Feuer zu und sprangen gleichzeitig ab. Ein Windstoß wirbelte Funken auf, auf der anderen Seite des Feuers verschwammen die Gesichter ineinander und hinter uns brüllte jemand. Doch in diesem Moment waren wir allein, Linh und ich, hielten uns fest an der Hand und fingen neu an. So wie das Frühlingsfeuer es wollte.

Wir landeten lachend und keuchend. Ich zögerte, und einen Augenblick lang sahen wir uns nur an, aber dann warf Linh ihre Arme um mich.

»Tut mir leid«, sagte ich. »Ich war so bescheuert.«

Sie lehnte sich ein bisschen zurück, damit sie mir ins Gesicht schauen konnte. »Endlich hast du es kapiert.«

Weiter kamen wir nicht, denn neben uns landeten die nächsten beiden Springer. Sie stellten sich als unsere Freunde heraus. Ihre Augen leuchteten, als sie uns die Hände hinhielten.

Linh und ich lächelten uns an. Sie griff nach Max' Hand und ich nach Jannis'. Wir mussten lachen, weil unsere Schrittlängen nicht passten und unser Anlauf ein bisschen holprig war, aber dann sprangen wir und segelten zu viert in einem perfekten Bogen über die letzten Flammen hinweg.

Jannis

Die Tage rauschten vorbei wie ein ICE auf freier Strecke. Unter der Menge des Schulstoffs ächzten wir alle, aber ich verschob meine Hausaufgaben und die Lernzeit meistens auf den Abend, wenn im Stall alles erledigt war. Am kommenden Wochenende stand schon das nächste Trainingslager an und ich wollte Mama, Max und Tadeusz nicht mehr Arbeit überlassen als nötig.

Mit reichlich schlechtem Gewissen hatte ich Frida gefragt, ob sie Botti übernehmen würde, wenn ich weg war, aber statt mir den Vogel zu zeigen, weil sie ja fast genauso viel arbeitete wie ich, kriegte sie ganz runde Augen und sagte sofort zu. Sie bestand darauf, dass ich ihr beim ersten Training zuguckte, doch ich wusste ja, dass sie mit ihm zurechtkommen würde. Als netter Nebeneffekt sah sie auch noch megagut aus auf ihm, besser als auf Liv, so hübsch das Pony auch war. Eigentlich hatte ich ja gedacht, dass sie sie nicht mehr so viel reiten würde, jetzt, wo sie angefangen hatte, Juniper auszubilden. Aber Frida war eben treu. Vielleicht kam sie ja jetzt auf den Geschmack und kapierte endlich, dass sie auf ein richtiges Pferd gehörte – ich jedenfalls hätte ihr ewig zuschauen können.

Doch die Zeit hatte ich nicht. Gleich kamen noch die Schuberts zum Einzelunterricht. Ich grinste, als Frida im Trab vorbeiholperte und dabei schnaufte wie eine Dampflok, dann winkte ich ihr zu. Sie würde sich schon an Bottis lange Schritte gewöhnen, aber dazu brauchte sie mich nicht.

Am Donnerstagnachmittag hatte ich zwanzig Minuten Zeit, um mir zwischen zwei Reitstunden ein Brot zu schmieren. Während ich darüber nachdachte, ob vielleicht sogar noch was von dem Butterkuchen übrig war, den Frida vom Gut mitgebracht hatte, schlängelte ich mich zwischen den Handwerkern und Baumaschinen hindurch und bog auf die Einfahrt ein. Max holte gerade sein Fahrrad aus dem Schuppen.

»Wo willst du denn hin?«

Er sah sich nach mir um und schob sich die Haare aus dem Gesicht. »Zu Frida. Und du?« Er deutete auf meine Reithose und die Stiefeletten.

»Ich wollte nur schnell was ess… Wie, zu Frida? Wo ist denn Linh?«

Max machte die Schuppentür zu. »Die kommt auch. Wir prüfen mit Frida die Koppelzäune.«

Meine Handflächen prickelten. »Und wieso weiß ich davon nichts?«

»Wieso, hättest du dabei sein wollen? Du gibst doch gleich noch Unterricht.«

»Aber deswegen könnt ihr es mir doch erzählen!«

»Dachte, Frida macht das.« Er zuckte mit den Schultern.

In meinen Ohren ploppte es. Ich ging ein paar Schritte auf ihn zu. »Sag mal, was wird das jetzt hier? Hast du irgendein Problem?« Was ich eigentlich meinte, war: *Willst du jetzt meinen Platz einnehmen?*, aber das klang dann doch ein bisschen melodramatisch.

Ihm fiel fast der Kinnladen runter. »Ob ich ein Problem habe?«, fragte er hitzig. »Komm mal mit, dann zeige ich dir, was für ein Problem ich habe.«

Er warf das Rad auf den Boden und stapfte so schnell davon,

dass ich mich anstrengen musste, um mit ihm Schritt zu halten. Anstatt den Weg zwischen den Bungalows hindurch zu nehmen, ging er vorne um die Reithalle herum bis zum Büro, vor dem an einer Wand der Hallenbelegungsplan hing.

Mit einer großen Geste deutete er darauf, dabei ließ er mein Gesicht nicht aus den Augen. »Schau's dir an.«

Ich starrte auf den Plan, aber ich hatte keine Ahnung, worauf er hinauswollte. »Jetzt spuck's schon aus.«

Er tippte auf den Donnerstag. Heute. »Hier. Siehst du? JM. Und hier? Noch ein JM. Und hier, hier, hier. Lauter beschissene JM. Du bist von drei bis sieben im Sattel oder gibst Unterricht. Und dann passt es dir nicht, dass ich nicht zu Hause sitzen bleibe und warte, bis du fertig bist?«

»Das meine ich doch überhaupt …!«

»Ich lebe jetzt hier, okay? Wenn du keine Zeit hast, dass wir mal was machen, dann überlege ich mir eben was anderes! Und bevor du dich beschwerst: Als ich hergezogen bin, war nie die Rede davon, dass du jedes zweite Wochenende unterwegs bist, ich die Hälfte deiner Arbeit für dich übernehme und du unter der Woche jede freie Minute damit beschäftigt bist, die andere Hälfte zu erledigen!«

Er war immer näher gekommen, sodass wir uns jetzt fast Nase an Nase gegenüberstanden. Aus dem Augenwinkel sah ich Tadeusz, der in der Tür auftauchte, die Situation aber sofort erfasste und auf der Ferse umdrehte.

Ich wich nicht zurück, als ich zischte: »Es war auch nie die Rede davon, dass du ein Kindermädchen brauchst.«

Ich konnte genau sehen, wie sich seine Wut in etwas Dunkleres verwandelte. Er trat einen Schritt zurück und richtete sich auf.

»Ey, echt, du Arsch.« Sein Mund verzog sich zu einem humorlosen Grinsen. »Genau deswegen besuche ich jetzt deine Freundin.«

Es wurden die mit Abstand schlechteste Unterrichtsstunden, die ich je gegeben hatte. Aber ganz ehrlich, nichts interessierte mich weniger als die Tatsache, dass Doro hartnäckig auf dem falschen Fuß trabte. Ich war die gesamte Zeit in Gedanken bei den anderen oder, und das war viel schlimmer, bei Max' Gesichtsausdruck, als er sich vorhin von mir weggedreht hatte. Das hatte ich mal grandios verkackt.

Ich war echt froh, als um sieben endlich Schluss war. Mama sagte, sie würde den Rest erledigen, und bat mich, zu Hause die Lasagne in den Ofen zu schieben. Das machte ich.

Mit dem Fuß auf der untersten Stufe blieb ich stehen. Ich musste vor dem Essen mit Max reden, sonst wurde es ungemütlich. Also holte ich tief Luft, stieg die Treppe hoch und klopfte an seine Zimmertür.

Keine Antwort.

Einen Moment lang überlegte ich, dann beugte ich mich zum Schlüsselloch, obwohl ich mir bescheuert vorkam. Blinzelnd sah ich hindurch, doch alles war dunkel. Er war also noch nicht vom Gut zurück.

Mit einem wuseligen Gefühl, als hätten sich hundert Tausendfüßler in meinem Magen verknäult, stieg ich unter die Dusche. Was sollte ich zu Max sagen, wenn er wieder zu Hause war? Für den Spruch mit dem Kindermädchen musste ich mich entschuldigen, so viel war klar, aber dann? An der Situation konnte ich ja nichts ändern. Das Programm war eben so gestrickt, dass wir uns jedes zweite Wochenende trafen. Und viel anders als früher, als ich regelmäßig auf Turnieren war, lief es ja auch nicht. Daran konnte sich Max vielleicht nur nicht mehr erinnern.

Dass ich schon viel zu lang unter dem heißen Duschstrahl stand, merkte ich erst, als meine Arme rot wurden. Fluchend drehte ich das Wasser ab, griff nach dem Handtuch und trocknete mich ab. Als ich angezogen war, hörte ich den Bass durch die Wand. Max war zurück.

Ich räumte das Bad so auf, dass Mama nicht wieder einen Schreikrampf bekommen würde, wenn sie in die Dusche wollte, und lüftete sogar. Als nur noch die Wahl bestand zwischen Klo putzen und mich endlich entschuldigen, knipste ich das Licht aus und ging eine Tür weiter.

Max beantwortete mein Klopfen mit »Ja?«.

»Hi.« Ich hatte den Kopf durch die Tür gesteckt, und als er nichts nach mir warf, ging ich ins Zimmer und setzte mich nach kurzem Zögern aufs Bett. »Wie war's?«

»Okay.« Er drehte sich nicht zu mir um, sondern behielt die Augen auf der Mathehausaufgabe und wippte weiter seinen Bleistift zwischen den Fingern. »War nicht viel kaputt.«

Es dauerte eine Sekunde, bis mir einfiel, dass sie ja die Koppelzäune reparieren wollten. »Gut.«

Eine Zeit lang, die sich anfühlte wie dreißig Minuten und in der Max immer mal wieder was auf seinen Block kritzelte, saß ich nur auf dem Bett und suchte nach den richtigen Worten. Irgendwann musste ich mir eingestehen, dass selbst ein Dreijähriger gewusst hätte, welche Worte angebracht waren.

»Tut mir leid«, sagte ich.

Nach einem Moment drehte sich Max auf seinem Schreibtischstuhl zu mir herum. »Ist okay.«

»Ist es echt so viel …?«

»Es ist eben nicht …«

Wir brachen ab und grinsten.

Max deutete mit dem Kinn auf mich. »Du zuerst.«

»Ist es wirklich so viel Arbeit, wenn Kamil und ich nicht da sind?«

Er zuckte mit den Schultern. »Es geht. Das wird sich einspielen. Und eigentlich mache ich diese Stallarbeit auch ganz gern. Scheint ja gut zu sein für die Muckis. Linh findet, dass ich obenrum zugelegt habe.«

Seine Mundwinkel wanderten nach oben, und ich verkniff mir einen Blick auf sein Shirt, das um seine Oberarme ganz schön spannte. Mir war das neulich auch schon aufgefallen. Ich fragte mich nur, ob Stallarbeit bei mir keinen Trainingseffekt hatte, weil ich es schon zu lang machte, oder ob Max wie mit allem einfach früher dran war. Neulich hatte er sich zum ersten Mal rasiert.

»Ätzend finde ich eher, dass Kamil auf irgendwelchen Schlössern rumhängt und wartet, bis er dich wieder heimfahren darf.« Er sah mich an und ich konzentrierte mich schnell wieder auf das eigentliche Thema.

»Ihr könnt ja gemeinsam rumhängen.«

»Was?«

»Im Ernst.« Die Idee begann mir zu gefallen. »Warum kommst du morgen nicht einfach mit? Ich kann Marta fragen, sie hat bestimmt nichts dagegen. Und du brauchst für den Freitag noch nicht mal eine Unterrichtsbefreiung, weil wir diesmal erst nach der Schule losmüssen. Wir fahren ja nur zwei Stunden.«

Im ersten Moment dachte ich, er würde ablehnen, denn immerhin bedeutete das ja ein Wochenende ohne Linh. Aber dann fing er an zu grinsen.

»Okay. Frag Marta.«

Marta hatte nichts dagegen, dass Max mitkam, genauso wenig wie Peter und Kaja. Noch dazu war Linh übers Wochenende nicht da, sodass er sich am nächsten Tag mit Kamil, Dari und mir auf den Weg machte.

Kamil war mit dem Deal besonders zufrieden. »Das ist sehr gut. Ich zeige dir, was zu tun ist, und dann kannst du mich vertreten«, sagte er zu Max. »Meine Mutter wohnt in der Nähe. Ich wollte fragen, ob ich sie morgen besuchen kann, Jannis. Ich bin am Sonntag rechtzeitig zurück.«

Ich rutschte tiefer in meinen Sitz und streckte die Beine. »Logisch. Max steht total gern früh auf und macht Dari fertig.«

Max stöhnte. »Dreh sofort um, Kamil.«

Aber als Kamil leise lachte, grinste er nur.

Die Fahrt war im Vergleich zu der fünfstündigen Odyssee zu Ola wirklich ein Witz. Nach nicht mal zwei Stunden rollten wir eine von blühenden Büschen und Bäumen gesäumte Zufahrt entlang.

Auf Max wartete allerdings eine Überraschung: Der Hof von Martas Mutter hatte wirklich gar nichts mit Olas Schloss gemein. Wir waren in Vierbettzimmern untergebracht, die eher an Jugendherberge erinnerten als an Luxusurlaub. Aber wenn er enttäuscht war, ließ er es sich nicht anmerken.

Viel Zeit hatte er sowieso nicht dazu, denn Kamil machte es sich zur Aufgabe, ihn im Schnelldurchgang zum Turniertrottel auszubilden. Als wir vor dem Abendessen mit der ersten Theorieeinheit durch waren, hatten Max und Dari schon einen einstündigen Spaziergang hinter sich.

Bei Marta ging es wesentlich lockerer zu als im Schloss von Olas Familie. Unsere Fahrer mischten sich wie selbstverständlich unters Team – zu dem sie ja auch gehörten –, sodass Max gar nicht groß Aufmerksamkeit auf sich zog. Marta erzählte, dass sie in den Sommermonaten Wanderritte anboten. Die Saison würde bald losgehen, sodass wir erst wieder im Herbst bei ihnen trainieren konnten.

Für das kommende Wochenende durften wir aber das komplette Gelände nutzen, und da es hier auch einen Grillplatz gab, organisierte Kaja zusammen mit Dorka und Kamil Fleisch und Getränke.

Nach dem Essen saßen wir noch eine ganze Weile um ein Lagerfeuer. Max unterhielt sich mit Rieke und Fabian, Marta, Fabian und André diskutierten gut gelaunt über eins der Trainingsvideos, die wir uns zur Vorbereitung ansehen sollten, Dorka und Kamil hatten die Köpfe zusammengesteckt, und der Rest plauderte leise oder starrte in den Sternenhimmel, über den wattige Wolkenfetzen zogen.

Mit einem halben Ohr bekam ich mit, dass Marta Max ansprach. »Kannst du reiten, Max?«

Er rümpfte die Nase. »Ich lerne es gerade.«

»Aber ausgeritten bist du schon mal?«

Max nickte.

»Dann komm doch morgen mit.« Marta hatte gemerkt, dass ich ihnen zuhörte, und grinste. »Nach dem Training wollen ein paar von uns an den Strand. Wir finden sicher ein braves Pferd für dich. Hast du Lust?«

Max nickte und ich lachte in mich hinein. Wie schnell manche Leute doch dem Pferdevirus verfielen.

Frida

Ich ertappte mich dabei, dass ich seit bestimmt zehn Minuten mein Englischbuch anstarrte. Als ich probeweise die rechte Spalte der Vokabelliste zuhielt, stellte ich fest, dass sich die deutschen Bedeutungen nicht wie durch ein Wunder in meinem Hirn verankert hatten. An einem Samstagvormittag war das auch zu viel verlangt, fand ich. Samstage waren dafür da, sich mit Freunden zu treffen, zu reiten, Spaß zu haben.

Seufzend stieß ich mich von der Schreibtischkante ab und drehte mich auf meinem Stuhl ein paarmal um mich selbst. Meine Freunde machten genau das, nur leider nicht da, wo ich dabei sein konnte. Linh war auf einem Ausflug mit ihrer Tanztruppe und Max hatte Jannis diesmal zu seinem Trainingslager nach Polen begleitet. Okay, geritten war ich heute immerhin schon. Doch jetzt war Liv auf der Weide, und mit Juniper konnte ich erst auf den Platz, wenn Mamas Reitschülerinnen weg waren. Aber irgendwie Spaß haben musste doch trotzdem drin sein.

Mit Schwung klappte ich das Buch zu und griff nach meinem Handy. Lustlos scrollte ich meine Kontaktliste durch, doch ohne Linh war die Aussicht darauf, die Mädchen aus meiner Klasse zu treffen, wenig prickelnd. Kurz stoppte mein Finger über Nils' Nummer. Ich hatte versprochen, mich zu melden, aber heute stand mir der Sinn eher nach unproblematischen Unternehmungen. Keine Aussprachen, lieber … Pferde.

Gute Idee.

Kurz entschlossen stand ich auf, steckte mein Handy ein und ging zur Tür. Es war noch ein bisschen früh im Jahr, aber vielleicht gab es bei den Koniks schon die ersten Fohlen. Ich konnte ja mal gucken. Und wenn das keine passende Beschäftigung für einen Samstag war, wusste ich auch nicht.

Ich entschied mich, nicht zum Aussichtspunkt auf der Landspitze zu fahren, sondern ins Naturschutzgebiet. Es war das erste Mal seit dem Herbst, und ich schwor mir, dass ich auf den Wegen bleiben und nicht ins Gehege klettern würde. Nach ein paar Minuten kam sogar die Sonne heraus, sodass ich den kühlen Wind, der mir auf dem Fahrrad entgegenwehte, kaum spürte.

Auf dem Parkplatz vor dem Eingang standen keine Autos, also war ich wahrscheinlich allein unterwegs. Das Rad lehnte ich gegen den Zaun, dann ging ich los. Ich lief quer durchs Schutzgebiet bis zu der kleinen Anhöhe, von der aus man einen guten Ausblick über den Kiesstrand, die Ostsee und die Mündung der Wiek hatte. So viel ich mich auch umguckte, so oft ich stehen blieb und lauschte, mir begegnete kein einziges Pferd.

Unter der Eiche auf dem Hügel schloss ich die Augen. Es wäre schön gewesen, heute die Koniks zu sehen, aber es war auch schön, hier zu sein und den Wind zu fühlen. Das Rauschen der Ostsee bis in meine Zehenspitzen zu spüren. Das Salz und das frische Grün zu riechen, das, immer noch ein bisschen zaghaft, den Frühling ankündigte. Meine Arme fielen herab, meine Schultern entspannten sich und ich war einfach Teil dieses Ortes. So wie letzten Sommer.

Nein, regte sich etwas in mir. Nicht nur im letzten Sommer. So wie immer. Ich war schon immer Teil dieses Ortes gewesen. Anders als Mama und Papa, sogar Luise und Theo, die in Hamburg geboren waren, war ich bei Omi immer nur zu Besuch. Und wenn ich dort war, freute ich mich auf zu Hause. Auf die Luft, das Licht, die Gerüche. Auf die Geräusche. Sogar die Geschichten, die sie im Dorf erzählten, früher schon, als ich noch klein gewesen war und mir all diese Sagen um weiße Frauen und Wiedergänger und Spukgestalten in Leuchttürmen und verfallenen Häusern zu Herzen genommen hatte. Jetzt würden sie wahrscheinlich auch unser Geisterpferd in ihr Repertoire aufnehmen.

Ich riss die Augen auf. Das Pferd! Seit Tagen hatte ich nicht mehr daran gedacht. Und neulich dieses komische Licht im Leuchtturm … Wir hatten noch darüber gelacht, aber nie wirklich die Verbindung hergestellt! Wir waren davon ausgegangen, dass das Pferd auf die Insel geschwommen war. Aber wieso war bisher niemand auf die Idee gekommen, dass es jemand dorthin gebracht hatte? Dass das Pferd gar nicht allein auf der Oie war?

In der nächsten Sekunde rannte ich schon. Ja, das weiße Pferd hatten wir nach dem ersten Mal nicht wieder gesehen. Es gab einfach zu viele Verstecke auf der Oie. Aber ein Mensch … Ein Mensch konnte auf der Oie nur an einem Ort unterkommen: im Leuchtturm. Wenn er noch auf der Insel war, würde ich ihn dort finden.

Am Eingang zum Naturschutzgebiet hatte ich kaum Zeit, einen Blick über die Schulter zu werfen, um nachzusehen, ob Nemo mich von seinem Hügel aus grüßte. Er war nicht da. Ein paar Atemzüge lang verschnaufte ich, dann schloss ich mein Rad auf und trat in die Pedale.

Eine halbe Stunde später setzte das Boot auf dem Sandstreifen auf. Schwitzend stieg ich aus und zog es ein Stück höher. Bei Max sah diese Ruderei immer so leicht aus, aber ich brauchte jetzt erst mal eine Pause.

Anders als vor ein paar Wochen mit Linh und Max hatte ich an der Stelle festgemacht, wo ich im November mit Nemo die Koniks an Land gebracht hatte, damit ich bis zum Leuchtturm nicht so weit laufen musste. Aber jetzt war ich so wacklig auf den Beinen, dass ich mich fragte, ob ich nicht um die Oie herumrudern hätte sollen. Vielleicht hätte es direkt beim Leuchtturm auch einen flachen Uferabschnitt gegeben, dann hätte ich mir die Rennerei ganz erspart.

Aber egal. Jetzt war ich hier und machte mich auf den Weg.

Glücklicherweise stieg das Gelände hinter den Dünen recht bald an, sodass ich an der Steilküste entlang zwischen lichtem Baumbestand gut nach Nordosten vorankam. Als ich dann aber endlich vor dem Turm aus roten Ziegeln stand, war ich wirklich dankbar.

Die Tür lag dem Wasser abgewandt. Im Lack neben dem Schloss waren Kratzer, ansonsten wirkte sie abgesehen von ein paar Stellen, wo die weiße Farbe abgeblättert war, unversehrt.

Langsam streckte ich die Hand nach dem Knauf aus und drückte. Mit einem schauerlichen Knarzen schwang die Tür nach innen auf.

»Hallo?« Ein paar Atemzüge lang stand ich auf der Schwelle und lauschte. Nichts rührte sich.

Dann hatten sich meine Augen an das Dämmerlicht gewöhnt, das von oben in den Turm fiel. Es gab nicht viel zu sehen. Ein paar Staubkörnchen segelten träge zu Boden. Die Innenwände waren weiß verputzt, und dem Eingang gegenüber erkannte ich eine zweite Tür, auf die ich vorsichtig zutrat. Ihre Klinke ließ sich zwar herunterdrücken, aber als ich daran rüttelte, gab die Tür nicht nach.

Hinter mir klickte die Eingangstür ins Schloss. Jetzt war es noch mal ein Stück dunkler, aber irgendetwas in mir sträubte sich, die Tür mit einem Stein offen zu halten. Es musste so gehen.

Und es ging auch so. Nach einem tiefen Atemzug, bei dem ich den plötzlichen Gedanken verdrängte, dass mir die Aktion hier möglicherweise Ärger mit Mama und Papa einbrachte, setzte ich meinen rechten Fuß auf die erste Stufe. Die Treppe führte wie in einem Schneckenhaus entlang der Wand nach oben. Vorsichtig schob ich mich an der Mauer entlang und richtete den Blick stur auf den trüben Lichtschein über mir.

In regelmäßigen Abständen waren winzige Fenster wie Schießscharten in die Wand eingelassen, aber sie ließen so wenig Licht ein, dass ich mich fragte, wozu sie nutze waren. Langsam wurde es heller. Ich wusste nicht mehr, wie oft ich den Turm umrundet hatte, als ich schließlich auf einen Treppenabsatz trat. Über mir spannte sich die Glaskuppel, zu der eine schmale Wendeltreppe aus Metall hinaufführte. Auf einer Plattform über meinem Kopf erkannte ich die Linse des Leuchtturms.

Ich schaute mich auf dem Stockwerk um. In einer kleinen Nische war die Wohnung des ehemaligen Leuchtturmwärters untergebracht, ein schmales Bett, ein kleiner Tisch mit zwei Hockern, eine Spüle, ein winziger Herd. Und ein geblümter Sessel, dessen Polsterung an den abgewetzten Armlehnen und der Sitzfläche durchschimmerte.

Aber es war nicht der Anblick des Sessels, der hier so fehl am Platz wirkte und mich auf dem Treppenabsatz festhielt, als wäre ich angeklebt. Ich konnte meinen Blick nicht von der schmalen Pritsche losreißen. Dort, auf der klumpigen Matratze, lag ein zerknüllter Schlafsack. Und als hätte mein Gehirn nur darauf gewartet, dass ich dieses Bild in einen klaren Gedanken fasste, schnellte mein Blick weiter zu der Arbeitsfläche der winzigen Küche, auf der sich eine Packung Müsli, Brot, Milch, eine Tüte mit Würsten und Wasserflaschen stapelten.

Ich hatte recht gehabt. Das Pferd war nicht allein auf der Oie. Sein Besitzer war ebenfalls hier. Oder – denn wer, ging mir jetzt auf, versteckte sich mit seinem eigenen Pferd auf einer Insel? – sein Dieb.

Da hatte ich mir ja mal wieder ein Ei gelegt. Wer auch immer in diesem Leuchtturm hauste, war ein Mann, das zeigte mir der Stapel Klamotten, der über der Sessellehne hing. Aber ob Mann oder Frau – auf keinen Fall wollte ich hier jemandem begegnen, dessen Motive ich nicht einschätzen konnte, schon gar nicht, wenn zwischen mir und dem Ausgang zwanzig Meter Höhenunterschied lagen.

Ich machte auf der Stelle kehrt – und erstarrte in dem Moment, als mein Fuß auf der obersten Stufe aufsetzte. Tief unter mir knarrte die Tür des Leuchtturms. Und dann hörte ich Schritte die Treppe heraufkommen.

Jannis

Die steht auf dich.« Max grinste.

Wir kamen gerade vom Stall, wo sich Max mit Martas Hilfe eins der Schulpferde für den Ausritt nachher ausgesucht hatte, also wusste ich sofort, wen er meinte.

»Bullshit. Wir verstehen uns einfach gut.«

»Wir, ja? Also stehst du auch auf sie? Lass das mal nicht Frida hören.« Sein Grinsen war jetzt so breit, dass es von einem Ohr zum anderen reichte.

Ich schüttelte den Kopf. »Erklär mir noch mal, warum ich dich mitgenommen habe.«

»Uuh. Da hab ich einen Nerv getroffen.«

Als ich ihn anrempelte, lachte er laut auf. Aber er lag wirklich falsch. Ich war mir ziemlich sicher, dass Marta noch an der Sache mit Kuba knabberte. Vorhin waren wir an einem Teamfoto aus dem letzten Jahr vorbeigelaufen, und so beiläufig, wie sie über ihn hinweggegangen war, als sie uns erklärte, wann und wo es aufgenommen worden war, hätte eigentlich auch Max einsehen müssen, dass er völlig danebenlag.

Bevor ich ihm das verklickern konnte, richtete sich meine Aufmerksamkeit auf etwas anderes.

»… nicht. Deswegen frage ich.«

Die Stimme klang so aggressiv, dass Max und ich stehen blieben und uns ansahen.

»Keine Ahnung, was du meinst«, sagte eine zweite Stimme, ebenfalls die eines Mannes.

»Was wollten sie?«

Ich musste mich anstrengen, um etwas zu verstehen, denn die erste Stimme war trotz ihrer Schärfe sehr leise.

Max tippte mich an und deutete mit dem Kopf auf die Stallecke. Ich nickte. Ich wollte auch wissen, wer sich da unterhielt.

»Hab ich doch schon gesagt …«, antwortete der zweite Mann, dann brach er ab, denn anscheinend hatte er uns bemerkt. Zumindest hatte er etwas gehört, denn leider hatten wir uns nicht so geschickt angeschlichen, wie wir das vorgehabt hatten. Also machten wir das Beste daraus und traten mit zwei großen Schritten um die Ecke herum auf die Rückseite des Stalls.

Ich weiß nicht, wer von uns verblüffter war. Kamil hatte sich zu André gebeugt, der sich mit dem Rücken an die Wand drückte. Einen Moment lang starrte Kamil mich an, dann ließ er Andrés Jacke los, drehte sich ohne ein Wort um und stapfte davon.

André richtete sich auf und fuhr sich mit den Händen über die Haare. »Das geht euch nichts an«, zischte er uns zu.

In einem großen Bogen ging er um uns herum und verschwand hinter der Stallecke.

Wir sahen uns an. Max zuckte mit den Schultern. »Das geht uns nichts an.«

Frida

Sekundenlang stand ich da und lauschte nach unten. Wie oft hatte ich mit Linh einen ihrer Horrorfilme geguckt und nur die Augen verdreht, wenn sich die Hauptfigur wieder mal absichtlich in Gefahr begab? Und jetzt saß ich selber in der Falle. Es gab nur einen Weg, der nach draußen führte, aus dem Fenster zu springen, fiel ja wohl flach.

Also musste ich mich verstecken.

Hektisch sah ich mich um. Es gab keine Schränke, keine Nischen, in die ich hineinpasste. Das Bad! Es musste hier doch eine Waschgelegenheit und ein Klo oder so was geben. Vielleicht konnte ich darin so lange warten, bis wer auch immer gerade die Treppe hochkam, wieder verschwand.

Dort, hinter der Wendeltreppe! Die Tür war beinahe nahtlos in die Wand eingelassen, sodass ich sie bisher gar nicht bemerkt hatte. Auf Zehenspitzen huschte ich hinüber, fasste nach der Klinke und biss die Zähne zusammen, als ich sie hinunterdrückte. Lautlos glitt die Tür auf. Aufatmend schlüpfte ich hindurch, lehnte die Tür aber nur an. Ich musste wissen, was im Wohnraum vor sich ging.

Eine ganze Weile nicht viel. Ich hörte, wie die Schritte auf dem Treppenabsatz ankamen, kaum hatte ich mich hinter die Tür gestellt. Stoff raschelte, wahrscheinlich zog sich der Typ die Jacke aus. Dann machte er sich an der Küchenzeile zu schaffen, denn es klang, als würde er eine Flasche aufschrauben und trinken und sich dann ein Brot schmieren. Plastik knisterte, Besteck klirrte auf einem Teller. Ganz normale Geräusche, die mein Herzklopfen beruhigten.

Ich merkte jetzt erst, wie feucht meine Handflächen waren, und wischte sie an meiner Hose ab. Während der Mann kaute, sah ich mich endlich in meinem Versteck um.

Es war tatsächlich ein kleines Bad, das hatte ich auf den ersten Blick erkannt. Gegenüber der Tür befand sich ein Waschbecken, darüber hing ein fleckiger Spiegel. Das winzige Fenster rechts davon wurde halb vom Vorhang der Dusche verdeckt. Links von der Tür war das Klo. Alles war weiß, alt und schäbig, aber ziemlich sauber. Es roch nach Zitrusreiniger. Außer einer Klobürste gab es allerdings nichts, womit ich mich hätte verteidigen können.

Der Typ hatte sein Brot anscheinend aufgegessen, denn es klang, als würde er das Geschirr abwaschen. Kurz darauf quietschten unter seinem Gewicht die Bettfedern. Machte der jetzt ein Nickerchen? Ich schickte ein Stoßgebet zum Himmel. Das wäre meine Rettung!

Um meine Nervosität in den Griff zu kriegen, atmete ich ein paarmal tief durch, aber als ich fünf Minuten später immer noch kein Schnarchen hörte, sondern immer wieder ein metallisches Knarren, so als würde er ständig sein Gewicht verlagern, entschied ich mich, einen Blick durch den Türspalt zu wagen.

So langsam es ging, löste ich meine Sohlen vom Boden und trat drei Schritte vor, damit ich die Tür ein Stück aufziehen und hinausblinzeln konnte. Auch diesmal machte sie kein Geräusch, sodass ich den Typen nicht aufschreckte.

Er lag auf dem Bett und hielt sich ein Buch vors Gesicht. Ich wusste, wie Linh sein konnte, wenn sie sich ganz in ein Buch vertiefte – dann störte sie nichts und niemand, kein klingelndes Telefon, keine Frage, kein Läuten zur ersten Stunde. Aber dass dieses zerfledderte Taschenbuch, das der Typ gerade las, so spannend war, dass ich nicht nur unbemerkt aus dem Badezimmer schleichen, sondern auch noch die Treppe hinuntersteigen konnte, wagte ich dann doch nicht zu hoffen.

Vielleicht musste ich es einfach riskieren. Vielleicht war ich schneller als er an der Treppe, dann hatte ich eine Chance, ins Erdgeschoss zu kommen. Und dann musste ich nur noch eine Möglichkeit finden, ihn auf dem Weg zum Boot abzuhängen. Wenn ich Glück hatte, zog er sich keine Schuhe an, bevor er mich verfolgte.

Doch bevor ich meinen Mut für diesen kümmerlichen Plan zusammennehmen konnte, kam mir der Mann zuvor. Er schlug sein Buch zu, stand auf und steuerte die Badtür an.

Nein, nein, nein! Was sollte ich jetzt machen? Mit jedem Schritt, den der Typ näher kam, dachte ich, mein Herz würde mir aus den Ohren hüpfen, so laut hörte ich es in meinem Kopf pochen. Vorsichtig setzte ich meine Füße Stück für Stück zurück, bis in meinem Rücken der Duschvorhang raschelte. Erschrocken erstarrte ich.

Die Tür schwang auf, der Mann kam herein, machte sie hinter sich zu und klappte den Klodeckel auf. Ich glotzte seinen Rücken an wie das Kaninchen die Schlange. Er nestelte schon an seiner Hose, als sein Kopf nach rechts zuckte, zum Spiegel.

»Tscho …?«, rief er, aber da konnte ich schon nicht mehr klar denken.

In dem Moment, als er sich zu mir umdrehte, packte ich mit beiden Händen den Duschvorhang, riss ihn von der Stange und warf ihn dem Typen über den Kopf. Er stolperte rückwärts, und die Sekunde nutzte ich, um mich an ihm vorbei zur Tür zu drücken. Er versuchte gleichzeitig, sich aus dem Vorhang zu schälen und mich zu packen, aber kaum war ich aus der Tür, stieß ich sie noch einmal so fest auf, dass es rumste, als sein Kopf dagegenstieß.

»Fuck«, kam es gedämpft unter dem Vorhang hervor.

Ich machte, dass ich davonkam. Mit ein paar Schritten war ich bei der Treppe und schon um die zweite Wendung, als der Mann oben den Absatz erreichte. Er fluchte gedämpft in einer fremden Sprache, dann rief er: »He! Bleib stehen!«

Als ob.

Ich konzentrierte mich auf jede einzelne Stufe, denn wenn ich stolperte, brach ich mir wahrscheinlich den Hals, und das war vermutlich noch schlimmer als alles, was der Typ hinter mir mit mir anstellen würde. Trotzdem, erwischen lassen wollte ich mich auf gar keinen Fall und der Kerl war schnell.

»Bleib stehen!«, brüllte er immer wieder, doch da hatte ich endlich den Fuß des Leuchtturms erreicht, riss die Tür auf und stürmte nach draußen. Ich japste jetzt schon nach Luft, doch ich musste es wenigstens bis zu den Dünen schaffen. Dort konnte ich mich vielleicht verstecken und auf einem Umweg zum Boot zurückschleichen.

Hinter mir knarrte die Tür. Der Mann sparte sich jetzt seinen Atem und rannte einfach nur. Seine Schritte wurden lauter und die Dünen kamen einfach nicht näher. Verdammt! Ich würde es nicht schaffen. Meine Lunge brannte, und ich fühlte, wie mir Tränen in die Augen stiegen. Mein Blickfeld verengte sich auf den kleinen Pfad, der sich vor mir abzeichnete und zum Strand hinunterführte. Bis dahin, dann vielleicht …

Doch da spürte ich seine Hand um meinen Arm. Ich riss mich

los, und irgendwie legte ich noch einmal Tempo zu, aber es half nichts. Wieder griff er nach mir und diesmal konnte ich ihn nicht mehr abschütteln. Mein Atem ging keuchend, als ich nach ihm schlug, blind vor Panik und Tränen. Mein Fuß traf sein Schienbein, und kurz wurde sein Griff härter, aber dann hörte ich endlich, dass er auf mich einredete.

»… stehen, bitte! Ich tu dir nichts! Ich tu dir nichts!«

Mit einem Mal floss alle Energie aus mir heraus. Meine Knie gaben nach, ich stolperte, und als seine Hände mich freigaben, sank ich auf den Boden. Ich zog die Nase hoch und holte pfeifend Luft, immer wieder, bis sich nicht mehr alles drehte.

»Du bist verdammt schnell.«

Aber nicht schnell genug.

Ein letztes Mal atmete ich tief ein, dann wischte ich mir übers Gesicht und sah langsam auf. Mein Blick glitt über staubige Sneakers, eine fleckige Jeans, eine Fleecejacke, die auch schon bessere Tage gesehen hatte, und blieb in einem Gesicht mit einer langen, geraden Nase, braunen Augen und dichten Brauen hängen. Das war aber nicht der Grund, warum ich es so anstarrte. Der Typ war viel jünger, als ich gedacht hatte, vielleicht zwei oder drei Jahre älter als ich.

Er war vor mir in die Hocke gegangen und strich sich jetzt etwas zu lange braune Haare aus der Stirn. Und hinter seiner Schulter entdeckte ich etwas, was mich noch viel mehr verblüffte. Eine trächtige Stute kam auf uns zu, hellgrau, mit weißer Mähne, den Hals entspannt gestreckt. Sie schnaubte und blieb neben dem Jungen stehen, der ihr, ohne hinzusehen, sanft über die Nase strich. Mich ließ er dabei nicht aus den Augen.

»Das ist Kalina«, sagte er.

So einfach war das. Drei Worte als Antwort auf die Fragen von Wochen.

Ich lächelte schwach. Was ich von einem Jungen halten sollte, der ein Pferd auf einer einsamen Insel versteckte, wusste ich nicht, also tat ich das Einzige, was mich in dem Moment nicht noch mehr verwirrte: Ich konzentrierte mich auf das Pferd.

Vorsichtig hielt ich der Stute die Hand hin. Ohne zu zögern, schnupperte sie daran und kam einen Schritt näher. Sie nahm sich Zeit, meinen Geruch zu prüfen, also hockte ich einfach da und beobachtete, wie ihre Nase mal nach rechts, mal nach links wanderte. Endlich hob sie den Kopf und schnaubte mir sanft ins Gesicht. Ich blies ihr meinen Atem in die Nüstern und musste lächeln, als ihre Tasthaare meine Wange kitzelten.

Mühsam rappelte ich mich hoch, sie wich nicht zurück. Mit kleinen, vorsichtigen Bewegungen fing ich an, sie zu streicheln. Der Junge blieb in der Hocke und sah zu, wie meine Hand mutiger wurde und unter die weiße Mähne glitt. Ich begann, den Hals der Stute zu kraulen, beobachtete ihr Gesicht, ließ mich von ihrem Ausdruck leiten und erntete bald ein tiefes Seufzen. Die Stute entlastete ihr Hinterbein.

Leise fing ich an zu reden. Ich plapperte etwas davon, wie anstrengend es sein musste, so einen runden Bauch herumzutragen, dass ihr doch sicher ihre Herde fehlte, dass sie berühmt war in Eldenau. Aber es war egal, was ich sagte, wir hatten schon Freundschaft geschlossen, Kalina und ich. Etwas, was sich mit ihrem menschlichen Begleiter erst noch erweisen musste. Trotzdem machte er mir keine Angst mehr. Sie vertraute ihm, das genügte mir. Fürs Erste.

Wie viel stärker ich mich in der Gegenwart eines Pferdes fühlte … viel mehr bei mir. Und wenn schon nicht unbesiegbar, dann doch wenigstens zuversichtlich. Alles war einfacher mit Pferden.

Ich achtete kaum darauf, als der Junge aufstand und sich auf Kalinas andere Seite stellte. Er sah mich nicht an, sondern streichelte sie ebenfalls, mit langen, sicheren, vertrauten Strichen. Sie kannten sich schon lange, so viel war klar.

Irgendwann begann er, mir aus den Augenwinkeln Blicke zuzuwerfen, wenn er dachte, ich würde es nicht bemerken. Aber es waren freundliche Blicke, neugierige.

»Pferde mögen dich«, stellte er nach ein paar Minuten fest, ohne mich anzuschauen. Seine Stimme war ein bisschen rau.

Ich verbarg ein Lächeln. So schnell kriegte er mich nicht. »Ja«, antwortete ich deswegen, »aber Pferde wollen jeden mögen. Es ist nicht schwer, es ihnen ein bisschen leichter zu machen.«

Er grinste und lehnte sich mit den Unterarmen auf Kalinas Rücken. Eine Weile sah er mir zu, aber wenn er dachte, er würde mich damit aus dem Konzept bringen, musste ich ihn enttäuschen. Nach unserer Begegnung oben im Badezimmer brachte mich so leicht nichts mehr aus der Ruhe.

Kalina schnaubte, und als wollte sie ihn zu etwas auffordern, zuckte ihr rechtes Ohr nach hinten zu dem Jungen. Er streckte den Arm über ihren Rücken und hielt mir die Hand hin.

»Jakub«, sagte er.

Langsam drehte ich mich zu ihm und nach ein paar Sekunden griff ich nach seiner Hand. »Frida.«

Er nickte. Sein Blick blieb auf mir liegen. »Und was suchst du in meinem Leuchtturm, Frida?«

Seinem Leuchtturm? Ich glaube, er konnte ziemlich gut an meinem Gesicht ablesen, was ich von der Vorstellung hielt, doch darauf wollte er ja nicht hinaus. Deswegen deutete ich mit dem Kinn auf sein wunderschönes weißes Pferd. »Sie.«

Das brachte ihn zum Lachen. »Aber du weißt, dass Pferde nicht auf Türme steigen?« Sein Akzent war nicht stark, aber hörbar.

Mein Mundwinkel zuckte, doch wir konnten dieses Spiel nicht bis in alle Ewigkeit spielen. Also holte ich tief Luft. »Sie tauchen auch nicht einfach auf einsamen Inseln auf.«

Er richtete sich auf und trat einen Schritt zurück. Auf einmal stand mehr als sein Pferd zwischen uns.

»Gehört sie dir?«, fragte ich leise.

Jakubs Mund zuckte, dann nickte er knapp. »Sie gehört zu mir.«

Wir wussten beide, dass das ein Unterschied war.

»Du darfst sie nicht so nah ans Wasser lassen. Dort drüben.« Ich deutete aufs Ostufer. »Wenn noch mehr Leute sie sehen, kommen sie und suchen euch.«

»So wie du?« Er verschränkte die Arme.

Kalina hatte sich unter meinen Händen angespannt. Jetzt hob sie den Kopf, trat einen Schritt von mir weg und stellte sich hinter Jakub. Ein kleines, selbstgefälliges Grinsen konnte er sich nicht verkneifen.

Ich hob das Kinn. »Mir reicht es, dass es ihr gut geht. Aber die, die nach mir kommen, bringen euch von hier weg.«

»Wenn wir nicht vorher gehen.«

»Ihr könnt doch nirgends hin.« Ich hatte es nicht verstanden, bevor ich es aussprach, aber als er es nicht abstritt, begriff ich, dass ich recht hatte. »Lang kannst du mit ihr nicht mehr bleiben«, sagte ich, als er nicht antwortete.

»Andere Stuten bringen ihre Fohlen auch draußen zur Welt«, entgegnete er trotzig.

»Das schon.« Ich machte eine ausladende Handbewegung. »Aber in ein paar Wochen bringen sie eine Herde Kühe her. Dann müsst ihr weg sein. Und wie geht das mit einem Fohlen?«

Sein Kiefer spannte sich an. »Das überlass mir.«

Wir machten Kalina nervös. Sie trat von einem Bein auf das andere und atmete flach, also gab ich nach.

»In Ordnung.« Ich ließ die Schultern sinken. »Kann ich wiederkommen und Futter für sie bringen?«

Jakubs Augenbrauen zogen sich kurz zusammen. »Du verrätst uns nicht?«

Ich hoffte so vieles: dass er Kalina nicht gestohlen hatte. Dass sie gesund war, dass niemand sie entdeckte. Dass er das Problem lösen konnte, vor dem er davongerannt war. Und wenn ich zusah, wie er die Hand ausstreckte und ihr beruhigend über die Schulter strich, dann hatte ich das Gefühl, dass meine Hoffnungen sich erfüllen würden.

Ich schüttelte den Kopf.

Sein Blick ruhte auf mir. »Dann komm wieder.«

Jannis

»Alles klar?«

Max nickte mir über den Widerrist des kleinen braunen Wallachs zu, den er gerade sattelte. »Alles klar.«

Er wirkte tatsächlich ganz entspannt, also drehte ich mich wieder zu Dari und streifte ihr das Halfter vom Kopf, um sie aufzuzäumen. Dann zog ich meine Jacke an und führte Dari zum Aufsteigblock.

Marta saß schon auf dem Pferd, und als sie meinen Blick auffing, deutete sie mit dem Kinn Richtung Norden. »Wir reiten zum Strand, ja? Ganz entspannt, nur Schritt. Das tut den Pferden gut.«

»Da hörst du es«, sagte ich zu Dari, als ich mich nach dem langen Tag zugegebenermaßen etwas schwerfällig in den Sattel hievte. »Alles nur für dich, Süße.«

Ich strich ihr über den Hals, und sie schnaubte, aber es klang so skeptisch, als wollte sie sagen, dass ich mir vor den anderen vor allem keine Blöße geben und kneifen wollte.

Ich schmunzelte. »Das auch.«

Kaum waren wir unterwegs und vom Hofgelände geritten, war ich wirklich froh um meine Jacke. Es wehte ein kalter Wind aus Nordosten, der einem die Wärme aus dem Körper zog.

Ola lenkte Kajetan neben Max' Braunen und fragte ihn, wie lange er schon ritt, und Rieke plapperte fröhlich auf Tomek ein, also hielt ich mich an Marta.

»Macht ihr das öfter?«

Sie sah mich fragend an.

»Nach dem Training ausreiten, meine ich.«

»Ja, schon. Im Winter ist es oft zu dunkel, aber sobald es abends heller bleibt, suchen wir uns eine schöne Strecke. Kuba hat uns auf die Idee gebracht.«

Immer wieder Kuba. Irgendetwas in ihrer Stimme hielt mich davon ab nachzuhaken, deswegen änderte ich ein wenig die Richtung des Gesprächs.

»Und Fabian hat dazu keine Lust?«

»Ach, Fabian hält es für Zeitverschwendung. Er macht lieber Krafttraining.«

Das ließ ich mal so stehen.

Bisher hatte uns der Weg zwischen nichtssagenden Feldern hindurchgeführt, aber als wir um ein kleines Kiefernwäldchen bogen, roch und hörte ich sie: die Ostsee. Auch Dari hob den Kopf und richtete die Ohren nach vorn.

Marta grinste. »Das Seepferd kommt nach Hause, was?«

Den Eindruck hatte ich auch. Bisher waren wir gemütlich dahingezockelt, jetzt zog Dari das Tempo an und witterte immer wieder Richtung Wasser.

Die anderen Pferde ließen sich von ihrer plötzlichen Begeisterung anstecken. Von Feierabendstimmung war nichts mehr zu spüren, es war, als hätten sie heute noch was vor. Beinahe gleichzeitig trabten wir an. Unter uns war weicher Sandboden und mit jedem Tritt wurde das Meeresrauschen lauter.

Nach einer Weile hob Marta den Arm, um uns zu signalisieren, dass wir durchparieren sollten. Im nächsten Moment kapierte ich auch, warum: Wir hatten den Rand der Steilküste erreicht. Vor uns ging es bestimmt zwanzig Meter nach unten. Auf den ersten Blick konnte ich überhaupt nicht erkennen, wie wir zum Strand hinunterkommen sollten, aber Marta lotste uns zu einem schmalen Pfad, der in engen Serpentinen den Hang hinabführte.

»Wollt ihr ans Wasser?« Sie warf einen Blick zurück, so als wäre ihr die Frage erst verspätet eingefallen.

»Klar!«, »Logisch!«, »Natürlich!«, kam es zurück, und Marta drehte sich grinsend um und lenkte Ella vorsichtig auf den Sandpfad.

Offensichtlich war die Stute schon hundertmal dort hinabgeklettert, denn wie selbstverständlich nahm sie das Gewicht auf die Hinterhand und trug Marta sicher hinunter. Ich ließ ein Stück Abstand und folgte mit Dari. Anfangs tastete sie sich ein bisschen verhalten voran, aber schon nach der zweiten Wendung fühlte sie sich sicher genug, die Hufe forscher aufzusetzen. Marta und Ella waren längst unten angekommen und nach zwei Minuten hatten wir es auch geschafft.

»Da muss man sich einen Strandritt aber echt verdienen«, sagte ich, als wir uns neben die beiden stellten. »Wir reiten einfach durch die Dünen.«

Marta zuckte mit den Schultern. »Das ist ganz normal hier. Der Vorteil ist, wir haben meistens nicht so viele Urlauber. Die sind eher dort, wo sie nicht klettern müssen.« Während wir zusahen, wie Dexter und Florina den Hang bewältigten, erzählte sie weiter: »Durch die Steilküste ist die Gegend hier ziemlich unübersichtlich. Es gibt überall kleine Buchten, die Piraten früher als Verstecke genutzt haben.«

»Piraten? Wirklich?« Neugierig schaute ich mich um. So unübersichtlich kam mir das alles gar nicht vor.

Marta nickte, aber bevor sie mehr erzählen konnte, schlossen Rieke und Tomek und gleich darauf auch Ola und Max zu uns auf. Sie deutete nach Westen, wo die Wolken mittlerweile rötliche Ränder hatten. »Sollen wir Max und Jannis die Piratenbucht zeigen?«

Tomek und Ola grinsten nur, doch Rieke meinte zu mir: »Hat sie dich auch schon gekriegt?«

»Gekriegt?« Ich sah von ihr zu Marta, aber sie setzte eine unschuldige Miene auf.

»Letztes Jahr haben sie und Kuba uns dazu gebracht, einen Mitternachtsritt zu der Bucht zu machen«, erklärte Rieke. »Es war gruslig. Wir hätten uns alle beinahe den Hals gebrochen.«

Und anscheinend war es ein ziemlicher Spaß gewesen, so breit, wie jetzt alle drei grinsten.

»Marta liebt, Gruselgeschichten zu erzählen«, fügte Tomek an.

Es folgte ein Austausch auf Polnisch, in dem Marta das anscheinend empört abstritt und Tomek stur darauf beharrte, aber schließlich lachten sie beide, und wir beschlossen, uns den Schauplatz von Martas Gruselgeschichten anzusehen.

»Kannst du galoppieren, Max?«, fragte Marta, aber er war schon startklar.

Die Pferde, allen voran Dari, waren von unserer Quatscherei ungeduldig geworden. Wenn das Training sie angestrengt hatte, war davon nichts mehr zu spüren. Denn kaum hatten wir sie gewendet und die Zügel ein wenig nachgegeben, preschten sie fast aus dem Stand los. Um uns herum stob der Sand auf, mein aufmunternder Ruf ging im Johlen der anderen unter.

Dabei brauchte Dari gar keine Aufmunterung. Als Erste war sie an dem schmalen Streifen, wo die Brandung den Sand feucht und fest machte. Ihre Sprünge wurden noch länger. Ich ließ sie laufen, wie sie wollte, neben uns die stahlgraue Ostsee, hinter uns der Atem der anderen Pferde, in unseren Ohren das Pfeifen des Windes.

Ich stellte mir vor, dass genau jetzt Frida auch am Strand war, drüben in Eldenau, und auf Liv nach Osten galoppierte, auf uns zu, und für einen Moment kam es mir fast so vor, als würden sie uns entgegenfliegen, schwarz und weiß und rot. Doch auf den zweiten Blick erkannte ich, woher der Eindruck rührte: Die Sonne neigte sich zum Horizont und spiegelte sich in Prielen, die zwischen Pechschlieren auf dem weißen Sand verliefen.

Langsam setzte ich mich in den Sattel und nahm vorsichtig die Zügel auf. Als ich mich nach den anderen umschaute, stutzte ich, denn ich hatte gar nicht bemerkt, wie weit wir sie hinter uns gelassen hatten. Nur Florina hatte gut mitgehalten, schnaubend kam sie neben uns zum Stehen. Tomek und ich grinsten uns an.

Wir drehten eine kleine Runde im Trab durch die Priele, und nur zufällig spritzte es dabei so, dass wir immer wieder einen Tropfenschauer abkriegten und uns prustend das Salzwasser aus dem Gesicht wischen mussten. Dann war auch der Rest bei uns angekommen. Alle strahlten übers ganze Gesicht und klopften ihren Pferden den Hals.

»Dari hat ja einen Wahnsinnsantritt!«, schwärmte Rieke. »Ich hätte nie gedacht, dass sie so schnell und ausdauernd ist.«

»Wir haben viel Intervalltraining gemacht über den Winter. Und sie ist es einfach gewohnt, auf Sand zu galoppieren«, fügte ich an, auch wenn ich lieber wie ein Sechsjähriger gesagt hätte: *Dari ist das schönste und beste Pferd auf der ganzen Welt.* Dass ich es dachte, war mir aber wahrscheinlich anzusehen.

Max reihte sich neben mir ein und zog die Augenbrauen hoch. »Angeber«, murmelte er.

Ich hob eine Hand in Unschuld, dann deutete ich grinsend auf Dari.

Ganz gesittet brachten wir die letzten paar Meter zur Piratenbucht hinter uns. Aus dem Winkel, in dem wir auf sie zuritten, kam es mir vor, als würde der Strand an einem turmartigen, überhängenden Felsen enden. Aber kaum hatten wir den Felsen erreicht, erkannte ich, dass darunter ein schmaler Sandstreifen an der Steilwand vorbeiführte, auf dem ein Pferd gerade Platz hatte. Marta ging mit Ella voraus und wir anderen folgten.

Nach zwanzig Metern verbreiterte sich der Strand wieder. Die Abendsonne fiel schräg in die Bucht und ließ Wasser, Felsen und Sand aufleuchten. Oben an der Steilküste zog sich dichter smaragdgrüner Wald von einem Ende zum anderen. Es sah wirklich so aus, als wäre sie vom Land her nicht zugänglich, und der kurze Anlegesteg, der ein wenig verloren in die Ostsee hinausragte, schien nur auf das nächste Piratenschiff zu warten.

Als hätte sie meine Gedanken gelesen, zeigte Marta auf eine Stelle in der Steilküste, die ein bisschen dunkler gefärbt war. Sie winkte Max und mich zu sich und gemeinsam ritten wir ein paar Meter weiter. Da wurde mir klar, dass die dunklere Stelle eine optische Täuschung war – sie markierte einen Einschnitt in der Felswand.

»Seht ihr die Lücke da?«, fragte sie, und Max und ich nickten. »Durch diese Öffnung kommt man in eine Schlucht. Sie ist bestimmt einen halben Kilometer lang. An einer Stelle gibt es eine Höhle, die früher angeblich ein Piratennest war. Dadrin sind Scherben aus vier Jahrhunderten gefunden worden, außerdem ein Dolch, Bernsteinsplitter und eine Münze aus Byzanz.« Sie grinste.

»Im Ernst jetzt?« Max schien beeindruckt.

Sie grinste noch breiter und zwinkerte Tomek zu, der sich neben uns gestellt hatte. Jetzt ritten auch Ola und Rieke heran. »Die Ostsee war vor sechshundert Jahren wirklich Piratengebiet. Es gibt da diese Geschichte …«

Tomek stöhnte, aber Marta ließ sich nicht aus dem Konzept bringen.

»… diese Geschichte von einer Piratin, die hier in der Gegend mit ihrer Mannschaft auf Beutezug war. Über Jahre ist sie immer wieder ihren Verfolgern entkommen, weil sie in der Piratenbucht dieses Versteck hatte, von dem niemand wusste. Vom Wasser aus sieht man die Schlucht kaum und von Land aus ist sie nur durch einen ganz schmalen Steig zugänglich. Das Versteck war perfekt. So konnte sie Reichtümer anhäufen und wurde zur berühmtesten Seeräuberin ihrer Zeit.«

»Und dann?« Etwas in Martas Stimme ließ mich denken, dass die Geschichte nicht gut ausging.

Einen Moment schweifte ihr Blick über die Ostsee. Wolkenbänke in Grau und Blutrot schoben sich von Westen heran. Dari hielt die Ohren wachsam aufs Wasser gerichtet.

»Sie wurde verraten«, fuhr Marta leiser fort. »Einer ihrer Leute ließ sich kaufen und führte Bewaffnete über den schmalen Pfad zu der Höhle. Hier in der Bucht warteten noch mehr, sodass die Piratin nicht entkommen konnte. Sie und ihre Mannschaft wurden gefangen genommen und dort oben«, sie streckte die Hand aus und deutete auf den Wald über der Bucht, »in einem See ertränkt. Ihr Schiff wurde hier in der Bucht versenkt. Die Gegend ist jetzt ein Naturschutzgebiet, deswegen kommen nicht allzu viele Leute hierher. Aber …«

Sie wartete, bis eine einsame Möwe krächzend hinter den Felsen verschwunden war.

»… aber in Mondscheinnächten, sagt man, kann man hier am Strand manchmal eine helle Gestalt sehen, mit langen Haaren und einem großen Hut. Sie geht am Wasser auf und ab.« Den letzten Satz flüsterte sie: »Sie sucht noch immer nach ihrem Schiff.«

Max machte ein ungläubiges Geräusch, aber es klang hohl und fremd, und so sagte lieber keiner etwas dazu. Der Wind frischte auf. Die Sonne war hinter der Küste verschwunden und blaues Licht überflutete die Bucht. Tomek zog sich den Kragen seiner Jacke bis unters Kinn zu. Ich fröstelte. Bildete ich es mir nur ein oder rauschte die Ostsee plötzlich lauter?

»Sollen wir zurück?«, fragte Rieke, und ich konnte sehen, dass sie selber darüber erschrak, wie piepsig ihre Stimme klang.

Marta nickte und lenkte Ella zu dem schmalen Sandstreifen, der aus der Bucht herausführte. Ich warf einen letzten Blick hinauf zu den Bäumen und schloss mich ihr an.

Früh am Sonntagmorgen drangen aufgeregte Stimmen durchs Fenster unseres Zimmers. Am Abend war es spät geworden, weil nach Marta auch Fabian angefangen hatte, Schauergeschichten zu erzählen, deswegen rührte sich erst mal keiner. Aus Tomeks Ecke kam wie schon die ganze Nacht erschreckend lautes Schnarchen, Fabian zog sich stöhnend das Kissen über den Kopf. Nur Max bemühte sich, die Augen aufzumachen, wie ich bei einem kurzen Seitenblick feststellte. Sehr gut, sollte er nachgucken, wer da unten im Hof diesen Lärm veranstaltete.

Tatsächlich wuchtete er sich nach einer halben Minute aus dem

Bett und stellte sich ans Fenster. Ich wollte mich gerade wieder zur Wand drehen, als er sagte: »Jannis, sieh dir das mal an.«

Er klang so seltsam, dass ich tatsächlich aufstand und zu ihm ging. Es dauerte einen Moment, bis sich meine Augen scharf gestellt hatten. Im Hof herrschte Chaos. Peter lief vor dem Wohnhaus auf und ab, telefonierte und gestikulierte dabei wild. Kaja stand an der Haustür, hatte einen Arm um eine kreidebleiche Ola gelegt und redete auf sie ein. Dorka kam gerade um die Ecke, anscheinend völlig aus der Puste, und schüttelte den Kopf. Sie blieb bei Marta stehen. Bei Martas Anblick musste ich schlucken. Sie klammerte sich an ihrer Mutter fest und weinte in ihre Schulter. Die coole Marta, die immer alles im Griff hatte? Ich drehte mich vom Fenster weg und schnappte mir einen Pullover.

»Leute, raus aus dem Bett. Irgendwas ist passiert. Hey! Aufstehen!«

Erschrocken setzte sich Tomek auf, aber ich war schon an der Tür, Max dicht hinter mir. Wir polterten die Treppe hinunter. Es waren ja sowieso alle wach, Rücksicht nehmen mussten wir keine.

Außer Atem kamen wir unten an. Wir wollten schon auf den Hof stürmen, als Kaja uns zurückhielt.

»Wartet mal, Jungs. Ihr könnt da jetzt nicht raus. Die Polizei muss erst jemanden von der Spurensicherung schicken.«

»Spurensicherung?« Max starrte sie an.

Ich tauschte einen Blick mit Ola und der sagte alles.

»Nein.« Ich atmete scharf aus und lehnte mich gegen den Türrahmen. »Das kann nicht sein, oder?«

Kaja streckte die Hand aus und strich mir über die Schulter. »Doch. Heute Nacht wurde eins von Martas Pferden gestohlen.«

Nach dem ersten Schrecken erfuhren wir, dass nicht Ella verschwunden war, sondern eine ihrer Halbschwestern, die sie dieses Jahr zum ersten Mal hatten decken lassen. Jemand hatte die Stalltür aufgebrochen und die Stute anscheinend direkt hinter der Scheune auf einen Transporter verladen. So erleichtert wir waren, dass es nicht Ella und auch nicht eines unserer Pferde getroffen hatte, verschlug es uns trotzdem dermaßen den Appetit, dass keiner von uns das Frühstück auch nur ansah.

Den Rest des Tages warteten wir. Es dauerte ewig, bis jemand von der Spurensicherung auftauchte, und noch länger, bis sie Reifenabdrücke fotografiert, Fingerabdrücke von Türgriffen genommen und wer weiß was gemacht hatten. Wir wurden alle der Reihe nach befragt, ob wir in der Nacht etwas mitbekommen hatten, aber niemand hatte etwas gehört oder gesehen.

Gegen Mittag kam Marta mit Augen wie ein Angorakaninchen zu uns in den Gemeinschaftsraum im ersten Stock, wo wir die Zeit totschlugen.

»Ich habe vorhin nach den Pferden gesehen. Es geht allen gut.« Das war typisch Marta, dass sie jetzt noch daran dachte, uns zu beruhigen. »Tut mir leid, dass ihr den ganzen Tag hier rumsitzen müsst und das Training ausfällt.«

Wir redeten alle gleichzeitig los. Selbst Fabian, der sich vorhin noch genau darüber beklagt hatte, protestierte, dass sie ja wohl gar nichts dazukonnte und sich um uns keine Gedanken machen sollte.

Marta lächelte traurig. Sie blieb noch eine Weile bei uns und ließ sich von Ola und Rieke trösten, aber dann hielt sie es nicht mehr aus und ging wieder nach draußen, um sich zu erkundigen, ob es Neuigkeiten gab.

Irgendwann am Nachmittag nahm Max mich zur Seite.

»Wo bleibt Kamil eigentlich so lange?«, fragte er leise.

»Der ist bei seiner Mutter. Weißt du doch. Er kommt bestimmt bald.«

Max betrachtete mich aus schmalen Augen. »Und die Geschichte mit seiner Mutter glaubst du ihm?«

»Hä? Warum denn nicht?«

»Er verschwindet über Nacht, ausgerechnet dann wird ein Pferd gestohlen und du findest das nicht verdächtig?«

»Sag mal, spinnst du jetzt?« Ich merkte, dass ich laut geworden war, und zog ihn hinaus auf den Flur. »Was geht dir denn im Kopf rum? Kamil klaut doch keine Pferde! Hast du irgendein Problem mit ihm?«

»Mit ihm hab ich kein Problem. Ich finde nur, dass er sich merkwürdig verhält. Der Streit gestern mit André war total seltsam.« Max verschränkte die Arme. »Wir sollten der Polizei davon erzählen.«

»Hey, Jannis, Max.«

Wie ertappt drehten wir uns um. Schwer atmend war Kamil auf der obersten Stufe aufgetaucht. Hatte er gehört, worüber wir geredet hatten?

Anscheinend nicht, denn immer noch ganz außer Puste fragte er: »Stimmt das mit der Stute? Ist … ist Dari in Ordnung?« Er blieb neben uns stehen und atmete tief ein.

Ich nickte. »Ja. Eins von Martas Pferden ist gestohlen worden. Aber Dari geht's gut.«

Wenn ich einen Beweis gebraucht hätte, dass Kamil nichts mit der Sache zu tun hatte – ehrlich, wie kam Max auf so einen

Scheiß? –, die Erleichterung in seinem Gesicht, als er hörte, dass Dari nichts passiert war, wäre genug gewesen.

Bevor wir weiterreden konnten, hallte ein Ruf durchs Treppenhaus. Die Polizei hatte den Hof freigegeben, wir durften nach Hause.

In der Hektik des Aufbruchs kam ich nicht mehr dazu, mit Max über seinen bescheuerten Verdacht zu reden. Wahrscheinlich hatte er sich den auch gleich wieder aus dem Kopf geschlagen, als er mitgekriegt hatte, wie Kamil reagierte. Jedenfalls erzählte er der Polizei nichts, auch wenn er zumindest in einer Hinsicht recht hatte: Der Streit zwischen Kamil und André *war* eigenartig gewesen. In einer ruhigen Minute musste ich Kamil danach fragen.

Marta versprach, uns auf dem Laufenden zu halten, und wir drückten sie alle zum Abschied. Ich setzte mich zu Max und Kamil ins Auto und hatte das Gefühl, dass hier etwas geschah, was wir überhaupt nicht durchschauten. Aber dann schüttelte ich den Kopf und sagte mir, dass ich schon genauso Gespenster sah wie Max.

Frida

Dass ich das Geheimnis des Geisterpferdes gelöst hatte, war nicht so befriedigend, wie ich es mir ausgemalt hatte. Denn nun war es *mein* Geheimnis, und ich wusste nicht, wie ich damit umgehen sollte. Klar, wenn mich die Ereignisse im letzten Jahr, als ich monatelang niemandem davon erzählte, dass ich vor mehr als zwei Pferden Angst hatte, eines gelehrt hatten, dann dass man sich mit Schweigen immer am meisten schadete.

Aber jetzt ging es ja nicht um mich. Jetzt ging es um Jakubs und Kalinas Zukunft, und ich konnte mir gut vorstellen, dass nicht jeder bereit war, ihm genauso schnell zu glauben wie ich. Wenigstens Jannis musste ich aber von den beiden erzählen. Gemeinsam würden wir schon einen Weg finden, wie wir Jakub und seiner Stute helfen konnten. Doch damit musste ich warten, bis er wieder von seinem Trainingswochenende zurück war.

In der Zwischenzeit wollte ich aber nicht untätig rumsitzen. Am Sonntagnachmittag fuhren Mama und Papa auf eine Hausbaumesse – ernsthaft, was wollten sie denn noch alles renovieren? –, also nutzte ich die Gelegenheit, um noch mal auf die Oie zu fahren. Ich hatte eine kleine Liste geschrieben, was ich für Jakub und Kalina mitnehmen wollte, und hoffte, dass es nicht auffiel, wenn ich mich in der Küche und der Futterkammer bediente.

Doch in der Speisekammer war mir jemand zuvorgekommen. Als ich die Küchentür aufmachte, rumorte jemand zwischen den

Regalen herum. Im nächsten Moment erkannte ich Theo, der eine Packung Kekse in seinen Rucksack stopfte. Er sah auf.

»Hi.« Hektisch deutete ich auf den Wasserhahn. »Ich wollte mir nur was zu trinken holen.« Ich biss mir auf die Lippe. Das schrie ja geradezu nach schlechtem Gewissen.

Theo guckte erst auch ganz komisch, aber dann nickte er.

Bevor er auf den Trichter kam, dass ich etwas vorhatte – Theo roch so was –, fragte ich schnell: »Wo willst du denn hin?« Ich zeigte auf seinen prall gefüllten Rucksack.

Täuschte ich mich oder wirkte er beinahe ein wenig ertappt? Doch dann zuckte er mit den Schultern. »Ich bin über Nacht mit den anderen unterwegs. Wir treffen einen Informanten.«

Ich war zum Spülbecken gegangen und hatte mir ein Glas mit Wasser gefüllt, aber jetzt drehte ich mich grinsend um. »Einen Informanten? Was seid ihr? Eine Tierschutzgruppe oder ein Geheimdienst?«

Theo wich meinem Blick aus. »Wir … wir sind da so einer Sache auf der Spur. Genaues wissen wir noch nicht, aber wenn sich herausstellt, dass der Typ die Wahrheit sagt, dann ist das was Großes.«

Ich lehnte mich an die Arbeitsplatte. »Okay. Und worum geht es? Pelztierhaltung? Schlachtviehtransport? Tierversuche?«

Theo betrachtete zwei Tafeln Schokolade, als könnte er sich nicht zwischen Vollmilch und Nuss entscheiden, doch in dem Moment fuhr draußen ein knalloranger Corsa vor. Ich winkte Miri durch das Küchenfenster zu.

»Okay, ich muss los. Mach's gut, Küken.« Schneller, als ich gucken konnte, war Theo aus der Tür. Er hatte beide Tafeln eingesteckt.

Während ich beobachtete, wie er zu Miri ins Auto stieg, wunderte ich mich noch, warum er so herumgeeiert hatte, aber kaum waren sie vom Hof gerollt, inspizierte ich, was Theo in der Speisekammer übrig gelassen hatte. Aufatmend stellte ich fest, dass es zumindest für Jakub noch reichte.

Unter dem Bug des Bootes knirschte der Kies, als ich am Strand aufsetzte. Langsam klappte das mit dem Rudern. Anstrengend war es immer noch, vor allem so wie heute, wo ich einmal halb um die Oie gefahren war und Verpflegung für eine halbe Schulklasse dabeihatte. Die Strömung war nur gering, aber weil ein ordentlicher Wind aus Nordosten wehte, musste ich mich doch ziemlich ins Zeug legen. Trotzdem dachte ich, dass es einfacher war, gleich zum Fuß des Leuchtturms zu rudern, als voll bepackt über die Insel zu stapfen.

Als ich von Bord geklettert war und das Boot ganz aus dem Wasser gezogen hatte, betrachtete ich meine Ladung. Seufzend griff ich nach dem ersten Beutel.

»Soll ich dir helfen?«

Japsend fuhr ich herum.

»Ich hab dich nicht kommen hören!«, keifte ich Jakub idiotischerweise an, denn das war wohl klar.

»Ist das meine Schuld?« Er grinste. Seine beiden Eckzähne schoben sich ein Stückchen über seine Schneidezähne, was ihm einen unbeschwerten Zug verlieh.

»Schleich dich beim nächsten Mal nicht so an«, brummte ich, aber da hatte sich mein Puls schon wieder normalisiert.

Ich drehte mich wieder zum Boot um, griff hinein und drückte Jakub einen kleinen Sack Mohrrüben in die Arme. Überrascht machte er einen Schritt rückwärts, dann ächzte er, als ich noch eine Tüte Äpfel dazupackte.

Ich grinste. »Du wolltest helfen.«

Er antwortete nicht, sondern verlagerte die beiden Beutel, sodass er sie einfacher tragen konnte. Nach einem kritischen Blick gab ich ihm auch noch den Sechserpack Mineralwasser in die Hand.

»Woher wusstest du, dass ich komme?«, fragte ich, während ich meinen Rucksack schulterte und die beiden verbliebenen Beutel mit Futter aus dem Boot nahm.

Jakub schwankte ein bisschen, als wir losgingen, denn es war gar nicht so einfach, auf dem Kiesstrand festen Halt zu finden, auch wenn man nicht mit fünfzehn Kilo Gemüse und Wasser beladen war. Schließlich fand er aber sein Gleichgewicht.

»Kalina hat dich bemerkt. Wir waren oben auf den Klippen.« Mit dem Kinn deutete er zu dem Steilufer, an dem ich gerade vorbeigerudert war.

»Geht es ihr gut?« Ich sah ihn von der Seite an.

»Ja. Alles in Ordnung.«

Ich nickte. Dann sagten wir beide eine Weile nichts mehr, weil wir uns die verwitterte Holztreppe hinaufschleppten, die vom Strand zum Leuchtturm führte, und uns den Atem lieber sparten.

Oben musste ich einen Augenblick verschnaufen. Ich drehte mich nach Südwesten, wo hinter dem grauen Band der Wiek das Naturschutzgebiet lag. Der Tag war so trüb, dass ich das Ufer nur schemenhaft erkennen konnte. Und schon gar nicht waren Pferde zu sehen, wilde Pferde, die dort jetzt sicher herumstreiften.

Hinter mir hörte ich ein Schnauben und Huftritte, gedämpft vom feuchten Frühlingsgras. Ich drehte mich zu Kalina um, die mich nach einem Zwischenstopp bei Jakub begrüßte. Ich ließ die Futterbeutel fallen.

»Hallo, meine Hübsche«, murmelte ich und strich über ihren Hals. »Geht's dir gut?«

Mein Blick richtete sich auf ihren Bauch.

»Wann kommt das Fohlen?«, fragte ich Jakub.

»An Ostern.«

Ich nickte. Bis dahin würde sie noch um einiges runder werden.

Kalina hatte von den Streicheleinheiten genug und richtete ihre Aufmerksamkeit auf die beiden Taschen zu meinen Füßen. Vorsichtig schob ich ihre Nase weg, nahm die Beutel und reichte sie Jakub.

»Das sind Müsli und Grascobs. Wenn du mehr brauchst, bringe ich noch was mit.«

Jakub hob langsam den Blick. »Danke.«

Ich nickte und sah ihn forschend an. »Wie hast du sie denn bisher satt gekriegt? Mit Rinde und Gras?«

Von einem Moment auf den anderen war sein Gesichtsausdruck wieder verschlossen. »Ich … hatte noch was dabei.«

Wir wussten beide, dass das höchstens die halbe Wahrheit war. Er konnte unmöglich so viel Futter mitgebracht haben, dass es wochenlang reichte.

»Ist okay. Ich frage nicht mehr.« Aber natürlich interessierte es mich. Um die Stimmung zu heben, sagte ich: »Für dich habe ich übrigens auch was dabei. Sollen wir es in den Leuchtturm bringen?«

Seine finstere Miene hielt noch einen Moment an, dann nickte er. Er bückte sich, um Kalina einen Apfel und zwei Mohrrüben aus den Netzen zu fischen, dann hob er sie auf, nahm die Wasserflaschen in die andere Hand und wandte sich zum Turm. Kalinas Futter stellten wir hinter der Eingangstür ab, dann ging Jakub mir voraus die Treppe hinauf in den Wohnraum.

Hatte er aufgeräumt? Es kam mir vor, als lägen weniger Klamotten herum, und die Arbeitsplatte in der kleinen Küche war sauber und ohne Krümel. Aus dem Augenwinkel warf ich ihm einen Blick zu, doch ich traute mich nicht zu fragen, ob dieser plötzliche Ordnungssinn mit mir zu tun hatte.

Nach kurzem Zögern stellte ich meinen Rucksack auf dem Sessel ab und öffnete ihn. Nacheinander brachte ich Nudeln, eine Packung Käse, Milch, ein Glas Nutella, Butter, zehn Eier, Schokolade und Brot zum Vorschein.

Jakub kam kaum hinterher, alles auf der Arbeitsplatte zu stapeln, aber irgendwann hob er die Hand und sagte: »Stopp!«

»Was?« Fragend sah ich ihn an.

»Das geht nicht, Frida. Das kann ich nicht annehmen.«

Langsam ließ ich mich auf die Armlehne des Sessels sinken. Der glaubte doch wohl nicht im Ernst, dass ich das ganze Zeug wieder mit nach Hause schleppte? Eine Weile sah ich ihn aus schmalen Augen an.

»Als du Kalina … mitgenommen hast, wolltest du ihr da helfen?«

Der Themenwechsel irritierte ihn so, dass er zum ersten Mal eine klare Antwort gab. »Ja.«

»Und warum? Was wäre mit ihr passiert?«

Jakub verschränkte die Arme und hob das Kinn. »Ich hatte Angst, dass sie gestohlen wird.«

Verblüfft blinzelte ich. Und dann musste ich so lachen, dass ich von der Armlehne auf die Sitzfläche rutschte. Als ich mich wieder halbwegs beruhigt hatte und mir die Tränen aus den Augenwinkeln wischte, sah ich, dass Jakub die Lippen aufeinanderpresste. Aber seine Mundwinkel zeigten nach oben.

»Das ist nicht lustig«, protestierte er lahm.

»Nee. Nee, du hast recht. Das ist so, als würde ein Fünfjähriger fünf Tafeln Schokolade auf einmal essen, nur damit sein großer Bruder nichts abkriegt.« Ich grinste, wurde dann aber ernst. »Das heißt, auf dem Hof, auf dem sie war, wurden schon Pferde gestohlen?«

Jakub nickte. »Vier. Alles Stuten.«

»Vier Pferde?« Mein Magen zog sich zusammen. »Wann ging das denn los? Konnte die Polizei nichts tun?«

»Die Polizei ...« Auf einmal sah er wieder richtig grimmig aus. »Sie haben keine Einbruchspuren gefunden, keine Reifenabdrücke, nichts. Und die drei wertvollsten Pferde standen noch im Stall. Deswegen hatten die alle möglichen Ideen. Versicherungsbetrug, was weiß ich.« Er machte eine kleine Pause. »Und in der Zwischenzeit war die nächste Stute weg.«

Er war tief in seiner Erinnerung versunken. Immer wieder zuckte sein Mund, und er furchte die Stirn, seine Augen waren aus dem Fenster gerichtet und sahen etwas, was ich nicht erkennen konnte. Aber spüren konnte ich es. Die Schlinge, die sich zuzog, wenn ein Pferd nach dem anderen verschwand und man nicht wusste, ob oder wann es das eine traf. Das, das es noch viel weniger treffen durfte als alle anderen.

»Und jetzt?«

Er fuhr zusammen, als hätte er vergessen, dass ich noch da war, dann hob er die Schultern. »Weiß nicht. Ich hoffe, ich höre, wenn sie die Typen geschnappt haben. Falls sie sie ...« Er brach ab.

Wie gut ich ihn verstand. Er saß in einer Sackgasse, das musste er gar nicht aussprechen. Wenn die Polizei nicht an eine Diebstahlserie glaubte, würde sie nichts unternehmen, um die restlichen Pferde zu schützen. Sie würde nicht nachforschen, was aus den gestohlenen Pferden geworden war.

»Und bis dahin?«

Nach einer Sekunde sah er mich an. »Bis dahin kann ich nicht zurück.«

Weil *er* dann der Pferdedieb wäre. Der einzige Verdächtige, den die Polizei hätte.

Er rieb sich mit beiden Händen über das Gesicht, dann zog er den Hocker unter dem kleinen Tisch hervor und setzte sich. Eine Weile waren wir beide still und hingen unseren Gedanken nach. Vor dem Fenster färbten sich die Wolken langsam rot. Hier oben, so nah am Himmel, hätten die normalen Probleme ganz weit weg sein sollen, aber das war ein Trugschluss. In Wahrheit sah man einfach nur viel besser, dass es keinen Ausweg gab.

Jannis

Frida lächelte mir entgegen, als ich am Montagmorgen in den Bus stieg. Wie jeden Tag setzte ich mich auf den Platz neben ihr und küsste sie, aber der Nachteil daran, dass Max jetzt in Eldenau wohnte und mit uns zur Schule ging, war, dass wir nicht mehr ungestört knutschen konnten.

»Hey«, sagte sie, als ich mich in meinem Sitz zurücklehnte, und dann »Hallo« zu Max.

Er grinste. »Spannendes Wochenende gehabt?«, fragte er sie.

Frida brummte unbestimmt, doch sie warf mir einen Blick zu, der mich an die Nachricht erinnerte, die sie mir gestern Abend geschrieben hatte. Sie wollte mir etwas erzählen, aber anscheinend war es ihr lieber, wenn Max nicht dabei war.

Sie antwortete: »Nicht so spannend wie eures.«

Natürlich wusste sie schon aus meinen Nachrichten, was gestern passiert war, doch die Details erzählten Max und ich gerne noch einmal.

»Wie geht's Marta?«, fragte Frida. Ihr Gesicht war während unseres Berichts immer finsterer geworden.

»Die ist völlig durch den Wind. So habe ich sie noch nie erlebt.«

»Kann ich mir vorstellen.« Frida wirkte nachdenklich. Immer wieder sah sie mich an und schien Luft zu holen, doch dann sagte sie doch nichts.

»Was für Idioten machen so was?« Wenn ich mir vorstellte, dass von unseren Pferden eines wegkam, Dari im schlimmsten Fall … Ich sog scharf die Luft ein. Das stellte ich mir lieber nicht vor. »Ein Pferd ist doch kein Auto oder so, das man einfach ersetzen kann.«

»Ein Pferd gehört zur Familie«, murmelte Frida, aber als ich sie ansah und »Genau!« sagte, schien sie weit weg zu sein.

»Meinst du, die Polizei kann was ausrichten?«, fragte Max, aber in dem Moment hielt der Bus, und Linh und ein paar andere stiegen ein.

Linh strahlte von einem Ohr zum anderen, und so verging die restliche Fahrt zur Schule mit ihrem Bericht über Rostock und die Ballettaufführung, die sie sich angeguckt hatte, und alle Gedanken an Pferdediebe traten in den Hintergrund.

In den ersten Tagen schrieb mir Marta regelmäßig, was es Neues wegen Mila gab, aber weil es eben nichts Neues gab, wurden ihre Nachrichten immer kürzer. Ich konnte mir vorstellen, wie es ihr ging, doch besonders viel Tröstendes fiel mir auch nicht ein. Irgendwann änderte sich der Ton unserer Nachrichten, und sie fragte mich, wie es mit den Vorbereitungen zum Trainingslager voranging.

Ja, der nächste Lehrgang fand in zwei Wochen am Carlshof statt, und ich konnte es nicht anders sagen: Ich war brutal aufgeregt. Die Sache fühlte sich komplett unwirklich an. Das Team und mein Alltag – irgendwie waren das bisher zwei getrennte Welten gewesen, und wie die sich vertragen würden, wusste ich nicht.

Immer wieder ertappte ich mich dabei, wie ich Frida anstarrte und mir im Geiste zurechtlegte, wie ich sie bitten wollte, sich nicht mit Fabian anzulegen. Oder wie ich sie schonend darauf vorbereitete, was wir Springreiter eben so machten: springen. Die Zeit schien aber nie richtig zu sein, und außerdem fragte ich mich, ob es wirklich klug war, Frida überhaupt erst auf das Konfliktpotenzial hinzuweisen.

Doch Frida trieb etwas anderes um.

»Jannis?«, sagte sie, als wir am Donnerstagabend durch die Reithalle stapften und den Mist aufklaubten. Zum ersten Mal seit Tagen waren wir allein.

»Mhm«, machte ich abwesend.

»Was ist das denn mit Marta und dir?«

Kreischend kamen meine Gedanken zum Stillstand. Blinzelnd schaute ich Frida an. Ein paarmal klappte ich den Mund auf, machte ihn aber jedes Mal wieder zu, weil alles, was mir einfiel, wie ein billiger Vorwand klang.

Frida beobachtete mich eine Weile. Dann ging ich fast in die Knie vor Erleichterung, als ihre Mundwinkel nach oben wanderten.

»Ich nehme an, du hättest dir eine gute Ausrede überlegt, wenn ihr was am Laufen hättet, oder?«, sagte sie trocken.

Tausend Situationen schossen mir durch den Kopf, in denen ich mit Marta gelacht oder diskutiert hatte, in denen wir nebeneinandergeritten waren oder die Pferde auf dem Paddock beobachteten. Es wäre gelogen gewesen zu behaupten, ich hätte mir nie auf *die* Art über Marta Gedanken gemacht. Aber die Wahrheit war auch, dass ich mich bei ihr nie auch nur annähernd so fühlte wie in diesem Moment, als Frida mir gegenüberstand, mit diesem völlig offenen Blick, den sich noch nie ein Mädchen bei mir getraut hatte. So als könnte ich ihr nicht mit einem Wort das Herz brechen. So als wäre ihr Vertrauen in mich genug, damit ich das Richtige tat.

Und das war es. Ich ließ die Schubkarre Schubkarre sein, zog meine Handschuhe aus, steckte sie in meine Tasche und war mit fünf Schritten bei Frida.

»Das hätte ich bestimmt«, flüsterte ich, während ich sie an mich zog. Mein Blick glitt von ihren Augen zu ihrem Mund.

»Gut«, meinte sie geschäftsmäßig.

Unsere Lippen waren vielleicht noch drei Millimeter voneinander entfernt. Frida sagte noch etwas, aber es fiel mir schwer, sie zu verstehen, weil das Blut so laut in meinen Ohren rauschte. Ihre Hände lagen auf meiner Brust, sie musste spüren, wie schnell mein Herz schlug.

Ihr Lächeln wurde breiter. Langsam legte sie die Arme um meinen Hals und schmiegte sich an mich. Sie fühlte sich so gut an. Und ihre Lippen erst. Oh Mann. Wie machte sie das bloß, dass jeder Gedanke … verpuffte … wenn wir … Was?

Egal …

Ein Schauder wie ein Stromschlag schoss mein Rückgrat rauf und runter, als sie mir ihre Hände in den Nacken legte und ihre Finger durch meine Haare glitten. Stunden hätte ich so …

»Igitt«, kam es von der Tür.

Wir zuckten zusammen, und Frida lachte in meine Schulter, während meine Augen Max suchten und fanden.

»Hey, du Spanner, seit wann stehst du da schon?«

Er grinste. »Gott sei Dank noch nicht lang. Reißt euch los, Florian hat was vom Asiaten mitgebracht. Steht schon auf dem Tisch.«

Frida

Bei meinem nächsten Besuch auf der Oie hatte ich ein ziemlich schlechtes Gewissen. Fast eine Woche war vergangen und noch immer hatte ich niemandem von Jakub und Kalina erzählt. Ich wollte eben, dass Jannis zuerst von ihnen erfuhr – doch nach dem, was am Sonntag bei Marta passiert war, bezweifelte ich, dass er Jakub ohne Vorurteile begegnet wäre. Ich musste mehr herausfinden, mir bessere Argumente zurechtlegen, warum Jakub überhaupt nichts mit so fiesen Pferdedieben wie auf Martas Hof gemein hatte.

Der Gedanke brachte mich auf eine Idee. Marta lebte nicht allzu weit von der Grenze entfernt, Jannis meinte, sie wären nur zwei Stunden unterwegs gewesen. Was, wenn hinter dem Diebstahl vom Sonntag und denen auf Jakubs Hof dieselben Leute steckten? Ich beschloss, Jakub danach zu fragen.

»Mein Freund hat am Wochenende übrigens auch mitbekommen, dass ein Pferd gestohlen wurde«, fing ich deswegen an, als wir am Freitagnachmittag mit Kalina spazieren gingen. Jannis war mit Unterricht beschäftigt, und auch bei uns auf dem Gut standen Gruppenstunden an, deswegen fiel es sicher nicht auf, wenn ich ein paar Stunden verschwand.

Jakubs Kopf fuhr zu mir herum. »Bei ihm auf dem Hof?«, fragte er stirnrunzelnd. Ich hatte ihm erzählt, dass Jannis und ich auf benachbarten Höfen lebten.

Ich schüttelte den Kopf. »Nein, in Polen. Er macht da bei so einem grenzüberschreitenden Projekt mit und letztes Wochenende hatten sie wieder Training.«

Er war blass geworden. »Und wo war das?«

Ich zuckte mit den Schultern. »Ungefähr zwei Stunden von hier. Also nicht weit. Meinst du, das könnten dieselben Diebe sein?«

Aber er hörte mir gar nicht richtig zu, sondern starrte ins Leere. Kalina hob den Kopf und er strich ihr automatisch über den Hals. »Weißt du, was für ein Pferd gestohlen wurde? Ein Sportpferd?«

»Ich glaube, eine trächtige Stute.«

Eine ganze Weile sagte Jakub nichts. Ich ließ ihn denken, atmete die weiche, frische Luft ein und genoss die Sonne auf meinen nackten Unterarmen. Seit Anfang der Woche hatten wir strahlendes Frühlingswetter und es war jeden Tag wärmer geworden.

»Glaubst du, dass da dieselben Leute dahinterstecken könnten?«, wiederholte ich meine Frage, als wir am Waldrand angekommen waren.

»Ja.« Jakub nickte langsam, dann drehte er sich so ruckartig zu mir um, dass ich zusammenzuckte. »Ja, das glaube ich. Kannst du mehr herausfinden? Ohne … ohne dass du sagst, warum?«

Ich zögerte. Jakub bat mich, noch länger geheim zu halten, dass ich ihn und Kalina gefunden hatte. Konnte ich das tun?

Er merkte, dass ich mit meinem Gewissen kämpfte. »Es ist nicht für lang, Frida. Vielleicht ist das eine Spur zu den Pferdedieben, und wenn sie geschnappt werden, kann ich Kalina von hier wegbringen. Bitte.«

Seine dunklen Augen hielten meine fest. Durch die Zweige der Bäume hindurch warf die Sonne flirrende Schatten auf sein Gesicht. Es wirkte fast durchscheinend, unwirklich in dem diffusen

Licht, so als wäre er die Geistererscheinung und nicht sein Pferd. Ein Wesen, das nur halb in meine Welt gehörte.

Machte ich einen Fehler? War es falsch, jemandem zu vertrauen, den ich seit nicht mal einer Woche kannte? Ich wusste es nicht. Ich wusste nicht, wer er war, wie er hierhergekommen war oder was er vorhatte. Ich wusste nur, dass er sein Pferd beschützen wollte. Und das war etwas, was ich verstand.

Ich riss meinen Blick los und betrachtete Kalina. Täuschte ich mich oder war sie in den letzten Tagen runder geworden? Genauso wie Jakub war mir klar, dass sie nicht mehr lang auf der Oie bleiben konnte. Er musste eine Entscheidung treffen, so oder so.

Also nickte ich. Ein paar Tage konnte ich ihm geben. »Okay. Ich höre mich um. Aber versprich dir nicht zu viel, Jannis setzt keine großen Hoffnungen in die Polizei.«

Sein Gesicht leuchtete auf und er lächelte und im selben Moment fiel etwas an seinen Platz. Linh und ich waren in unsere Freundschaft hineingewachsen, Jannis und ich hatten uns lange dagegen gewehrt. Aber Jakub und ich, wir hatten uns eben dafür entschieden.

Ohne noch etwas zu sagen, wandten wir uns gleichzeitig zum Waldrand. Aus der bräunlichen Grasfläche in der Mitte der Oie war in den letzten Tagen ein Blütenteppich geworden, und um die vielen Brutvögel nicht zu stören, die dort ihre Nester bauten, blieben wir unter den Bäumen. Es roch nach Bärlauch und in den Senken breiteten sich Teppiche von Buschwindröschen aus.

»Wie lange kennst du sie eigentlich schon?«, fragte ich Jakub nach einer Weile. »Kalina, meine ich.«

Er antwortete nicht gleich. Als ich ihn ansah, kapierte ich, dass die Frage nicht nur schöne Erinnerungen wachgerufen hatte.

»Ich war dabei, als sie geboren wurde«, sagte er irgendwann. »Sie war das erste Fohlen, bei dem ich zusehen durfte.«

»Hattet ihr viele Pferde?«

Er nickte. »Nicht hundert. Aber zwanzig waren es immer. Meistens mehr. Es waren gute Pferde.«

Mir rasten die Fragen durch den Kopf, doch ich wollte nicht, dass er sich ausgehorcht vorkam.

»Das war bei deinen Eltern?«

»Ja.«

»Aber da hast du Kalina nicht weggeholt, oder?«

Jakub schüttelte den Kopf. »Nein. Vor ein paar Jahren, da …« Er machte eine kleine Pause. »Wir mussten die Pferde verkaufen. Kalina ging zu einem … einem Züchter in Deutschland. Er hat mir einen Job angeboten, so konnte ich bei ihr sein. Ich habe dort eine Ausbildung gemacht.« Wieder schwieg er. »Aber das ist jetzt vorbei.«

Seine Haare fielen ihm ins Gesicht, sodass ich seinen Ausdruck nicht erkennen konnte. Wahrscheinlich hatte er recht. Er hatte seinen Chef bestohlen, jedenfalls würde der das so sehen. Da durfte er seinen Job bestimmt nicht behalten, selbst wenn er Kalina zurückbrachte.

Ich wechselte das Thema. »Ist der Vater ein Hengst von dem Gestüt?«

Jakub nickte und lächelte schwach. »Der Hengst war ein berühmtes Springpferd. Jetzt ist er alt, viele Fohlen wird er wahrscheinlich nicht mehr haben.«

Ich atmete ein. Umso größer war also der Verlust des Züchters, als Kalina verschwunden war.

Kalina war hinter uns zurückgeblieben. Wir drehten uns zu

ihr um und dann mussten wir beide lachen. Sie stand hinter einem Baum, von dem sie etwas abknabberte, und weil der Stamm so breit war, sahen wir rechts und links davon nur ihren runden Bauch.

Neugierig geworden durch das Geräusch, guckte Kalina hinter dem Baum hervor und spitzte die Ohren. Ihr kluges Gesicht, die zarten weißen Nüstern, der schelmische Ausdruck in ihren Augen – Jakub konnte den Blick nicht von ihr wenden. Seine Gefühle für dieses Pferd krochen mir unter die Haut, die Liebe und Sorge und Vertrautheit.

Ich musste etwas tun. Er hatte mich gebeten, mehr über den Diebstahl bei Marta herauszufinden, ja, doch er hatte mir auch etwas erzählt, was vielleicht ein Anhaltspunkt war. Ihm waren die Hände gebunden hier auf der Oie, aber ich konnte Fragen stellen und nachforschen und einen Weg finden, wie wir Kalina wieder ein sicheres Heim bieten konnten.

Ich winkte Papa zu, der gerade mit dem Trecker und einem Anhänger voller Strohballen vom Hof rollen wollte. Er bremste und stieß die Tür auf.

»Kann ich mitkommen?«, fragte ich über den Motorenlärm hinweg.

»Zum Carlshof?«

Ich nickte.

»Bist du nicht mit dem Fahrrad schneller?«

»Schon.« Ich räusperte mich. »Aber wenn du gerade fährst … Und wir haben uns ja auch die ganze Woche kaum gesehen.«

Hm, das Letzte war vielleicht ein bisschen dick aufgetragen gewesen, denn Papa guckte mich forschend an, aber dann drückte er die Tür noch ein bisschen weiter auf, sodass ich zu ihm ins Fahrerhaus klettern konnte. Ich zwängte mich an ihm vorbei und setzte mich auf den Kindersitz. Dann ratterten wir los.

»Trefft ihr euch schon wieder zum Putzen?« Papa schmunzelte. Er hatte mitbekommen, dass Jannis wegen des bevorstehenden Trainingslagers auf dem Carlshof am liebsten das Unterste zuoberst gekehrt hätte.

Ich seufzte. »Ja, heute sind die Bungalows dran. Die meisten stehen ja leer, deswegen bringen sie das Team da unter. Sonst hätten sie wahrscheinlich ein Zelt aufstellen müssen.«

Papa grinste, aber ich lächelte nur schmal. Wenn es nach mir ging, konnte das Teamwochenende gar nicht schnell genug kommen. Im Lauf der Woche hatten wir das Reiterstübchen auf Hochglanz poliert, die Sattelkammer und den Geräteschuppen aufgeräumt und in jeder Ecke gefegt, bis Jannis halbwegs zufrieden gewesen war. Ich fand den Aufwand ja übertrieben, doch wenn ich ihm das sagte, erinnerte er mich wieder an das Schloss, auf dem er beim ersten Lehrgang gewesen war, und ich wusste, es hatte keinen Sinn. Was das Team anging, sah Jannis nicht mehr klar.

Die Fahrt war viel zu kurz. Ich genoss es, hier neben Papa zu sitzen, während er den Trecker und den riesigen Anhänger sicher durch die Allee und über die Landstraße lenkte, aber ich hatte ja eine Mission. Das, was ich von Jakub und Kalina wusste, deutete darauf hin, dass sie von einem Hof nicht weit von Eldenau kamen, denn wie weit hätte er ohne Hänger mit einer hochträchtigen Stute schon kommen können?

»Papa«, fing ich deswegen vorsichtig an, »hast du was von einem gestohlenen Pferd gehört? Hier in der Gegend?«

Der Blick, den Papa mir jetzt zuwarf, war nicht mehr forschend, sondern alarmiert. »Nein. Wieso? Hast du was mitbekommen?«

Unbestimmt zuckte ich mit den Schultern. »Nichts Genaues. Angeblich soll das bei einem kleinen Züchter passiert sein. Kennst du da jemanden? Er hat einen Hengst, der früher als Springpferd erfolgreich war.«

»Hast du das von Jannis?«

Ich wusste nicht, ob er durch das Wort »Springpferd« auf Jannis gekommen war, doch ich war froh, dass mir eine Antwort erspart blieb, weil gerade ein knallgelber Twingo zu einem Überholmanöver ansetzte und Papa die Gegenfahrbahn im Auge behalten musste.

»Das könnte Bruno sein«, redete er nach ein paar Sekunden nachdenklich weiter. »Bruno Witt. Ich habe länger nichts von ihm gehört, aber er war früher mit seinem Hengst sehr erfolgreich unterwegs. Wie hieß der doch gleich? So ein großrahmiger Brauner … irgendwas mit L … Lando, glaube ich. Und du sagst, ihm wäre ein Pferd gestohlen worden?«

»Das weiß ich nicht. Wo lebt dieser Bruno denn?«

Papa setzte den Blinker zum Carlshof. »Eine halbe Stunde von hier. Das Gestüt heißt Eichental. Nichts Schickes, aber seine Nachzucht war immer großartig. Bruno ist noch einer von den alten Pferdeleuten. Guter Mann.«

Ich nickte abwesend, während Papa den Trecker am Hof vorbei zur Scheune lenkte. Drüben am Springplatz verschwand eine Gestalt mit einem Trekkingrucksack hinter einer Hecke. Sie warf einen Blick über die Schulter, doch sie verschwamm vor meinen Augen, als ich die Möglichkeiten durchspielte, die ich jetzt hatte. Wie konnte ich herausfinden, ob Jakub für diesen Bruno gearbeitet hatte? Vielleicht sollte ich Linh fragen, sie war großartig in solchen Recherchesachen. Aber dann musste ich ihr von Jakub …

Neben mir klopfte es und ich fuhr herum. Draußen standen Jannis und Max und grinsten breit. Kopfschüttelnd drehte ich mich wieder zu Papa. Meine Jakub-Pläne mussten warten.

»Danke fürs Mitnehmen. Wir sehen uns beim Abendessen.«

Jannis

Am Montag nach der Schule hatten Frida und ich uns wegen des schönen Wetters eine Stunde Zeit für einen Ausritt genommen und waren an der Wiek unterwegs. Der Wind jagte Schäfchenwolken über den Himmel, auf dem Wasser glitzerte die Sonne, und die Oie war so klar zu sehen, als wäre sie nur ein paar Meter entfernt.

»Was wohl aus dem weißen Pferd geworden ist.« Ich drehte den Kopf zu Frida. »Seit dem einen Mal, als ihr es auf der Oie aufgestöbert habt, hat es niemand mehr gesehen, oder?«

Ich konnte zugucken, wie Frida die Röte aus dem Kragen kroch. Sie mied meinen Blick und allein das brachte die Alarmglocken in meinem Hirn zum Läuten.

»Oder?«, hakte ich nach.

Einen Moment lang schien sie mit sich zu kämpfen, aber dann schaute sie mir in die Augen.

»Ich war noch mal da. Auf der Oie«, sagte sie. »Ich hab die Stute gefunden. Und ihren … Besitzer.«

Okaaay. Ich blinzelte ein paarmal und ging die letzten Wochen durch, die Nachmittage und Wochenenden, an denen ich keine Zeit hatte und an denen Frida offensichtlich ihre eigenen Ziele verfolgte. Und ich dachte an die vielen Gelegenheiten, die Frida gehabt hätte, mit mir zu reden. Ich machte den Mund auf, um etwas zu sagen, doch sie kam mir zuvor.

»Ich weiß, es war blöd, dass ich es nicht erzählt habe. Ich wollte es dir sagen, wirklich, aber es war letztes Wochenende, als Martas Pferd gestohlen wurde, und da warst du nicht gerade gut auf die Diebe zu sprechen, deswegen dachte ich, du kriegst das mit Jakub in den falschen Hals und …«

»Der Typ hat das Pferd gestohlen?«, unterbrach ich Fridas Wortschwall. Hatte ich richtig gehört? Ich merkte, wie es in meinem Magen zu brodeln anfing, und holte tief Luft.

»Entführt«, antwortete sie kleinlaut.

Ich drehte mich weg und biss ein paar Minuten lang die Zähne aufeinander. Dari merkte meine Anspannung natürlich und stakste mit hocherhobenem Kopf dahin, aber nach und nach bekam ich mich in den Griff.

»Okay«, sagte ich schließlich. Ich sah sie an, doch ihr Lächeln erwiderte ich nicht. »Dann noch mal von vorn. Was ist das für einer?«

Erleichtert atmete Frida auf. Sie fing damit an, wie sie die Idee gehabt hatte, dass das Licht, das wir in den Winterferien im Leuchtturm gesehen hatten, mit demjenigen zusammenhängen könnte, der das Pferd auf die Oie gebracht hatte. Damit hatte sie recht behalten, offenbar hauste dieser Jakub im Leuchtturm und hatte ihr eine Geschichte über eine Diebstahlserie auf seinem Hof aufgetischt, die für ihn anscheinend Grund genug gewesen war, sang- und klanglos mit einem Pferd zu verschwinden, das nicht seines war.

»Jakub vermutet, dass es einen Zusammenhang mit dem Verschwinden von Martas Pferd geben könnte«, schloss Frida.

Ich antwortete nicht gleich. Ein paar von Fridas Fragen, die sie in den letzten Tagen gestellt hatte, ergaben plötzlich Sinn.

»Deswegen wolltest du es so genau wissen.« Ich guckte sie an. »Und ich dachte, du wärst immer noch eifersüchtig.«

Die Röte in ihren Wangen wurde noch ein bisschen dunkler. Ihr Blick zuckte zu meinem Mund, und weil meiner im selben Moment das Gleiche tat, mussten wir beide lachen.

»Tut mir leid«, sagte sie.

»Ist okay.« Ich meinte es ernst. »Nach dem Trainingslager bei Marta war es vielleicht wirklich nicht günstig, mir davon zu erzählen.« Trotzdem waren für mich noch nicht alle Fragen geklärt. »Und du vertraust dem Typen?«

Sie nickte.

Ich stieß die Luft aus. Sie hatte dieses Gesicht auf, das mir ganz genau sagte, dass sie ihre Entscheidung getroffen hatte, egal, was ich davon hielt. »Was hast du jetzt vor?«

»Kalina muss von der Oie weg. Das ist das Wichtigste und Jakub weiß das auch. Ich habe bloß noch keine Ahnung, wie ich das anstellen soll.«

»Du, hm?« Ich grinste, wenn auch ein bisschen widerwillig. »Wieso bist *du* plötzlich für dieses Pferd verantwortlich?«

Sie zuckte mit den Schultern. »Helfersyndrom wahrscheinlich.«

Das brachte mich zum Lachen. »Damit hast du mal recht.«

Mit einem vorsichtigen Lächeln streckte sie mir die Hand hin. »Tut mir wirklich leid.«

»Mhm.« Ich nahm sie und strich mit dem Daumen darüber. »Versprichst du mir was?«

»Was?« Ihre Augen leuchteten fast golden in der Nachmittagssonne.

»Sei vorsichtig, okay? Und wenn du wieder auf die Oie fährst, will ich mit.«

Frida

Am Ende fuhr ich doch wieder ohne Jannis auf die Oie. In den nächsten Tagen war sowieso nicht daran zu denken, denn sie waren so vollgepackt mit Schulaufgaben, dass ich es nicht mal in den Sattel schaffte. Liv war schon ganz irritiert, dass ich sie jetzt manchmal noch nach neun aus dem Stall holte und in der Halle laufen ließ. Aber in nicht mal drei Monaten war das Strandderby, und auch wenn ich letztes Jahr einen sehr guten Grund gehabt hatte, nicht zum Finale anzutreten, wollte ich es diesmal wieder weit bringen. Da konnten wir es uns nicht leisten, das Training schleifen zu lassen, nur weil ich lernen musste.

Immerhin hatte ich durch die Verzögerung Zeit, mir zu überlegen, was ich Jakub vorschlagen wollte. Zugegeben, der Plan, der am Ende dabei herauskam, hatte seine Schwächen, aber immerhin hatte sich Jakub in diese Sackgasse manövriert. Es kam mir nicht so vor, als hätte er überhaupt eine Idee, wie es weitergehen sollte. Dagegen war mein Plan wasserdicht.

Am Donnerstag bevor das Springteam auf den Carlshof kam, schaffte ich es endlich wieder zu Jakub und Kalina. Ich brachte ihm die Bürste und den Striegel mit, um die er mich beim letzten Mal gebeten hatte, und er machte sich gleich an die Arbeit.

»Jakub?«, sagte ich nach ein paar Minuten.

»Mhm?« Er sah nicht auf, sondern bürstete weiter Kalinas Mähne. Boah. Der war ja schlimmer als unsere Ponymädchen.

Ich räusperte mich. »Du, worüber ich mit dir …«, fing ich an, und endlich schien er etwas in meiner Stimme zu hören, was ihn dazu brachte, mich anzugucken. Er runzelte die Stirn. »Also, worüber ich mit dir sprechen wollte … Wir müssen uns was wegen Kalina überlegen. Sie muss irgendwohin, wo sie in Ruhe ihr Fohlen kriegen kann.«

»Ich hab dir schon gesagt …«

»Ja, du hast mir schon gesagt, dass auch Wildpferde ihre Fohlen im Freien bekommen. Aber Wildpferde haben eine Herde und immer wieder sterben Fohlen. Fohlen, die vielleicht überleben würden, wenn ein Tierarzt da wäre.«

Jakub presste die Lippen aufeinander und drehte sich weg.

»Was wäre, wenn wir sie aufs Gut bringen? Und dann fahren wir nach Eichental und schaffen das mit Herrn Witt aus der Welt.«

Er fuhr zu mir herum. »Wie willst du das aus der Welt schaffen? Ich habe sein Pferd gestohlen.« Dann stockte er. »Woher weißt du das von Eichental?«

Ich zuckte mit den Schultern. »Es war nur ein Verdacht. Genau weiß ich es erst jetzt.«

Kurz schien er sich zu ärgern, dass er in meine Falle getappt war, doch dann atmete er aus und kümmerte sich wieder um Kalina. »Spielt keine Rolle. Ich kann da nicht hin. Bruno holt die Polizei und dann ist sie allein.«

Ich verkniff mir die Bemerkung, dass ich ja immerhin auch noch da wäre, und antwortete: »Mein Vater kennt deinen Chef. Der ist ein echter Pferdemensch, sagt er.«

»Hast du ihm von mir erzählt?«, brauste Jakub auf. Kalina hob den Kopf.

»Nein. Hab ich nicht. Das hab ich dir doch versprochen. Aber ich würde es gern«, fügte ich nach einer kleinen Pause hinzu. »Ich glaube, wir könnten das mit Herrn Witt hinbiegen, wenn du dich entschuldigst und sagst, dass du dir um Kalina Sorgen gemacht hast. Er wird das verstehen.«

Etwas blitzte in Jakubs Augen auf, doch es war gleich wieder verschwunden. »Und wenn nicht?«

»Dann ist Papa noch da. Der überredet ihn bestimmt. Er wird ihm sagen, dass du dich gut um sie gekümmert hast und dass sie auf Eldenau in Sicherheit ist. Und das ist bestimmt das Wichtigste für ihn.« Jakub hielt den Kopf gesenkt, und als er nach einer Minute immer noch nicht geantwortet hatte, flüsterte ich: »Wir haben nicht mehr viele Möglichkeiten. Wo willst du denn hin mit ihr, wenn die Rinder da sind?«

Genauso leise antwortete er: »Aber ich habe Angst, dass er sie mir diesmal endgültig wegnimmt.«

Ich wusste nicht genau, was ich darauf antworten sollte. Jakub tat mir so leid. Wenn ich mir vorstellte, dass wir alles verlieren würden und ich Liv und Juniper hergeben müsste … Sie gehörten doch zur Familie. Für alle Pferdeleute war das so.

Ich schnappte beinahe nach Luft. Die Antwort war so einfach! »Lando!«

Überrascht sah Jakub auf. »Was ist mit ihm?«

»Lando ist Herrn Witts Lieblingspferd, oder?«

»Ja. Auf kein Pferd ist er so stolz wie auf ihn. Er war mit ihm bei Olympia. Bruno hat sogar eine kleine Statue von ihm in seinem Büro.«

Ich lächelte. »Dann wird er dir Kalina nicht wegnehmen.«

Jannis

Am Freitagnachmittag um zwei rollte der erste Anhänger auf den Hof und in der nächsten Stunde ging es Schlag auf Schlag. Ich war froh, dass Frida und Max mithalfen, alle Pferde unterzubringen und den anderen den Weg zu den Bungalows zu zeigen. Bei Ola und Marta war das ganz geschmeidig gelaufen, aber hier bei uns musste sich alles erst noch einspielen.

Ein bisschen panisch wurde ich, als Frida mit finsterer Miene von den Bungalows zurückkam, nachdem sie Rieke und Fabian hingebracht hatte. Was hatte er gesagt? Hatte er ihr gleich auf die Nase gebunden, was er von ihrer Reitweise hielt? Aber da kam ihr Ola mit Kajetan am Strick entgegen und sie fing an zu lächeln. So schlimm konnte es also nicht gewesen sein. Gemeinsam gingen sie Richtung Stall.

Aufatmend drehte ich mich um und machte vor Schreck gleich einen Schritt zurück.

»Hi.« Marta grinste mich an.

Ich lachte auf und umarmte sie. »Hallo. Wie geht's dir?«

Sie hatte mir am Mittwoch noch geschrieben, doch es waren keine guten Neuigkeiten gewesen. Die Polizei hatte nicht herausgefunden, was mit ihrer Stute passiert war, und machte ihr keine Hoffnungen, dass sie sie wiederbekommen würde.

Marta zuckte mit den Schultern. Sie sah blasser aus als sonst. »Geht schon. Wir haben angefangen, uns selber umzuhören.

Mama ruft Bekannte an, dass sie auf Pferdemärkten die Augen offen halten sollen. Aber natürlich wissen wir nicht, ob Mila überhaupt noch in Polen ist.«

Oder noch lebt. Doch das sagte ich natürlich nicht. Ich streckte die Hand aus und drückte ihre Schulter und Marta blinzelte ein paarmal. Ich zeigte auf die Bank, die vor dem Büro stand und auf die noch die Nachmittagssonne schien. Sie nickte.

»Was Mama übrigens gehört hat: Mila ist nicht das einzige Pferd, das gestohlen wurde. Seit Wochen verschwinden Pferde in der Gegend, immer Stuten.«

»Nur Stuten?« Ich dachte an diesen Jakub, der ja genau deswegen seine Stute auf die Oie gebracht hatte. Waren auf seinem Hof dieselben Diebe unterwegs gewesen? Oder war das ein Zufall?

»Ja«, bestätigte Marta. »Und bis auf eine sind alle trächtig.«

Wie Jakubs Stute. Wenn das stimmte und die Diebstähle zusammenhingen, dann hatten diese Typen einen viel weiteren Radius, als Marta und ihre Mutter annahmen. Dann betraf das auch Höfe in Deutschland.

Nach und nach kamen Tomek, Rieke und Fabian, dann Kaja und Peter und schließlich Frida, Ola und Max zu uns. Die gestohlenen Pferde mussten warten, jetzt wollten alle einen Stallrundgang machen. Frida war drauf und dran, sich zu verdrücken, aber ich griff nach ihrer Hand und zog sie mit mir.

Wir fingen bei den Privatpferden an, liefen dann an den Schulpferden vorbei zurück, warfen einen Blick in die Halle und das Reiterstübchen und schauten uns zuletzt die Reitplätze und Koppeln an. Peter und Kaja hatten eine Menge Fragen zu allem möglichen Orgakram, wie es mit unseren Einstellern lief, wie wir den Unterricht organisierten, wie viele Berittpferde wir hatten. Sie guckten beide überrascht, als ich erzählte, dass wir seit fast eineinhalb Jahren einen Bereiter suchten, bisher aber niemanden gefunden hatten, der uns überzeugte und zu uns passte.

»Bei so einer Topanlage?«, fragte Peter zweifelnd. »Wenn ihr wollt, höre ich mich mal um.«

Ich dankte ihm, auch wenn ich keine großen Hoffnungen hegte. Und langsam kam es mir auch so vor, als bräuchten wir gar niemanden mehr, so gut kriegten Mama und ich das mittlerweile zu zweit hin. Und, dachte ich schmunzelnd, jetzt, wo Frida so großartig mit Botti zurechtkam, wollte sie den Job vielleicht haben.

Peter hatte sich an Kaja gewandt, deswegen bekam ich mit, wie Fabian Frida fragte: »Reitest du auch hier?«

Ich wollte nicht lauschen, aber natürlich hörte ich, dass Frida antwortete: »Nein, ich wohne auf dem Nachbarhof, ein paar Minuten von hier. Wir haben auch Pferde.«

»Sportpferde?«

»Ein paar. Wir haben eine Menge Ponys. Außerdem Mecklenburger, einen Friesen, zwei Knabstrupper und ein paar Kaltblüter.«

Fabian lachte leise. »Einen richtigen Gemischtwarenladen, was? Und dann nutzt du nicht das hier?« Er machte eine ausladende Geste. »Hier könntest du doch richtig trainieren.«

Frida antwortete einen Moment nicht. Ich warf ihr einen verstohlenen Blick zu und überlegte, ob ich mich einmischen sollte, aber ihr Ton überzeugte mich, dass sie die Sache absolut im Griff hatte. »Was denkst du, was ich zu Hause mache?«

Fabian hatte den Warnschuss nicht gehört. »Weiß nicht.« Er grinste. »Ausreiten? Zirkuslektionen? Halsringreiten?«

Ich hatte mich so auf die beiden konzentriert, dass ich nicht mitbekommen hatte, dass Kaja und Peter stehen geblieben waren und auf den Springplatz hinaussahen. Bevor ich mich zu ihnen stellte, hörte ich noch Fridas scharfe Antwort.

»Das alles, ja. Und wenn noch Zeit ist, dann gehe ich sogar mal mit einem Pferd spazieren.«

Sie machte auf dem Absatz kehrt und stapfte davon. Rieke und Ola verdrehten beide die Augen und schüttelten den Kopf, aber selbst dazu sagte Fabian noch: »Was denn?«

Frida

»Fein so.« Ich drehte Botti um und klappte vorsichtig die Tür in der Bande zu. Wegen des Lehrgangs fand heute kein Unterricht statt, und Jannis' Team war im Reiterstübchen mit irgendwelchen Strategiebesprechungen beschäftigt, also hatten wir die Halle für uns allein. Ich strich Botti über den Hals und führte ihn ein paar Runden, bis ich an der Aufsteighilfe den Gurt nachzog und mich in den Sattel schwang.

Dass Jannis mir sein Berittpferd anvertraute, hatte mich ganz schön stolz gemacht. Klar, ich tat ihm einen Gefallen, indem ich mich an den Wochenenden um Botti kümmerte, wenn er unterwegs war. So hatte Eva nicht noch mehr Arbeit. Aber was genau Jannis von mir als Reiterin hielt, hatte er mir nie so deutlich gesagt. Da war seine Frage, ob ich Lust hatte, mit Botti zu arbeiten, wie ein Ritterschlag gewesen.

Natürlich hatte ich Lust! Ich war neugierig gewesen, wie sich ein Pferd reiten ließ, das bis M** ausgebildet war, und vielleicht sogar noch neugieriger, wie ich mich dabei schlug. So oft war ich Valerio ja noch nicht geritten, Mamas Knabstrupper, auf den sie nur unsere besten Reitschülerinnen setzte und mit dem sie arbeitete, wenn sie mal eine halbe Stunde Zeit hatte.

Bottis Schritt war fleißig und taktrein, und er nickte entspannt mit dem Kopf, sodass ich die Zügel ein wenig aufnahm und antrabte. Mit dem Trab hatte ich die ersten beiden Male echt Schwierigkeiten gehabt. Jannis hatte mich grinsend »Ponyreiterin« genannt, was ja auch stimmte. Liv brauchte ungefähr vier Schritte, wenn Botti einen machte, und an die lange Schwebephase musste ich mich erst gewöhnen. Aber mittlerweile hatte ich es raus, auch wenn mir immer noch der Schweiß ausbrach.

Trotzdem war es fantastisch. Es fühlte sich wirklich an wie ein Tanz, rhythmisch und elegant, und ich merkte jedes Mal, dass ich ein breites Grinsen im Gesicht hatte, wie sehr ich auch keuchte. Das Beste war, dass Juniper auch so einen Trab hatte. Und in ein paar Jahren war mein Pferd genauso weit, ausbalanciert und geschmeidig und voller Motivation.

Ich machte ein paar Handwechsel und ritt Hufschlagfiguren, wie sie mir einfielen, Übergänge da, ein paar Schlangenlinien dort, alles ganz entspannt. Wir galoppierten ein bisschen, ganze Bahn, dann auf dem Zirkel, und ich freute mich einfach, dass Botti so aufmerksam war und Spaß an der Arbeit hatte.

Mehr musste er heute auch gar nicht tun. Wir gingen noch ein paar entspannte Runden im Schritt, dann parierte ich zum Stehen durch und lobte ihn ausgiebig. Ich stieg ab – so ganz hatte ich mich noch nicht daran gewöhnt, wie weit es von Bottis Rücken bis zum Boden war, abspringen war wohl das bessere Wort –, dann nahm ich ihm Gamaschen, Sattel und Zaumzeug ab. Einen Moment guckte er mich an, dann lief er ein Stück von mir weg, ließ sich in den Sand fallen und wälzte sich genüsslich.

»So war das gedacht, mein Lieber.« Ich grinste, drehte mich um und stapfte voll beladen zur Bande, bis ich den Schatten im Gang vor der Halle sah. Ich zuckte zusammen.

Ein Mann machte einen Schritt nach vorne und legte die Arme auf die Bande. »Hallo.«

Jetzt erkannte ich ihn. Es war Jannis' Trainer, Peter Strohwein. »Hallo.«

Langsam klappte er die Tür auf, und als ich den Sattel auf die Bande wuchten wollte, fasste er danach und legte ihn ab.

Lächelnd deutete er mit dem Kinn auf Botti. »Schöne Arbeit da.«

Ich nickte. »Danke.«

Er rückte ein bisschen zur Seite, damit ich mich neben ihn stellen konnte. Ich zog mir meine Jacke über, die ich auf einem Stuhl am Eingang abgelegt hatte, und gemeinsam beobachteten wir, wie Botti sich immer wieder wälzte.

»Sag mal, Frida …« Er drehte sich halb zu mir um und sah mich an. »Kann ich dich nicht überreden, ins Team zu kommen?«

Ich erstarrte. Einen Moment lang dachte ich, ich hätte mich verhört, aber weil er anscheinend auf eine Antwort wartete, schüttelte ich den Kopf. Bestimmt war ich knallrot im Gesicht, also wandte ich mich Botti zu.

Auch Herr Strohwein lehnte sich wieder auf die Bande. »Das dachte ich mir.«

Aus den Augenwinkeln sah ich ihn an. Er schmunzelte. Als er meinen Blick bemerkte, wurde ein ziemlich breites Lächeln daraus, und das brachte mich zum Grinsen, und so kam es, dass wir bestimmt noch zehn Minuten gemeinsam dastanden und uns über ein Pferd freuten, das gesund war und fröhlich und ganz voller Sand.

Jannis

»Frida!«

Frida erstarrte, als sie Peters Stimme hörte, und ich schaute ihn auch erstaunt an.

»Hast du Lust, heute bei uns mitzumachen?« Sie guckte ihn aus riesigen Augen an, doch ich konnte mir schon denken, was jetzt kam. »Ich brauche jemanden, der diesen Anfängern hier zeigt, wie man mit Halsring reitet.«

Fabian verdrehte genervt die Augen, aber ich sah genau, dass seine Ohren rot wurden. War es ihm also peinlich, dass Peter ihn gestern dabei belauscht hatte, als er sich über Frida lustig gemacht hatte.

Frida brauchte einen Moment, um zu verstehen, dass Peter es wirklich ernst meinte, dann fing sie an zu grinsen, und ihr Blick schoss ganz kurz zu Fabian hinüber. »Okay.«

Peter nickte. »Großartig. Dann sehe ich euch alle in fünfzehn Minuten in der Halle. Mit nackten Pferden.«

Während Max Dari absattelte, suchten Frida und ich Stricke und Riemen, die wir zu behelfsmäßigen Ringen zusammenbanden.

»Wusstest du, was er vorhat?«, fragte sie mich leise.

»Keinen Schimmer.« Ich lächelte sie an. »Du wirst das rocken.«

Sie hob eine Augenbraue. »Ich weiß.« Als sie mein verblüfftes

Gesicht bemerkte, gab sie mir einen kurzen Kuss und grinste. »Welches Pferd soll ich nehmen?«

Wir entschieden uns für Botti, weil sie ihn schon geritten war. Und dann mussten wir uns auch schon in der Halle aufstellen.

Max reckte den Daumen und flüsterte: »Zeig's ihnen, Frida!«

Aus den fünfzehn Minuten wurden zwanzig, denn es dauerte, bis Kaja alle Halfter eingesammelt hatte und alle Halsringe saßen, wie sie sollten. Dann mühten wir uns nacheinander auf die Pferderücken. Frida versuchte, nicht allzu auffällig zu grinsen, als Fabian über Dünensturms Rücken hing wie ein Mehlsack.

Schließlich herrschte einigermaßen Ordnung. Peter ging vor uns auf und ab und hatte die Hände hinter dem Rücken verschränkt. Er sah aus, als hätte er einen Mordsspaß.

»Was ist der Vorteil am Halsringreiten, Frida?«, begann er.

»Man kann überprüfen, wie gut die Pferde an den Hilfen stehen.«

»Richtig. Gibt es auch einen Nachteil?«

»Man kann nicht in Anlehnung reiten, daher ist eine Aufrichtung des Pferdes schwierig. Deswegen sollte man nur ab und zu mit dem Halsring reiten.«

»Sehr gut. Zuhören, Team! Besser kann man das nicht erklären.«

Frida erlaubte sich ein kleines Lächeln. Fabian beugte sich zu Tomek hinüber, sicher um so etwas wie »Streberin« zu flüstern, aber als er meinen Blick auffing, setzte er sich wieder gerade hin. War auch besser so, Dünensturm hatte bei dem Rumgewackel ganz irritiert die Ohren nach hinten gedreht.

»Ihr habt zehn Minuten zum Aufwärmen. Macht euch mit den veränderten Reaktionen eurer Pferde vertraut, und achtet darauf, wie anders eure Einwirkung ohne Sattel ist. Los geht's.«

Eine so laute Lösephase hatte ich mit dem Team noch nicht erlebt. Schon nach zwei Minuten war die Hälfte zu Stimmhilfen übergegangen, weil es mit dem Lenken nicht klappte. Frida hätte bestimmt auch auf der Tribüne Spaß gehabt, wo Max jetzt grinsend neben Linh saß und das Chaos filmte. Stattdessen war sie ganz in Botti versunken und dirigierte ihn durch die Bahn, als wären wir anderen einfach nicht da.

Dari schüttelte den Kopf, weil sie merkte, dass ich mich hatte ablenken lassen, also konzentrierte ich mich auf sie, und bald gelangen uns fast so feine Schritt-Trab-Übergänge wie Frida und Botti. Einmal erlaubte ich es mir, Dari neben Botti zu lenken, und Frida lächelte, als wir im Gleichklang die lange Seite entlangtrabten. Botti war so auf sie fokussiert, dass er ganz vergaß, Dari anzugiften, wozu er sonst keine Gelegenheit ausließ.

Nun wurde es ernst. Peter bat Frida, mit Botti einen kleinen Parcours zu absolvieren, der aus Cavaletti, einem Stangenlabyrinth und Slalomstangen bestand. Die beiden legten los.

Frida ritt eher verhalten auf die ersten Cavaletti zu und gab Botti Zeit, sie sich anzusehen. Im Schritt gingen sie darüber und Botti dehnte sich schon nach unten. Kein einziges Mal stieß er mit einem Huf gegen eine Stange. Das Labyrinth war schon herausfordernder – dachte ich, aber kaum hatte Frida Botti zwischen die Stangen gelenkt, trat er vermehrt unter und schaffte die engen Wendungen spielend. Fridas Hilfen waren so fein, dass ich nur an der dritten Ecke überhaupt einen treibenden Schenkel wahrnahm.

Mein Blick glitt über die Gesichter der anderen. Fabians Miene hatte alles Verächtliche verloren, Tomeks Mund stand ein Stück offen, Marta betrachtete Frida lächelnd und Olas Augen klebten an ihr. Rieke merkte, dass ich sie ansah, und flüsterte: »Krass.«

Magisch, so hätte ich es genannt. Frida trabte an und führte Botti an die Trab-Cavaletti heran, er schwebte mit federnden Schritten darüber. Ihre Augen verließen nie den Parcours, aber mit den Händen und der Stimme und jeder ihrer Bewegungen war sie ständig mit Botti in Zwiesprache. Der Halsring berührte ihn kaum, so fein setzte sie ihn ein. Bottis Augen glänzten zufrieden.

Dann kam der Slalom. Frida ritt genau auf uns zu, und ich glaube nicht, dass sie mir jemals so hübsch vorgekommen war wie in dem Moment, als sie mit roten Wangen Botti den Weg durch die Stangen wies. Ich hoffte, dass Max diesen Ritt aufnahm, denn ich würde ihn mir immer und immer wieder ansehen.

Als Frida sich neben mir einreihte und Botti durchparierte, geschah einen Augenblick lang gar nichts. Dann ging ein Pfeifen und Klatschen los, wie ich es vom Team noch nicht gehört hatte. Auf der Tribüne waren Linh und Max aufgesprungen und johlten und applaudierten wie verrückt. Völlig undiszipliniert umringten die anderen Frida und klatschten sie ab, und auch wenn sie sich freute: Der Ehrgeiz von vorhin war verklungen. Sie war glücklich und dankbar für diesen Ritt.

Vielleicht war das der Unterschied zwischen uns und ihr.

Sie spürte meinen Blick und erwiderte ihn, und in diesem Moment wusste ich wieder haargenau, warum ich mich überhaupt erst in sie verliebt hatte.

Frida

Das Wasser glitt glitzernd unter uns dahin. Die ganze Woche schon war es warm und sonnig gewesen und das Wetter ließ uns auch an diesem Nachmittag nicht im Stich.

Max und ich saßen Seite an Seite in Heinrichs Boot und tauchten die Ruderblätter so geräuschlos wie möglich ein. Im Heck kniete Jakub und flüsterte Kalina beruhigende Worte zu. Von ihr war kaum mehr als der Kopf zu sehen, der wie bei einem Nilpferd aus dem Wasser ragte. Sie atmete durch geweitete Nüstern, folgte uns aber ansonsten ohne Mühe.

Wir hatten uns entschieden, sie genauso von der Oie wegzubringen, wie Jakub sie hingeschafft hatte, und das hieß, dass sie schwimmen musste. Obwohl sie hochträchtig war, hatte auch Florian das für ungefährlicher gehalten, als sie auf einem wackligen Boot zu transportieren, auf dem sie in Panik geraten konnte.

Max zählte leise mit, um mir ein Tempo für die Ruderschläge vorzugeben. Er hatte mich stundenlang getriezt, bis unsere Bewegungen wie bei einem Uhrwerk ineinandergriffen. Nur unter dieser Bedingung hatte er sich bereit erklärt, uns zu helfen.

Er warf einen schnellen Blick hinter sich. »Noch fünfzig Meter bis zum Ufer. Langsam jetzt.«

Wir wollten an einer Stelle anlegen, wo sich eine Sandbank flach in die Wiek erstreckte, damit Jakub Kalina ohne Probleme an Land führen konnte. Jedenfalls war das der Plan. Wenn sie auf dem

Weg dorthin von einer Strömung erfasst wurde oder sich erschrak, wollte ich mir nicht vorstellen, was passierte. Aber Jakub war auch schon mit ihr auf die Oie geschwommen, versuchte ich, mich zu beruhigen. Es hatte einmal geklappt, es würde wieder klappen.

»Langsam jetzt«, wiederholte Linh Max' Ansage vom Ufer aus.

Mit ein paar knappen Anweisungen dirigierte Max mich auf die Sandbank. Kaum merklich glitt das Boot an Land, ich verstaute das Ruder, stieg aus, und dann wurde es doch noch ein bisschen hektisch, als Kalina kapierte, dass sie sicheren Boden unter den Hufen hatte, und so schnell wie möglich aus dem Wasser rauswollte. Jakub konnte nur den Strick lang lassen und an Land springen.

»Ho, ho«, brummte er, aber sobald Kalina ein paar Schritte auf dem feuchten Sand gemacht hatte, senkte sie den Kopf und schnaubte. Jakub und ich sahen uns an. Er nickte mir zu.

Während Linh Max half, das Boot das letzte Stück an Land zu ziehen und die Ruder zu verstauen, ging ich mit Jakub und Kalina zu Papa und Florian, die ein Stück weiter oben am Damm warteten.

»Papa, Florian, das ist Jakub. Jakub, das sind mein Vater und unser Tierarzt.«

Papa hielt Jakub die Hand hin. »Robert.«

Jakub schlug ein und schüttelte dann Florians Hand.

»Florian, hallo. Wir sehen uns deine Stute jetzt mal an und dann bringen wir sie aufs Gut, in Ordnung? Sie muss ein paar Tage in Quarantäne bleiben, aber danach kann sie mit den anderen Stuten auf die Weide. Einverstanden?«

Jakubs Gesicht sagte ganz deutlich, dass er ja keine Wahl hatte, aber hinter seiner Abwehr flackerte auch Unsicherheit auf. Er wusste, dass wir auch ein bisschen Glück brauchten, damit Kalina bei unseren Stuten bleiben konnte. Ich drückte seinen Arm und lächelte ihn aufmunternd an.

»Nicht sehr gesprächig, dieser Jakub, was?«, murmelte Papa, als wir zusammen zu Linh und Max gingen, die sich noch immer mit dem Kahn abmühten.

»Er hat Angst«, antwortete ich.

Papa sah mich an und legte einen Arm um mich. »Trotzdem war es richtig, was du getan hast. Dass du uns von ihm und der Stute erzählt hast. Viel länger hätte er mit ihr nicht auf der Oie bleiben können.«

»Ich weiß.« Ich seufzte. »Aber ich bin erst beruhigt, wenn Herr Witt und er sich ausgesprochen haben.«

Er drückte meine Schulter. »Wir machen alle mal was Dummes. Bruno weiß das sicher.«

Aber meine Bedenken blieben. Und insgeheim hatte ich auch Zweifel, ob Mama und Papa es als »Dummheit« bezeichnet hätten, wenn ich ein Pferd gestohlen hätte, um es zu beschützen.

»Was ist das mit diesem Typen?«, fragte Jannis am nächsten Morgen. »Wieso kriege ich den nie zu Gesicht?«

Ich grinste und hielt mir das Handy ans andere Ohr. »Die Frage ist, warum kriegt er *dich* nie zu Gesicht. Was war denn gestern?«

Jannis hatte uns eigentlich zur Wiek begleiten wollen, um endlich Jakub kennenzulernen, aber in letzter Sekunde hatte er abgesagt. »Sorry, absolutes Chaos hier«, hatte er mir geschrieben. »Melde mich.«

Gemeldet hatte er sich am Samstagmorgen um halb sieben. Ich

drehte mich auf die linke Seite. Mein Blick schweifte durch mein schönes neues Zimmer und wie immer musste ich lächeln.

»Ach, dieser neuen Einstellerin ist ihr Pferd auf den Fuß gestiegen, und zwar so heftig, dass ihr die Notärztin den Stiefel vom Bein schneiden musste. Das hab ich aber gar nicht mitgekriegt, weil die hohle Nuss das Pferd losgelassen hat. Bis jemand eingreifen konnte, war es über alle Berge. Wir haben es dann an der Landstraße gefunden. Um halb elf.«

Ich drückte ein angemessenes Maß an Mitgefühl aus, erkundigte mich nach dem Gesundheitszustand von Pferd und Reiterin und erzählte auf Jannis' Nachfrage hin, wie unsere Evakuierungsmaßnahme gelaufen war.

»Dann wird es also ernst«, sagte er, als ich damit geendet hatte, dass wir gleich nach dem Frühstück zu Herrn Witt fahren wollten.

»Drück uns die Daumen, dass er nicht zu wütend ist«, antwortete ich.

»Na, so eine kleine Abreibung hat Jakub schon verdient«, neckte er mich. Ich quietschte protestierend auf. Jannis lachte, und die paar Minuten, die uns vor dem Aufstehen noch blieben, verschwendeten wir nicht mit fremden Pferden oder Reitern.

Es waren gerade mal vierzig Kilometer nach Eichental, aber Jakub schaffte es keine zwei Minuten, still zu sitzen. Je näher wir kamen, desto grünlicher wurde er um die Nasenspitze. Er tat mir so leid, dass ich es fast bereute, die Sache hier angeleiert zu haben. Doch am Ende ging es ja um das Beste für Kalina, deswegen musste er da jetzt durch.

Als Papa an einem unscheinbaren Wegweiser auf einen Feldweg

einbog, klammerte sich Jakub am Türgriff fest, dass die Sehnen an seinem Unterarm hervortraten. Er ließ aber gleich wieder los, weil er merkte, dass ich es gesehen hatte. Ich drehte den Kopf weg und schaute aus dem Fenster. Draußen zogen weite Wiesen vorbei.

»Gehören die alle schon zu Eichental?«, fragte ich, um Jakub abzulenken.

Er räusperte sich. »Ja. Früher hatte Bruno viel mehr Pferde, aber irgendwann hat es sich nicht mehr gelohnt. Oder er hat die Arbeit nicht mehr geschafft«, schob er hinterher.

Eine Minute später kam das Gestüt in Sicht. Die Gebäude bestanden aus roten Ziegeln und Fachwerk, der Hof war nicht gepflastert, und ich verstand, was Jakub mit seiner letzten Bemerkung gemeint hatte: In den Ecken wucherten Brennnesseln, an einer Wand stapelte sich verrosteter Eisenschrott und die Türen und Fenster brauchten dringend einen neuen Anstrich. Hinter dem Stall entdeckte ich einen Zaun, der anscheinend einen Paddock eingrenzte. Drei Pferde streckten neugierig ihren Kopf darüber. Sie schienen die einzigen lebendigen Wesen hier zu sein. Der Gedanke stimmte mich traurig.

Doch kaum hatte Papa vor dem Eingang des Wohnhauses geparkt, ging die Tür auf, und ein sehr kleiner, ziemlich alter Mann kam heraus. Als er Papa erkannte, wirkte er erst verblüfft, aber dann fiel sein Blick auf Jakub, und seine Miene wurde so finster, dass ich mir einen Moment lang überlegte, lieber im Auto sitzen zu bleiben.

Jakub war tapferer. Ich hörte, wie er Luft holte, dann stieß er die Tür auf und stieg aus.

»Bist du also wieder da«, brummte Bruno.

Jakub nickte.

»Und Kalina?«

Jakub warf Papa einen Blick zu.

Papa räusperte sich. »Die Stute ist auf Eldenau. Es geht ihr gut. Schön, dich zu sehen, Bruno.« Er hielt dem alten Mann die Hand hin. Nach einem kurzen Moment schüttelte Bruno sie.

Seine Miene hatte sich immer noch nicht aufgehellt, als er wieder Jakub ins Visier nahm. »Eine Weile habe ich dich für einen Pferdedieb gehalten.«

»Und warum jetzt nicht mehr?«, fragte Jakub tonlos.

»Weil Tage nachdem ihr verschwunden wart, Tiziana gestohlen wurde.«

Ich zuckte zusammen, weil Jakub neben mir ein pfeifendes Geräusch machte. Sein Gesicht war kreideweiß. »Und keine Spur von ihr?«

»Nichts. Die Polizei hat nichts gefunden.«

In meinem Kopf stolperten die Gedanken übereinander. Jakub hatte recht gehabt, dass er mit Kalina abgehauen war, sonst hätten die Diebe sie jetzt sicher auch gehabt. Aber es war bestimmt so furchtbar für Bruno – und für Jakub –, dass die anderen Pferde weg waren und sie nicht wussten, ob es ihnen gut ging.

»Warum bist du jetzt hier?« Bruno nahm Jakub ganz schön in die Mangel.

Er straffte die Schultern und sah seinem Chef fest in die Augen. »Ich wollte mich entschuldigen. Und dir etwas vorschlagen.«

Bruno verschränkte die Arme. »Aha.«

»Ich glaube, es war richtig, dass ich Kalina versteckt habe, aber nicht richtig war, dass ich das hinter deinem Rücken getan habe. Entschuldige bitte.« Genau wie ich hatte Papa anfangs scharf die Luft eingesogen, doch jetzt konnte ich sehen, wie er erleichtert ausatmete. Da hatte Jakub ja gerade noch mal die Kurve gekriegt. »Die Benekes haben sich bereit erklärt, Kalina bei sich aufzunehmen, bis das Fohlen da ist … falls du einverstanden bist.«

Ich konnte Brunos Gesichtsausdruck nicht deuten, als er antwortete: »Und dann? Dann bringt ihr sie zurück und nach ein paar Tagen ist die Stute weg und das Fohlen gleich dazu?«

Verblüfft starrten wir ihn an. Er wandte sich an Papa.

»Robert, wenn du mir einen Gefallen tun willst, dann nimm die drei dahinten auch noch mit. Ich weiß nicht, warum, aber diese Kerle haben es nur auf die Stuten abgesehen. Wenn sie halbwegs Verstand hätten, hätten sie längst den Hengst gestohlen.«

Einen Augenblick später hatte Papa sich gefasst. »Ähm, ja … natürlich. Aber bist du sicher, dass das eine Lösung ist? Vielleicht kommen diese Leute gar nicht wieder. Oder was, wenn doch, und du täuschst dich, und beim nächsten Mal kommt doch der Hengst weg?«

Bruno schnaubte. »Hab ich denn eine Wahl? Die Polizei hat keine Anhaltspunkte. Das geht seit Wochen so und die Pferde sehe ich nie wieder. Neulich musste ich meinen besten Zweijährigen verkaufen, um überhaupt noch über die Runden zu kommen.«

Jakub flüsterte erstickt: »Lasko …«, und rieb sich übers Gesicht.

»Ja, Lasko.« Bruno betrachtete Jakub mit einem unergründlichen Blick. »Und du, Bürschchen …«

Weiter kam er nicht, denn Motorengeräusch unterbrach ihn. Wir wandten uns zu dem Feldweg um, der zum Hof führte. In einer dichten Staubwolke röhrte ein dunkles SUV heran, donnerte durch das Tor und blieb knapp neben unserem Auto stehen. Nur langsam setzte sich der Staub, dann stieg ein Anzugträger mit ge-

gelten Haaren und einer dicken schwarzen Aktenmappe aus. Mit einem aufgesetzten Lächeln lief er auf uns zu.

Er sagte irgendetwas zur Begrüßung, aber ich konnte mich gar nicht richtig auf ihn konzentrieren, denn Jakub schien innerlich zu beben. Die Spannung, die von ihm ausging, raste in brizzelnden Wellen meinen linken Arm hinauf.

»… fantastisch, Sie wohlauf zu sehen. Alive and kicking, wie man so schön sagt, nicht wahr?« Der Mann lachte keckernd, und es schien ihn auch gar nicht zu stören, dass keiner von uns einstimmte. Papa sah ihn höflich an, Jakub ballte immer wieder die Fäuste, und Bruno starrte ihn an, als hätte er gerade einen Wurf Katzenbabys ertränkt. »Wie läuft's denn? Konnten Sie über mein Angebot nachdenken? Sie wissen ja, es gilt nur noch für kurze Zeit. Mein Auftraggeber war wirklich geduldig, aber selbstverständlich muss er mit seinen Planungen voranschreiten. Wann kann er mit Ihrer Einwilligung rechnen?«

Sein Grinsen sah jetzt eher aus wie ein Zähnefletschen. Meine Augen richteten sich auf Papa, aber er stand nur da, ganz ruhig, als wollte er bereit sein, wenn seine Hilfe gebraucht wurde. Aus Jakub wurde ich auch nicht schlau. Er hatte die Augenbrauen gerunzelt und schien seinen Blick nach innen zu richten, so als würde er über etwas nachdenken und versuchen, ein Rätsel zu lösen.

Nur Brunos Ausdruck konnte ich eindeutig lesen. Er war stinkwütend. Er trat zwei Schritte nach vorne, griff nach dem Arm des Maklers – jedenfalls vermutete ich, dass er einer war – und lotste ihn zurück zu seinem Auto.

»So, du Heini, du steigst jetzt mal ein und bestellst deinem Herrchen einen schönen Gruß von mir. Er kann so viele seiner Pappnasen schicken, wie er will, aber auch beim dritten Mal lautet die Antwort: Ich werde ihm das Gestüt nicht verkaufen. Und jetzt mach, dass du wegkommst.«

Damit knallte er dem Mann die Tür vor der Nase zu. So klein Bruno war, wenn er richtig wütend wurde, wirkte er ganz schön einschüchternd. Das fand anscheinend auch der Makler, denn er warf uns zwar noch einen bösen Blick zu, sagte aber nichts mehr, sondern startete den Motor und fuhr mit rotem Kopf davon. Ein paar Sekunden standen wir da und hörten zu, wie das Motorengeräusch in der Ferne verklang. Dann war es still, nur ein Moped knatterte hinter der Scheune vorbei.

Bruno wandte uns noch eine ganze Weile den Rücken zu, und keiner von uns traute sich, ihn anzusprechen. So ruppig er mir vorhin erschienen war, jetzt verstand ich ihn immer besser. Seine Pferde wurden gestohlen, jemand wollte unbedingt den Hof kaufen, und seine Zucht stand auf dem Spiel – kein Wunder, dass er wütend auf Jakub war, dass er ihn wochenlang im Unklaren gelassen hatte.

Jakub … Wo war der eigentlich? Ich drehte mich um, aber wo er eben noch gestanden hatte, war keine Spur von ihm.

»Jakub?« Ich lief ein paar Schritte Richtung Paddock, weil ich dachte, dass er vielleicht den Pferden Hallo sagte, doch dort war er nicht.

Dass Bruno zur Scheune gegangen war, hatte ich gar nicht mitbekommen. Jetzt rief er mir zu: »Lass es, der ist weg. Jetzt hat er mein Moped geklaut.«

Er trat gegen eine Blechgießkanne, die scheppernd über den halben Hof schlitterte, und schimpfte vor sich hin, aber ich verstand kein Wort von dem, was er sagte. Jakub war abgehauen? Dabei war das Gespräch doch ganz gut gelaufen! Ich wusste nicht, ob ich wütend oder enttäuscht sein sollte oder beides. So viele Leute hatten sich zusammengetan, um ihm zu helfen, und dann verschwand er ohne ein Wort?

Bruno schien mitzukriegen, was in mir vorging. »Die Ratten verlassen das sinkende Schiff, was? Wer bist du eigentlich?«

»Frida.« Ich hielt ihm die Hand hin.

»Hallo, Frida.« Brunos Handflächen waren rau und schwielig, und er packte so fest zu wie jemand, der sein ganzes Leben lang hart gearbeitet hatte. »Das ist also dein Pferdemädchen, Robert, ja? Tja, es hilft nichts. Kommt mal rein in die gute Stube, dann besprechen wir, was mit unserer schönen Kalina wird.«

Brunos Küche war klein, aber ziemlich gemütlich. Eins der beiden Fenster ging auf einen Garten voller Obstbäume und Beerensträucher hinaus, hinter dem noch mehr Pferdeweiden zu sehen waren. Neben der Tür stand ein Tisch mit Eckbank, auf die Bruno deutete.

»Setzt euch.«

Papa und ich rutschten auf die Bank, während Bruno uns den Rücken zuwandte und mit dem Wasserkocher hantierte.

»Trinkst du Kaffee, Frida?« Er warf mir einen Blick über die Schulter zu.

Ich schüttelte den Kopf und er lächelte. Es war das erste Lächeln, das ich bei ihm gesehen hatte, und es zerknitterte sein ganzes Gesicht. Aber es sah freundlich aus.

Während der Kaffee durch den Filter lief und mein Tee zog, lehnte Bruno sich an die Arbeitsplatte und unterhielt sich mit Papa über irgendwelche gemeinsame Bekannte. Von den meisten hatte ich noch nie etwas gehört. Schließlich stellte er unsere Tassen, Milch und Zucker auf den Tisch und setzte sich ächzend auf einen Stuhl.

Müde rieb er sich die Augen. »Versteht ihr den Jungen?« Er sah uns fragend an, und als Papa nur lächelte und ich mit den Schultern zuckte, erzählte er: »Er wirft alles weg. Hat sich wirklich gut gemacht in der Zeit, in der er hier war. Klar, vieles hat er schon von zu Hause mitgebracht, die hatten immer Pferde, er ist auf dem Pferderücken groß geworden. So wie du, Frida, was?«

Wieder lächelte er mich an und schob mir die Teetasse hin.

»Danke. Haben Sie ihn denn trainiert?«, fragte ich.

»Sag Du zu mir.« Bruno nickte langsam. »Klar hab ich das. Was der machen konnte überm Sprung! Das war sagenhaft. Und dann rennt er einfach weg.«

Eine Weile starrte er auf die Tischplatte, und er schien so weit weg zu sein, dass Papa und ich lieber schwiegen.

»Es geht alles den Bach runter, Robert, ich sag es dir. Kalinas Fohlen … Ich hab ihm versprochen, dass wir es gemeinsam ausbilden. Aber das geht nicht. Ich kann es nicht behalten. Nicht nachdem sie mir …«

Abrupt stand er auf, öffnete eine kleine Tür neben der Küchenzeile und verschwand dahinter. Wir hörten ihn rascheln, dann schnäuzte er sich. Ein paar Sekunden später kam er mit einer Packung Kekse zurück. Er schüttete den Inhalt auf einen Teller und stellte ihn zwischen uns.

Aus dem Augenwinkel sah ich Papa an, aber er saß nur da und wartete, dass Bruno weiterredete. So als wäre jetzt einfach nur wichtig, dass ihm jemand zuhörte.

»Vielleicht war das auch ein Grund, warum er mit der Stute auf und davon ist. Verstehen kann ich es. Er hängt so an ihr. Erinnert ihn an seinen Vater. Ist vor einem Jahr gestorben, viel zu früh.« Brunos Stimme veränderte sich. Jetzt klang er, als hätte er vergessen, dass wir da waren. Als würde er mit sich selber reden. »Das hab ich nicht gut gemacht mit dem Jungen. Er hat auf mich eingeredet, dass wir die Pferde besser schützen müssen, dass wir der Polizei Druck machen, und ich hab immer nur abgewiegelt. Ich wusste ja, er hat recht, aber statt ihn damit zu beruhigen, hab ich ihn wütend gemacht. Und unsicher. Bis er sich nicht mehr zu helfen wusste.«

Danach saß er da und sagte nichts mehr. Papa trank seinen Kaffee, ich meinen Tee. Wir warteten, bis Bruno wieder aufsah.

»Hast du ihn gefunden?«, fragte er mich.

»Ja. Auf einer Insel.«

Bruno stutzte. »Auf der Oie? Dieser Vogelschutzinsel?«

Überrascht nickte ich.

Von einem Moment auf den anderen fing er an zu lachen. Es war ein lautes, fröhliches Lachen, das seine Niedergeschlagenheit wegfegte. Er stand auf. »Kommt mit. Ich muss euch was zeigen.«

Er führte uns in sein Büro. Es war ein winziges Kämmerchen, in das wir zu dritt kaum reinpassten. Die eine Wand verschwand hinter einem riesigen Regal, das vollgestopft war mit Pokalen, Schleifen und Urkunden. Auf einem Ehrenplatz in der Mitte stand eine kleine Bronzestatue eines Pferdes.

An der Wand rechts von der Tür hing eine riesige Pinnwand mit Medikamentenrezepten, Tierarztrechnungen, Fotos, Zeitungsausschnitten und allem möglichen anderen Krimskrams. Bruno deutete auf einen Artikel in der rechten oberen Ecke.

»Den hat Jakub dahin gehängt. Hat ihn ganz schön beeindruckt.«

Ich musste einen Schritt näher rangehen, bis ich die Überschrift lesen konnte: »Wagemutige Rettungsaktion für die Koniks des Naturschutzgebiets – Wildpferde von Eldenau sind sicher.«

Mir entschlüpfte ein Geräusch zwischen Keuchen und Husten. Papa legte seine Hand auf meine Schulter.

Bruno beobachtete uns, seine Augen glitzerten listig. Ich wandte den Blick wieder ab. »Wenn ich nachgedacht hätte, hätte ich darauf kommen können, dass er auf diese Insel geht. Ist schließlich kein Kunststück, mit *einem* Pferd durch die Wiek zu schwimmen, wenn es andere mit hundert schaffen.«

Ich presste die Lippen aufeinander, um nicht breit zu grinsen. Die Zeitungen, die im November über den Heuskandal im Konikgehege und unsere Rettungsaktion berichtet hatten, hatten alle nur von einer Gruppe Jugendlicher gesprochen und keine Namen genannt. Trotzdem war ich mir sicher, dass Bruno wusste, von wem in dem Artikel die Rede war.

Er zwinkerte mir zu und schob uns aus dem Büro. Beim Hinausgehen fiel mein Blick auf ein körniges Zeitungsfoto von einer Siegerehrung bei einem Turnier.

»Ist das Jakub?« Ich deutete auf den Reiter in der Mitte, der auf einem langbeinigen Braunen saß.

»Ja.« Bruno glättete den Ausschnitt. »Wie gesagt, er hat sich gut gemacht.«

Am Ende einigten sich Papa und Bruno darauf, dass Kalina auf Eldenau blieb, so wie wir es vorgeschlagen hatten, und wir auch Brunos andere Stuten holten. Das machten wir noch am selben Nachmittag, und als wir davonfuhren und ich im Seitenspiegel beobachtete, wie Bruno immer kleiner wurde, tat er mir leid. Er mochte Jakub, so viel war in unserem Gespräch klar geworden. Und jetzt blieb er allein zurück mit seinen letzten Pferden und einer unsicheren Zukunft.

Der Plan war ein anderer gewesen. Ich fragte mich, ob wir es anders hätten angehen sollen, ob ich Jakub hätte glauben sollen, dass es nicht so einfach werden würde mit Bruno – aber dann erinnerte ich mich daran, dass er verschwunden war, bevor Bruno ihm auch nur einen Vorwurf gemacht hatte. Nein, er war abgehauen, weil er keine Lust hatte, den Ärger auszuhalten, den er sich selber eingebrockt hatte.

»Das haben wir nun davon, was, Süße?«, sagte ich zu Kalina, während wir am nächsten Abend an der Wiek spazieren gingen.

Ich strich über ihren Hals und den Bauch, der mittlerweile rund wie ein Fass war, aber sie schien kaum zu bemerken, was ich tat. Anscheinend vermisste sie Jakub sehr.

»Vielleicht kommt er zurück«, flüsterte ich ihr zu, und ihr Ohr zuckte zu mir, als würde sie mich verstehen. »Vielleicht traut er sich, bei Bruno reinen Tisch zu machen, und dann könnt du und dein Kleines nach Hause.«

Aber die Worte fühlten sich schal an in meinem Mund.

Jannis

Die Sache mit Jakub setzte Frida mehr zu, als sie zugeben wollte. Mich irritierte vor allem sein Verschwinden. Da hatten ihm Frida und Robert einen bequemen Weg zurück in sein altes Leben aufgetan, und von dem, was Frida erzählte, war dieser Witt auch bereit gewesen, die Polizei aus dem Spiel zu lassen. Und dann haute er ohne ein Wort ab und ließ sein Pferd bei Wildfremden stehen? So sehr konnte er an der Stute ja wohl nicht hängen. Als ich das vorsichtig ansprach, wollte Frida natürlich nichts davon hören, doch eine Erklärung für sein Verhalten fand sie auch nicht.

Groß Gelegenheit, die Sache zu diskutieren, hatten wir aber nicht, denn in der Woche vor Ostern stand der erste Kracher des Jahres an: Olas Eltern veranstalteten ein privates Turnier, und obwohl es an sich schon eine feine Sache war, nach so kurzer Zeit wieder auf dem Schloss zu sein, hatten wir natürlich alle sechs Bock zu zeigen, was wir konnten. Dari und ich waren noch nie so fit gewesen, sodass ich uns gute Chancen ausrechnete, die eine oder andere Schleife mit nach Hause zu nehmen. Okay, wenn ich ehrlich war, wollte ich zumindest eines der Springen gewinnen.

Ziemlich korrekt fand ich es auch, dass Ola Frida, Max und Linh eingeladen hatte, für die Dauer des mehrtägigen Turniers auf dem Schloss zu wohnen. Max und Linh waren völlig aus dem Häuschen, aber Frida hegte ihre üblichen Turnierbedenken. Dazu musste sie noch nicht einmal etwas sagen.

Trotzdem war sie früh am Montagmorgen bei uns auf dem Hof, um mit Kamil und mir vorauszufahren. Ob sie das mir zuliebe tat oder um sich von der Pleite mit Jakub abzulenken, wusste ich nicht, doch ich verschwendete auch keinen Gedanken darauf. Ich war einfach nur gespannt, wie Dari und ich uns schlagen würden, und froh, Frida dabeizuhaben. Mama, Max und Linh wollten im Lauf des Dienstags nachkommen, um bei den Springen zuzugucken.

Von Frida hatte ich dann aber den Montag über so gut wie gar nichts. Der Tag war vollgepackt mit letzten Besprechungen, kurzen Trainingseinheiten und Vorbereitungen, sodass ich gerade mal beim Mittagessen ein paar Worte mit ihr wechseln konnte, bevor wir alle gleich wieder wie kopflose Hühner durch die Gegend steuerten. Ich hoffte, dass sie auf dem Schlossgelände genug Ablenkung finden würde.

Und tatsächlich sah ich sie im Vorbeilaufen zwei-, dreimal, wie sie sich bei den Pferden herumtrieb. Die Pflegerinnen guckten ziemlich irritiert, dass sie von Box zu Box lief und ihre kostbaren Trakehner kraulte. Am Nachmittag tauchte sie während des Trainings immerhin mal am Rand des Springplatzes auf, aber nach einer Weile zog es sie zu den Koppeln. Eine Pferdeherde war eben doch spannender.

Der Zweite, der nicht richtig bei der Sache war, war Kamil. Er war schon den ganzen Tag schweigsam, so wie ich es von ihm, seit wir regelmäßig gemeinsam unterwegs waren, gar nicht mehr kannte. Erst dachte ich, es würde daran liegen, dass Frida dabei war, aber als er dann beim Satteln das Lammfellpad *und* die Gamaschen vergaß, fragte ich, was los war.

Mit gerunzelter Stirn löste er den Gurt und schob das Pad unter den Sattel, und ich glaubte schon, er würde gar nicht antworten, als er Dari die Hand auf die Schulter legte und mich ansah.

»Kommst du heute allein klar? Ich … ich muss weg. Etwas erledigen. Morgen früh bin ich wieder da.«

»Ähm … klar, aber … ist alles okay?«

Er nickte. »Es ist nichts. Ich muss mich nur um etwas kümmern.«

Einen Moment lang musterte ich ihn, doch er sagte nichts weiter. Jetzt erst fielen mir die dunklen Ringe unter seinen Augen auf. Viel geschlafen hatte er letzte Nacht wohl nicht.

»Du sagst mir, wenn ich was tun kann, oder?« Fahrig nickte er, sah mir aber nicht in die Augen. »Okay, dann … bis morgen, ja? Viel Erfolg.«

Jetzt schaute er mich an. »Danke, Jannis. Bis dann.«

Er strich Dari ein letztes Mal über den Hals, drückte mir die Gamaschen in die Hand und stapfte mit langen Schritten über den Hof davon.

Ich trat näher an Dari heran. »Na, das war seltsam, was, Mädchen?«

Sie drehte ein Ohr zu mir, schien aber weiter nicht groß beeindruckt zu sein.

»Okay, wenn du meinst. Dann lass uns hier mal fertig werden. Wir müssen los.«

Frida

»Frida?«

Aufgeschreckt drehte ich mich um. Ich war so darin versunken gewesen, die Pferde zu beobachten, dass ich Ola gar nicht hatte kommen hören.

Sie lächelte mich an. »Dir ist langweilig, oder?«

Meine Ohren wurden ein bisschen warm. Immerhin war ich hier auf einem Schloss, es gab einen Park und leckeres Essen und eine riesige Pferdeherde. Wie konnte einem da langweilig sein? Aber es stimmte. Anderen beim Training zuzusehen, hatte nur begrenzt Reiz. Vor allem wenn sie sich auf ein Turnier vorbereiteten.

Trotzdem versuchte ich es diplomatisch: »Ich hab einfach nicht genug zu tun. Zu Hause könnte ich mit anpacken, aber eure Angestellten haben alles im Griff.« So gut, dass sie mich schon zweimal aus dem Stall komplimentiert hatten, beim zweiten Mal mit ziemlichem Nachdruck.

»Wenn du willst, du kannst ausreiten.«

»Ehrlich?« Ich stieß mich von der obersten Zaunlatte ab. »Wäre das okay für deine Eltern?«

Sie zuckte mit den Schultern. »Klar. Und selbst wenn nicht, sie merken das nicht.« Sie zeigte auf das Waldstück hinter den Koppeln. »Dort drüben beginnen drei Reitwege mit … Wie nennt man das? Mit Schildern?«

»Ausgeschilderte Wege?«

»Genau. Ausgeschildert. In Gelb, Grün und Lila. Wenn du nimmst den grünen Weg«, mit der rechten Hand deutete sie einen weiten Bogen an, »du kommst da drüben wieder aus dem Wald raus und zwischen Feldern zurück zum Gestüt. Die Runde dauert ungefähr eine Stunde.«

»Das ist echt die beste Idee, die heute jemand hatte.«

Ola lächelte. »Dann komm mit. Wir suchen ein Pferd aus.«

Unsere Wahl fiel auf einen braunen Trakehner-Wallach, mit dem ich mich vorhin schon angefreundet hatte, als ich durch die Ställe gelaufen war. Er war nicht mehr der Jüngste, um seine Nüstern und sein Maul sprossen graue Stichelhaare, aber seine bernsteingelben Augen sahen einen mit einer Unternehmungslust an, die definitiv nicht an seinen Boxenwänden endete. Ich hatte den Eindruck, dass er sich freuen würde, wenn er rauskam.

Ola schmunzelte, als der Wallach mir in die Hand schnaubte. »Das ist Artur. Mit ihm ich bin meine ersten Turniere auf einem großen Pferd geritten. Anna war mit ihm erfolgreich viele Jahre, bis sie nach Warschau gezogen ist.«

»Deine Schwester?« Ich hatte im grünen Salon ein Familienfoto gesehen, auf dem Ola neben einer ungefähr Zwanzigjährigen stand.

»Ja. Sie studiert Recht und ist nicht mehr oft hier.« Ihre Stimme klang plötzlich viel jünger.

»Versteht ihr euch gut?«

Ola nickte. »Früher vor allem. Jetzt … jetzt sie interessiert sich für andere Dinge.«

Ich hatte eine ziemlich gute Ahnung, wovon sie redete. Langsam schob ich Arturs Boxentür auf und vergrub meine Hände in seiner Mähne. »Meine Schwester ist gerade mit ihrem Freund zusammengezogen. Sie war vorher schon zum Studieren weg, aber da kam sie jedes Wochenende nach Hause, und wir haben gemeinsam gegessen und so. Und mein Bruder verbringt viel Zeit bei seiner Freundin und mit so einer Tierschutzgruppe. Meistens bin ich allein mit meinen Eltern.«

Olas rechtes Auge zuckte. »Aber deine Eltern sind nett.«

Ich musste einen halben Schritt zurücktreten, so stark war die Welle der Traurigkeit, die von Ola ausging. Artur brummelte und drängte sich an Ola. Sie räusperte sich und legte ihre Hand auf seinen Hals. Meinen Blick mied sie.

»Weißt du«, begann ich, und nach ein paar Worten klang meine Stimme auch nicht mehr knödelig, »es ist ziemlich schön bei uns im Sommer. Man kann an den Strand und ausreiten und mit den Pferden schwimmen gehen. Vielleicht willst du ja nicht mit deinen Eltern in Urlaub fahren, sondern nach Eldenau kommen.«

Olas Mund verzog sich zu einem kleinen Lächeln. »Ja. Das wäre schön.« Wir sahen uns über Arturs Hals hinweg an und sie wurde ein bisschen rot. »Na los. Die anderen fragen sich sicher schon, wo bleibe ich. Ich zeige dir, wo sind Arturs Sachen.«

Die Gegend rund ums Schloss war wie aus einem Märchen. Immer wieder schimmerten zwischen den frischgrünen Buchen und Eichen kleine Tümpel, über die Entenfamilien zogen. Manchmal machte es »Blubb«, wenn ein Fisch nach einem der Wasserläufer schnappte, die über die Oberfläche staksten. Frösche quakten und über uns in den Baumkronen zwitscherten die Vögel.

Arturs Ohren drehten sich fröhlich hin und her, so als würde er sich auch freuen, hier unterwegs zu sein, trotzdem hatte ich immer seine Aufmerksamkeit. Nach einer Weile wurde sein Schritt geschmeidiger, also trabte ich an einer übersichtlichen Stelle an. Obwohl Artur so riesig war, war sein Trab ziemlich bequem. Ihm schien es auch Spaß zu machen, denn er schnaubte zufrieden und ließ den Kopf fallen. Ich atmete tief aus. Warum die anderen nicht hier bei mir waren, sondern sich durch den Staub auf dem Reitplatz quälten, würde mir immer ein Rätsel bleiben.

An einer Weggabelung mussten wir anhalten, weil ich die Markierung nicht gleich fand. Mein Orientierungssinn sagte mir, dass wir den rechten Pfad nehmen sollten, aber schon als Artur eher zögernd voranging, hätte ich mir denken können, dass das nicht stimmte. Trotzdem folgten wir dem Weg ein Stück, erst weiter durch den Wald, dann hinaus auf einen Wirtschaftsweg, bis ich wirklich überzeugt war, dass hier kein grünes Schild mehr kam.

Am Feldrand parkte ein dunkelgrauer Pferdetransporter. Seltsam. Zum Schloss gehörte der bestimmt nicht, dafür sah er zu abgewirtschaftet aus. Von dem Sticker, der mal an der Seitenwand geklebt hatte, war nur noch der Umriss zu erkennen. Ich stellte mich in die Steigbügel und schaute mich um, aber der Wald links von uns war zu dicht, um mehr als die ersten beiden Baumreihen zu unterscheiden, und das Feld auf der rechten Seite zog sich einen sanften Hügel hinauf. Dahinter sah ich nur noch Himmel.

»Hallo?«, rief ich in die Stille, bis mir aufging, dass der Transporter wahrscheinlich einem Turnierteilnehmer gehörte, der am Schloss keinen Parkplatz mehr gefunden hatte. Artur und ich hatten uns vorhin durch die kreuz und quer abgestellten Anhänger und Transporter hindurchschlängeln müssen.

Artur wurde ungeduldig, und als niemand antwortete, wendete ich ihn und ritt bis zur Weggabelung zurück.

Nach ein paar Metern prangte eine grüne Markierung an einem Birkenstamm. Ich lachte und strich Artur über den Hals. »War klar, dass du recht hast, Junge.«

Als hätte er mich verstanden, schnaubte er und bot einen flotten Trab an, zu dem ich natürlich nicht Nein sagte.

Falls ich gedacht hatte, dass Jannis in seinen Trainingslagern eine wilde Party nach der anderen feierte, enttäuschte zumindest dieser Abend meine Erwartungen gewaltig. Das Team war total erledigt und verzog sich nach dem Abendessen bald einer nach dem anderen auf die Zimmer. Jannis wollte noch einmal nach Dari sehen, und ich half ihm mit den letzten Vorbereitungen für den nächsten Tag, doch dann wurde auch er immer stiller. Kurz nach halb zehn lag ich daher in dem dunklen Eichenbett in meinem Zimmer und machte nach ein paar Seiten in meinem Buch das Licht aus.

Der nächste Morgen war genauso strahlend sonnig wie die Tage zuvor. Es war ziemlich kühl, sodass ich mir meinen wärmsten Hoodie anzog und zu den anderen in den Wintergarten ging.

Die meisten waren schon beim Frühstück. Ich winkte in die Runde, aber dank der allgemeinen Nervosität erntete ich hauptsächlich stummes Nicken. Nur Jannis und Ola lächelten mir zu. Während ich mir Käse und Butter auf den Teller legte, schmunzelte ich in mich hinein.

Dem Stapel an Tellern und Schüsselchen an seinem Platz nach zu urteilen, hatte Jannis schon ordentlich Vorsprung vor mir. Als ich mich neben ihn setzte, ließ er seine Gabel fallen und stöhnte.

Er schob mir den größeren Teil seines Omeletts hin. »Kannst du das aufessen? Sonst müsst ihr mich mit der Seilwinde auf Daris Rücken verfrachten.«

Ich grinste. »Schön zu sehen, dass es dir nicht den Appetit verschlagen hat.«

Er hob eine Augenbraue. »Also bitte. Es ist nicht mein erstes Turnier.«

»Mhm.«

Weiteren Protest sparte er sich. Stattdessen saß er schweigend neben mir, während ich aß, und starrte ins Nichts. Anscheinend musste er erst verdauen. Dann wurde er langsam unruhig und schaute sich um, wann die anderen fertig waren, damit er endlich zu Dari konnte.

Ich legte das Besteck auf meinen Teller und lehnte mich ein Stück zu ihm hinüber. »Hey.«

»Hm?« Er brauchte einen Moment, um sich auf mich zu konzentrieren, aber dann lächelte er. Er drehte sich zu mir.

»Ganz ruhig. Ihr rockt das.« Ich strich über seinen Arm.

Sein Blick glitt über mein Gesicht und er atmete tief aus. Dann griff er nach meiner Hand. »Ich bin trotzdem froh, dass du da bist.«

Von einem Moment auf den anderen waren wir völlig allein im Wintergarten. Das Klirren des Bestecks wurde zu Hintergrundmusik, die Gespräche der anderen zu einem Rauschen. Unsere Finger glitten ineinander, und ich merkte, wie ich die andere Hand hob und über seine Wange strich. Ich lehnte mich das letzte Stück zu ihm und bekam noch mit, dass er seine Augen schloss …

… da räusperte sich jemand. Jannis seufzte, ich knirschte mit den Zähnen und drehte mich zu dem Störenfried um.

Fabian winkte mir frech zu. War ja klar.

Jannis zog mich auf die Füße und sagte in die grinsende Runde: »Wir gehen schon mal vor.«

Zehn Minuten später standen wir neben der Laube am See und lauschten in den Morgen. Ich hatte meine Arme um Jannis' Hals gelegt. Meine Lippen prickelten, aber jetzt reichte es völlig, einfach nur hier zu sein.

Jannis' Hände lagen warm auf meinem Rücken. »Oh Mann.« Er seufzte. »Wir haben gar keine Zeit mehr für uns.«

Du hast keine Zeit mehr für *mich*, ging es mir durch den Kopf, aber ich sagte es nicht. Nicht jetzt und vielleicht nie. Er hatte auch so schon ein schlechtes Gewissen, nicht nur meinetwegen, sondern auch wegen Max und Eva. Wie er mich jetzt hielt, zeigte mir ja, dass ich ihm nicht egal war.

Er hob den Kopf, um mich ansehen zu können. »Lass uns im Sommer was Schönes machen. Nur wir beide. Während der Ferien hab ich kein Training und wir könnten … weiß nicht … ein paar Tage mit den Pferden unterwegs sein. Oder irgendwo zelten. Egal … Nur wir.«

Sein Blick war so offen, dass sich mein Magen zusammenzog. Was meine Eltern von diesem Plan halten würden, wusste ich nicht, aber ich fand ihn wunderbar.

Ich küsste ihn sanft. »Lass uns das machen.«

Er küsste mich zurück, ein bisschen fester und ein bisschen länger, aber wir konnten hier nicht noch mal zehn Minuten rumstehen. Es kostete mich echt viel Überwindung, ihn daran zu erinnern, dass er in einer halben Stunde auf dem Reitplatz sein musste.

»Ich weiß«, flüsterte er. »Verdammt.« Er ließ mich los und trat einen Schritt zurück. »Ich hole schnell Dari von der Koppel. Sehen wir uns gleich noch am Putzplatz oder ziehst du wieder mit deinem neuen Freund durch die Gegend?«

»Artur?« Ich lachte. »Nein, der hat heute frei. Ich dachte, mein alter Freund braucht moralische Unterstützung.«

Jannis grinste. »Aber so was von.«

Ich hielt ihm die Hand hin, und gemeinsam liefen wir über die Rasenfläche bis zum Rosengarten, wo er nach links abbog und ich nach rechts zu den Ställen ging.

Kamil und ich werkelten einmütig an Daris Zaumzeug und Sattel herum – völlig unnötig, das Leder war makellos –, während um uns herum die Aufregung stieg. Pferde schnaubten nervös, Ola war kreidebleich, Tomek stolperte zum zweiten Mal über seinen Putzkasten und Rieke hatte sich Proviant mitgebracht und stopfte sich eine Waffel nach der anderen in den Mund. Dazu kamen die vielen Turnierteilnehmer. Leute fragten nach dem Weg, hier und da wuselte ein Terrier oder ein Mops herum. Die Hunde behielt ich im Auge – da wurde es Zeit, dass Herr Zajac, der Stallmeister, ein Machtwort sprach. Es konnte ja wohl nicht sein, dass die frei herumliefen.

»Jannis braucht lange«, murmelte Kamil, aber da stürmte er schon auf uns zu. Dari brachte er nicht mit, dafür eine Wolke aus Sorge und Ratlosigkeit.

»Hast du Dari von der Koppel geholt?«, fragte er scharf, aber Kamil antwortete gar nicht, sondern sprang auf und rannte an Jannis vorbei. Ich fing seinen panischen Blick auf, dann liefen wir Kamil hinterher. Neugierige Blicke folgten uns.

An den Koppeln hatten wir Kamil eingeholt.

»War sie hier?« Er deutete auf einen kleineren Auslauf, auf dem noch zwei andere Stuten standen.

Jannis nickte. »Ja. Aber vor dem Frühstück waren sie zu viert.«

»Welche fehlt noch?«

»Ein Schimmel, glaube ich.« Jannis fuhr sich durch die Haare. Ich stellte mich nah neben ihn.

»Du gehst und fragst Zajac, ob sie die Pferde umgestellt haben. Frida und ich suchen die anderen Koppeln ab.« Kamil wartete nicht einmal darauf, dass wir ihm zustimmten, sondern stapfte schon los, sprang über den nächsten Zaun und nahm die Gruppe Pferde in Augenschein, die ein paar Hundert Meter weiter unter einer riesigen Linde graste.

»Frida …« Jannis' Gesicht verzog sich und er biss sich auf die Lippe.

Wieder umarmte ich ihn, aber wie anders fühlte sich das jetzt an als noch vor einer halben Stunde!

»Wir finden sie«, flüsterte ich, auch wenn ich genauso viel Angst hatte wie er. »Wir werden sie finden.«

Er drückte mich und atmete zittrig ein, dann schob er mich weg und nickte. »Bis gleich.«

»Bis gleich.«

Nach zwanzig Minuten hatte ich mir jedes Pferd angesehen, das auf einer Koppel des Schlosses stand, und jedes Pferd auf den provisorischen Paddocks am Turniergelände. Ich schwitzte, und wenn ich nicht anfangen wollte zu heulen, durfte ich nicht daran denken, wie es Jannis gerade ging. Oder Dari.

Das Team hatte mittlerweile mitbekommen, dass sie und ein zweites Pferd fehlten – es war eine Zuchtstute, die Olas Vater erst vor Kurzem gekauft hatte. Ola schien ihretwegen nicht allzu erschüttert, aber sie rannte mit großen Augen durch die Gegend, als könnte sie nicht fassen, was hier, in ihrem Zuhause, passierte.

Herr Strohwein holte uns alle in einer Ecke des Hofes zusammen. Jannis war aschgrau im Gesicht, Kamil sah nicht viel besser aus. Die anderen schwankten zwischen Mitleid, Verwirrung und Angst. Ich hielt Jannis' Hand.

»Wie sollen wir denn sicher sein, dass nicht noch mehr Pferde wegkommen?«, fragte Fabian, bevor Herr Strohwein etwas sagen konnte.

Ganz kurz huschte so etwas wie Abneigung über Herrn Strohweins Gesicht. »Wir wissen noch gar nicht, was passiert ist. Überlegt doch mal. Die Lage ist eine ganz andere als bei Marta. Da haben sie den Stall aufgebrochen, die Sache war klar. Aber hier ist ein Diebstahl nur eine Möglichkeit. Vielleicht ist Dari auch nur vor etwas erschrocken und ausgerissen. Es laufen eine Menge Hunde frei herum, man weiß ja nicht, wie Pferde darauf reagieren, wenn einer von denen über die Wiese rennt.«

Jannis wirkte skeptisch, sagte aber nichts. Die bessere Variante wäre es in jedem Fall gewesen, denn ansonsten wäre Dari mittlerweile wer weiß wie viele Kilometer entfernt in einem Pferdetransporter auf dem Weg zu einem unbekannten Schicksal.

Die anderen tuschelten, trauten sich aber nicht, Jannis danach zu fragen, für wie wahrscheinlich er es hielt, dass Dari so etwas machte.

»Jetzt hört mal zu. Kaja und ich haben uns mit Olas Eltern besprochen und beschlossen, dass das Turnier möglichst störungsfrei ablaufen sollte. Wer von euch teilnehmen will, kann das natürlich tun.«

Das Tuscheln setzte wieder ein, doch nach einem Moment schüttelte Marta den Kopf.

»Auf keinen Fall. Was interessiert mich das Turnier, wenn wir nicht wissen, was mit Dari ist?«

Jannis warf ihr einen dankbaren Blick zu. Ola und Tomek nickten zustimmend.

Rieke sagte: »Ich reite nur, wenn wir hier rumsitzen müssen. Das kann ich nicht, da drehe ich durch. Aber können wir nicht irgendwie helfen? Sie suchen gehen?«

Herr Strohwein nickte. »Das wollte ich vorschlagen. Fabian, was ist mit dir?«

Alle Augen richteten sich auf ihn, und wenn es nicht um ein so ernstes Thema gegangen wäre, hätte er mir vielleicht leidgetan. Ich konnte richtig sehen, wie er sich wand. Musste man da wirklich überlegen, ob man an einem Turnier teilnehmen sollte, wenn das Pferd eines Teamkollegen verschwunden war?

»Ich bin dabei, wenn ich helfen kann«, rang er sich schließlich ab.

»Gut. Dann machen wir es so …«

»Ähm, Peter«, fiel Rieke ihm ins Wort. Sie deutete auf Eva, Linh und Max, die neben dem Carlshof-Hänger standen und darauf warteten, dass wir mit der Teambesprechung, wie sie denken mussten, fertig wurden. So früh hatten wir sie noch nicht erwartet.

»Mama.« Jannis stand auf und lief auf die drei zu. Langsam folgte ich ihm.

In ein paar Worten erklärte er, was passiert war, dabei wurden die Mienen der anderen immer düsterer.

»… aber ich glaube, sie ist gestohlen worden.«

»Ach, Schatz.« Eva zog Jannis an sich und drückte ihn.

Ich sah Linh und Max an, sie wirkten beide völlig vor den Kopf gestoßen. Max streckte die Hand aus und drückte Jannis' Schulter. Jannis holte tief Luft, dann wand er sich aus Evas Umarmung und rieb sich über die Augen. Eva nahm seinen Ellbogen und führte ihn zu den anderen hinüber. Linh legte den Arm um mich und zu dritt folgten wir ihnen.

Schon an der Art, wie Eva Herrn Strohwein begrüßte, war klar, dass jetzt die Erwachsenen übernahmen. Mit ein paar Sätzen beschlossen sie, dass sie die Polizei rufen würden und diejenigen von uns, die helfen wollten, einen Suchkreis um das Schlossgelände bilden sollten.

»Kamil, kannst du bleiben und übersetzen?«, bat Eva.

Er nickte.

Von den Tribünen auf der anderen Seite des Schlosses her war eine Stimme über Lautsprecher zu hören, Olas Vater eröffnete anscheinend das Turnier. Das Klatschen des Publikums wirkte so fehl am Platz, dass Marta die Stirn runzelte und Ola kurz die Augen schloss.

Herr Strohwein sagte über den Tumult hinweg: »Bevor ihr losgeht, holt ihr euch aus der Küche etwas zu trinken und Proviant. Jeder hat ein Handy dabei, ein Halfter und einen Strick, und ihr seid immer mindestens zu zweit unterwegs, klar? Seid spätestens um zwei zurück.«

»Aber das ist doch viel zu kurz«, beschwerte sich Jannis.

»Wenn es nötig ist, ziehen wir danach noch mal los«, beruhigte ihn Herr Strohwein. »Aber ich hoffe, dass wir sie bis dahin gefunden haben.«

Jannis nickte. Seine Miene war so kläglich, dass ich mich näher neben ihn stellte und meine Finger mit seinen verschränkte. Er drückte meine Hand.

Eva strich ihm über den Kopf, etwas, was ich noch nie gesehen hatte.

»Wir tun alles, was wir können«, flüsterte sie ihm zu. »Wir kriegen sie zurück.«

»Denkst du, sie ist gestohlen worden?« Linh hatte einen Schluck aus ihrer Wasserflasche getrunken und sah mich fragend an.

Ich zuckte mit den Schultern und zog mein Zopfgummi fester.

Hinter uns lag ein schweißtreibender Vormittag. Linh hatte Kratzer von einer Brombeerranke auf der einen Wange und einen Dreckstriemen auf der Stirn, ich hatte mir ein Loch in meine Jeans gerissen und meine Sneakers waren jetzt matschbraun statt grau. Außer ein paar Nachrichten, dass sie noch keine Spur von Dari gefunden hatten, hatte ich seit heute Morgen nichts von Jannis gehört. Ich wäre lieber bei ihm geblieben, aber die anderen hatten recht gehabt – es war besser, dass immer mindestens einer in der Gruppe war, der die Gegend ein bisschen kannte.

»Hoffentlich nicht«, antwortete ich auf Linhs Frage, aber ich wusste auch, dass es immer wahrscheinlicher wurde, je länger wir keine Spur von ihr und der anderen Stute fanden.

»Aber es sind doch in der letzten Zeit eine Menge Pferde gestohlen worden«, legte Linh wie immer den Finger in die Wunde. »Auf dem Hof von … wie hieß er? Na, da, wo Jakub gearbeitet hat. Und dann neulich Martas Pferd. Passt es da nicht dazu, dass Dari einfach so von der Koppel verschwindet?«

»Boah, Linh, ja! Natürlich passt es dazu!« Getroffen sah sie mich an und im selben Moment bereute ich meinen Ausbruch. »Tut mir leid. Aber genau deswegen will ja keiner dran denken! Keines von diesen Pferden ist wieder aufgetaucht.«

Linh presste die Lippen aufeinander. »Das darf einfach nicht sein. Nach allem, was Jannis und Dari durchgemacht haben.«

Ich rieb mir mit dem Handrücken über die Stirn. »Ich weiß.«

Danach waren wir still, bis wir beschlossen umzukehren. Gefunden hatten wir nichts.

Auf halbem Weg nach Hause trafen wir Jannis und Marta. Jannis hielt mir die Hand hin. Er wirkte nicht mehr so niedergeschlagen wie am Morgen, sondern entschlossen. Seine Miene war grimmig.

Schweigend gingen wir zurück zum Treffpunkt. Wir waren die Letzten, die zurückkamen, und die Gesichter der anderen sagten uns schon von Weitem, dass auch sie nicht erfolgreicher gewesen waren. Eva und Max standen auf und kamen uns entgegen.

»Was ist?«, fragte Jannis. Ihm war auch aufgefallen, wie wütend Eva wirkte.

»Sie haben Kamil mitgenommen.« Eva klang, als müsste sie eine ganze Latte an Schimpfwörtern hinunterschlucken.

»Wer? Wohin? Wieso?« Jannis war genauso verwirrt wie ich.

»Die Polizei.« Eva fuhr sich mit der Hand durch die Haare. »Anscheinend war er über Nacht weg und erst nach dem Frühstück wieder da. Das fanden sie verdächtig.«

»Ja, aber Dari ist doch erst während des Frühstücks verschwunden! Wo hätte er sie denn in den paar Minuten hinbringen sollen?«

»Keine Ahnung, ich hab nicht alles verstanden. Sie meinten irgendwas von Komplizen oder so.«

»Das ist der größte Bullshit, den ich je gehört habe!« Jannis war laut geworden. »Was machen wir denn jetzt? Wir müssen ihn rausholen!«

Eva schüttelte den Kopf. »Erst mal haben sie ihn nur zur Befragung mitgenommen, da können wir nichts machen. Wir müssen abwarten.«

»Und in der Zwischenzeit fahren diese Arschlöcher munter mit Dari durch die Gegend und bringen sie sonst wohin? Prima Polizeiarbeit. Vielen Dank auch.«

»Ich weiß. Jannis, ich weiß.« Evas Blick war voller Mitgefühl. »Sie sagen, es ist der einzige Anhaltspunkt, den sie haben. Solange die Möglichkeit besteht, dass sie einfach nur weggerannt ist, können sie nicht mehr machen.«

»Okay.« Jannis' Blick ging wild hin und her. »Okay. Dann suche ich jetzt weiter und beweise ihnen, dass das nichts bringt. Sie sollen endlich ihre Ärsche in Bewegung setzen.«

Er drehte sich um und stapfte los, und es blieb uns nichts anderes übrig, als ihm zu folgen.

Jannis

»Hey.«

Ich sah auf. Ich wusste nicht, wie lange ich hier gesessen hatte, im Pavillon, die Hände in den Haaren vergraben, und auf den Steinboden gestarrt hatte. Es war gut gewesen, allein zu sein, aber jetzt fühlte es sich richtig an, dass Frida da war. Ich streckte die Hand aus und sie kam zu mir.

»Ach Mann.« Sie seufzte, als sie die Flasche, die sie mitgebracht hatte, auf der Bank abstellte und ihre Arme um meinen Hals legte. Sie hielt mich fest und flüsterte: »Es tut mir so leid.«

Ich nickte nur, und dann saßen wir so da, bestimmt zehn Minuten, bis ich nicht mehr das Gefühl hatte, jeden Moment in Tränen ausbrechen zu müssen. Der Gegensatz war so heftig – zwischen dem, was da war, Frida mit ihrem Geruch nach Honig, und dem, was fehlte. Ich drückte sie so fest an mich, dass ich Angst hatte, ich würde ihr die Luft aus den Lungen quetschen. Aber sie beschwerte sich nicht, sondern strich mir über die Haare und den Rücken.

»Ich muss die ganze Zeit daran denken, wie es ihr geht«, murmelte ich irgendwann in ihren Pferdeschwanz.

»Mhm«, machte sie.

»Sie wartet bestimmt darauf, dass ich sie nach Hause hole«, redete ich weiter, als ich ein bisschen Mut gefasst hatte. »Und jetzt lasse ich sie wieder im Stich.«

Frida erstarrte, dann lehnte sie sich ein Stück von mir weg. »Wie kannst du so was denken? Du lässt sie nicht im Stich. Du tust alles, um sie zu finden. Du bist den ganzen Tag im Wald rumgerannt!«

»Und was hat es gebracht? Wir haben nichts gefunden, gar nichts!« Ich drehte den Kopf weg. »Nach der Sache mit Marcel … als sie mich erst nicht in ihrer Nähe haben wollte und es dann langsam besser wurde, da … da hab ich ihr versprochen, dass sie nie wieder Angst haben muss. Dass ihr nie wieder jemand etwas tut.«

Meine Stimme kippte und ich presste die Lippen aufeinander.

»Das konntest du ihr nicht versprechen«, flüsterte Frida. Sie streckte die Hand aus und drehte mein Gesicht zu ihr. »Das kannst du niemandem versprechen. Aber deswegen vertraut Dari dir nicht.« Sie sah mir fest in die Augen. »Sie vertraut dir, weil du nie aufgegeben hast.«

Mit den Daumen strich ich über ihre Wangen und schaute sie einfach nur an. Im Sternenlicht war ihre Haut milchweiß.

Nach einem langen Augenblick lehnte sie ihre Stirn gegen meine. »Wir geben nicht auf.«

Diese vier Worte gaben mir mehr Hoffnung als alles, was wir und die Polizei zuvor unternommen hatten.

Vom Garten wehten Stimmen herüber. Sie waren ein bisschen lauter als nötig, und als ich den Kopf drehte und aus dem Pavillon sah, kamen Max und Linh über den Rasen auf uns zu.

»So viel Feingefühl«, murmelte ich, und Frida kicherte.

Sie legte eine Hand unter mein Kinn und drückte mir einen kurzen Kuss auf den Mund. Keine zwei Sekunden später standen Max und Linh in der Türöffnung und traten ein.

»Klopf, klopf«, sagte Max. Er grinste, aber seine Augen waren ungewöhnlich ernst.

Frida rückte näher zu mir, sodass auf der Bank, die rings um den Pavillon lief, Platz für uns alle war. Linh hatte ein Päckchen dabei, und als sie die Serviette zurückschlug, kamen vier Küchlein zum Vorschein.

»Die sind mit Pudding gefüllt«, erklärte sie. »Den Namen hab ich leider vergessen.«

Eine Weile kauten wir schweigend und sahen dem Vollmond zu, wie er langsam über dem See höher stieg und eine silberne Spur über das Wasser zog. Obwohl den ganzen Tag die Sonne geschienen hatte, war es frisch gewesen, und jetzt wurde es richtig kalt. Weiße Wölkchen bildeten sich vor unseren Nasen und Frida fröstelte. Ich drehte mich so, dass sie sich an meine Brust lehnen konnte, und legte die Arme um sie.

»Unser Problem ist«, brach Linh irgendwann das Schweigen, »dass wir nicht den geringsten Anhaltspunkt haben.«

»So würde ich das nicht sagen«, meinte Max nach einem Moment.

»Was soll das heißen?«, fragte ich.

»Na, ich kann schon verstehen, dass die Polizei Kamil mitgenommen hat.«

»Was?« Ich setzte mich so abrupt auf, dass Frida fast von der Bank rutschte. Vorsichtig lehnte ich mich wieder an die Bretterwand. »Geht das jetzt wieder los? Nur weil er die Nacht über unterwegs war? Vielleicht hat er eine Freundin in der Gegend oder was weiß ich.«

Die Erinnerung an sein fahriges Verhalten gestern ploppte in meinem Hirn auf, aber ich schob den Gedanken weg.

»Und neulich? Am Tag bevor Martas Pferd gestohlen wurde? Was war da? Dieser Streit mit André war total seltsam! Ist doch ein komischer Zufall, dass Kamil jetzt zweimal vor Ort war, als Pferde verschwunden sind.«

»Ja, genauso wie es Zufall war, dass du da warst und ich und André und alle anderen aus dem Team! Das heißt doch gar nichts!« Ich hatte Frida losgelassen und beugte mich vor.

»Aber du, ich und das Team waren nicht vorher schon heimlich nachts unterwegs!« Max war ziemlich laut geworden.

»Was?«, fragte Linh in die plötzliche Stille hinein.

Max gab sich Mühe, ruhiger weiterzusprechen. »Das ist jetzt schon ein bisschen her. Ein paar Wochen vielleicht. Da war ich abends noch mal draußen, weil ich mit meiner Mutter skypen und sie vor der Arbeit erwischen wollte. Es war fast Mitternacht, deswegen wollte ich euch nicht stören. Ich stand hinter diesem Bagger, den sie immer an dem Weg zu den Bungalows abstellen, und da kam Kamil zurück auf den Hof und hatte einen riesigen Rucksack dabei. Er hat mich nicht bemerkt. Den Rucksack hat er nicht mit in die Wohnung genommen, sondern draußen unter seinem Fenster abgestellt. Und dann hat er ihn reingeholt, als er in seinem Zimmer war. Er wollte also auf keinen Fall, dass Tadeusz den Rucksack sieht.«

»Vielleicht wollte er einfach keinen Lärm machen«, hielt ich dagegen. »Du weißt ganz genau, wie eng es in den Bungalows ist.«

Max machte schon den Mund auf, um irgendeinen neuen Quatsch zu verzapfen, als Frida einwarf: »Dann hab ich ihn auch gesehen. Mit dem Rucksack.«

Wir drehten uns zu ihr.

»Ich hab mir überhaupt nichts dabei gedacht und ihn damals auch nicht erkannt, aber wenn du das so erzählst, Max, war es schon seltsam, dass er damit in den Büschen verschwunden ist.«

»Und wennschon.« Ich schaute zwischen Max und Frida hin und her. »In einem Rucksack kannst du kein Pferd verstecken.«

Danach sagten wir nichts mehr, und darüber war ich froh, denn sonst hätten wir niemals gehört, dass über den Rasen Schritte auf den Pavillon zukamen. Erst als er in der Türöffnung stand, erkannten wir, wer es war.

»Kamil!« Ich sprang auf und umarmte ihn. »Seit wann bist du wieder da?«

Wir setzten uns auf die Bank, er rechts, ich links von Frida.

»Schon eine Weile«, antwortete er. Er wirkte ziemlich fertig.

»Also haben sie zugegeben, dass es Schwachsinn war, dich zu verdächtigen?« Ich warf Max einen Blick zu. Er zuckte mit den Schultern.

Kamil nickte. »Ich hab ihnen gesagt, dass ich bei meiner Mutter war, und sie hat es bestätigt. Eigentlich war es das schon. Habt ihr irgendeine Spur von Dari gefunden?«, fragte er nach einer kleinen Pause.

Das änderte die Stimmung in der Laube. Ich schüttelte den Kopf und er griff an Frida vorbei und drückte meine Schulter.

»Tut mir leid.«

Eine Weile saßen wir da und starrten in die Nacht. Die verrücktesten Gedanken schossen mir durch den Kopf, Kamils Rucksack, das Pferd auf der Oie, Jakub, der einfach verschwunden war, aber nichts davon ergab Sinn. Und schon gar nicht brachte es mich auf eine Idee, wo wir Dari noch suchen sollten.

Es wurde immer kälter. Linh kuschelte sich an Max und Kamil wippte mit seinem Knie auf und ab. Als ich gerade vorschlagen wollte, ins Haus zurückzugehen, stand er auf und verabschiedete sich.

»Gute Nacht. Schlaft gut, trotz allem.« Er sah mich an. »Morgen suchen wir weiter.«

»Gute Nacht«, sagten wir im Chor und schauten ihm hinterher, wie er über den Rasen davonging. Bevor ich Max noch einmal auf Kamil ansprechen konnte, sprang Linh auf und hauchte sich in die Hände.

»Leute, ich muss rein. Mir fallen sonst die Finger ab.«

Ich ließ es gut sein. Hand in Hand liefen Frida und ich hinter Linh und Max zum Schloss, auf die hell erleuchteten Verandatüren zu. Der Gedanke, jetzt ins Bett zu gehen, war furchtbar. Denn morgen würde ich aufwachen und es wäre alles so wie heute – Dari wäre verschwunden. Nur Fridas Versprechen schenkte mir ein kleines bisschen Zuversicht: Wir gaben nicht auf.

Wie erwartet brachte der Morgen keine Neuigkeiten, doch an Mamas Gesicht, als sie das Telefonat mit der Polizei beendete, konnte ich ablesen, dass deren Anstrengungen auch nicht besonders intensiv gewesen waren. Sie mied meinen Blick, aber ich war nicht bereit, mich in die Ecke zu setzen und Däumchen zu drehen. Worauf sollte ich denn warten? Auf eine Lösegeldforderung? Nach dem Frühstück stand ich auf und machte mich wieder auf den Weg in den Wald. Frida, Max und Linh kamen mit.

Der Himmel war wolkenlos, überall spitzte frisches Grün aus dem Boden, und die Vögel zwitscherten, aber ein bedeckter Tag wäre mir lieber gewesen. Die Sonne malte Schatten auf den Waldboden, sodass es anstrengend war, die Augen auf das flirrende Licht einzustellen. Drei- oder viermal ging ich ein paar Schritte zurück, weil ich mir einbildete, etwas übersehen zu haben.

Gegen Mittag blieb Linh stehen und lehnte sich gegen einen Baum.

»Das bringt nichts. Lasst uns Pause machen und überlegen.« Sie sah mich an. »Jannis, ich weiß, du willst der Polizei etwas beweisen, aber das ist Zeitverschwendung. Wir haben keine Spur von Dari gefunden. Sie ist nicht vom Gestüt weggelaufen. Und das heißt, sie ist gestohlen worden.«

Ich presste die Lippen aufeinander. Was hätte ich auch antworten sollen? Ich wusste ja längst, dass sie recht hatte.

»Das bedeutet«, fuhr sie fort, »dass wir an den falschen Orten suchen. Durchs Unterholz wird sie nicht weggebracht worden sein. Wir müssen überlegen, womit man zwei Pferde transportieren kann, und dann fragen, ob jemand an einer Straße …«

»Oh mein Gott.« Frida schlug die Hände vor den Mund. Wir schauten sie an, doch sie sah uns gar nicht, sondern starrte ins Nichts, so als würde sie eine Erinnerung erneut durchleben. »Oh Gott!«

Kreidebleich ging sie in die Hocke und musste sich auf dem Boden abstützen.

»Frida!« Linh und ich stürzten auf sie zu, aber sie hielt die Hand hoch und stand wieder auf.

Mit aufgerissenen Augen begann sie: »Ich hab es vergessen! Als ich vorgestern ausreiten war, hab ich einen Pferdetransporter gesehen, den jemand mitten in der Pampa abgestellt hatte. So einen kleinen für zwei Pferde. Er war dunkelgrau mit den Umrissen eines Pferds im Sprung auf der linken Seite. Er stand an einem Feldweg ganz in der Nähe des Schlosses.«

Unschlüssig drehte sie sich hin und her, so als wüsste sie nicht, was sie jetzt tun sollte.

»Es tut mir so leid, Jannis«, sagte sie nach einem Moment. »Ich hab einfach nicht mehr daran gedacht.«

Ich wollte sie an mich ziehen, aber sie streckte eine Hand aus, um mich auf Abstand zu halten.

»Wir müssen nachsehen, ob der Hänger noch da ist.« Sie schaute uns an. »Okay?«

»Wo geht's lang?«, fragte Max.

Frida lächelte schwach und stürmte schon los.

Wie die Irren rasten wir durch den Wald. Frida redete immer wieder was von einem »grünen Weg«, aber wir waren so mit Atmen beschäftigt, dass wir nicht nachfragten. Endlich begriff ich, was sie meinte. Wir brachen durch das Unterholz auf einen schmalen Pfad, und sie deutete auf eine grüne Markierung, die jemand am Stamm einer Birke angebracht hatte.

»Das ist ein Rundweg, der am Schloss beginnt«, keuchte Frida, dann guckte sie in den Himmel und sah sich um. Schließlich deutete sie nach rechts und rannte wieder los. Anscheinend zahlte es sich aus, auf dem Land aufzuwachsen, denn mein Orientierungssinn hatte sich längst verabschiedet. Keine Ahnung, wie sie sich in diesem grünen Labyrinth zurechtfand.

»Da lang!«, rief Max an einer Gabelung, aber Frida schüttelte den Kopf und lief einen Weg weiter, der nach kurzer Zeit aus dem Wald hinausführte. Sie blieb stehen und stützte die Hände auf die Knie, um zu Atem zu kommen.

»Hier hat er geparkt«, erklärte sie irgendwann, was ich mir schon gedacht hatte. Sie war den Tränen nahe, doch wenn der Transporter wirklich etwas mit Daris Verschwinden zu tun hatte, dann war ja zu erwarten gewesen, dass er nicht mehr da war. Was bedeutete, und dieser Gedanke stimmte mich auf eigenartige Weise optimistisch, dass Dari wirklich darin weggebracht worden sein konnte. Denn dann hatten wir endlich eine Spur.

Als ich den Gedanken aussprach, hellte sich die allgemeine Stimmung ein bisschen auf.

»Also gehen wir jetzt zurück und erzählen der Polizei davon, ja?«, schlug Linh vor.

Frida schüttelte den Kopf. »Geht ihr mal. Ich treffe euch dort.«

»Was hast du vor?«, fragte Linh.

»Ich suche weiter. Das Schloss liegt hinter dem Hügel«, Frida streckte den Arm aus, »das heißt, die nächste größere Straße verläuft da.« Sie zeigte nach Nordwesten oder wenigstens in die Richtung, die ich dafür hielt. »Wenn es wirklich eine ganze Diebstahlserie gibt, dann sind die hier vielleicht noch nicht fertig. Dann haben sie Dari weggebracht, sind zurückgekommen und kundschaften weiter die Umgebung aus.«

»Das heißt, wir suchen weiter?«, vermutete Max.

Frida und ich nickten.

»Meinetwegen«, lenkte Linh nach einem Moment ein. »Aber wir halten uns zwischen den Bäumen. Ich habe keine Lust, auf einer einsamen Waldstraße einem Pferdedieb zu begegnen.«

Und so machten wir es dann.

Frida griff nach meinem Ärmel.

»Was ist?« Sie war stocksteif stehen geblieben und starrte zwischen den Zweigen hindurch auf den Wirtschaftsweg. Ich folgte ihrem Blick. »Ist das …?«

Weiter kam ich nicht, denn sie packte meinen Arm fester und schüttelte den Kopf. Ohne ein Geräusch zu machen, zog sie mich mit sich zu einem niedrigen Busch und ging in die Hocke. Ich folgte ihr und betrachtete den dunkelgrauen Pferdetransporter, der am Wegrand parkte. Er war nicht groß, und es sah nicht so aus, als gäbe es einen Platz zum Schlafen. An der Seitenwand war der verblasste Umriss eines Pferdes im Sprung zu erkennen und darunter ein Schriftzug, den ich aber nicht entziffern konnte. Genau wie Frida es beschrieben hatte.

»Wo ist der Fahrer?«, flüsterte sie, aber ich antwortete nicht, denn ich hatte mich hinter dem Gebüsch hervorgeschoben und war schon auf dem Weg zum Transporter. »Jannis!«, hörte ich Frida hinter mir zischen, doch ich drehte mich nicht zu ihr um. Seit dreißig Stunden suchte ich nach einem Hinweis, wohin Dari verschwunden war, und das war die erste wacklige Verbindung, die ich herstellen konnte. Der Transporter war in der Nähe gewesen – wenn Dari wirklich gestohlen worden war, war er die beste Chance, die ich hatte, sie zu finden.

Immer wieder sah ich nach rechts und links, aber ich entdeckte niemanden. War der Fahrer gerade unterwegs, um das nächste Pferd zu klauen? Oder war alles ganz harmlos, er parkte hier einfach nur und besorgte sich gerade was zu essen? So oder so, ich würde es herausfinden.

Hinter mir hörte ich Rascheln und hektisches Flüstern, dann Max, der leise meinen Namen rief. Auch darauf reagierte ich nicht, sondern spähte in die Fahrerkabine und rüttelte am Griff. Die Tür war abgeschlossen. Im Fußraum lagen leere Kaffeebecher, Wasserflaschen und zerknülltes Papier wild durcheinander, auf der Ablage hinter den beiden Sitzen entdeckte ich zwei Wolldecken.

Frida, Max und Linh diskutierten immer noch, dann waren sie plötzlich still. An der Seitenwand des Transporters entlang ging ich zur Sattelkammer und zog am Griff. Die Klappe schwang nach außen auf. Ein Gedanke begann sich in meinem Hirn zu formen, aber bevor ich ihn zu Ende gedacht hatte, spürte ich eine Hand auf meinem Rücken, die mich mit dem Kopf voran in die Sattelkammer stieß. Jemand schlüpfte hinter mir durch die Öffnung, zog die Tür zu und lehnte sich gegen mich.

»Sei bloß leise.«

Frida. Ihr Geruch erfüllte die kleine Kammer, und einen Moment lang entspannte ich mich, bis ich von draußen Schritte und Stimmen hörte. Männerstimmen. Als sie näher kamen, merkte ich, dass sie sich auf Deutsch unterhielten. Was sie sagten, konnte ich aber nicht verstehen.

Die Männer liefen jetzt ganz nah an der Sattelkammer vorbei. Nein, einer blieb direkt davor stehen. Frida presste sich an mich, ich konnte fühlen, wie flach sie atmete. Ich wollte mich aufsetzen und den Arm um sie legen, nicht nur, weil ich ganz verdreht darauf gelandet war und es begann wehzutun, sondern auch, um sie zu beruhigen, aber wem machte ich etwas vor? Mir ging gerade selber die Düse.

Ein ratschendes Geräusch war zu hören, dann schabten Steinchen gegen eine Schuhsohle. Zehn Sekunden später drang der Geruch nach Zigarettenrauch durch die Ritzen der Tür. Undeutlich hörte ich den anderen Mann etwas sagen, dann entfernten sich Schritte, die Türen des Transporters klickten, erst eine, im nächsten Moment die andere, und der Motor sprang an, sodass der Boden unter uns vibrierte.

»Schnell, raus hier.« Frida hatte sich aufgestützt und fasste nach dem Griff, mit dem man die Sattelkammer von innen öffnen konnte.

»Holt Hilfe«, sagte ich ruhig. »Ich fahre mit.«

»Spinnst du?« Frida rüttelte an dem Griff. »Kommt nicht infrage. Ich lass dich doch nicht mit diesen Typen allein. Wer weiß, wo die dich hinbringen.«

Weil der Transporter beschleunigte, rappelte ich mich auf und kniete mich neben sie. Gemeinsam versuchten wir, den Griff zu drehen, aber er saß bombenfest. Nach und nach gewöhnten sich meine Augen an die schlechten Lichtverhältnisse, und ich fuhr mit den Fingern an den Rändern der Tür entlang, doch ich fand nichts, was uns geholfen hätte, sie aufzubrechen.

Mit der Ruhe, die ich eben gespürt hatte, war es vorbei. Frida konnte unmöglich mitfahren, sie musste sich in Sicherheit bringen. Wir hatten uns in einen fremden Transporter geschlichen – selbst wenn die Typen keine Pferdediebe waren, wartete Ärger auf uns. Und genau wie Frida sagte: Niemand wusste, wohin wir unterwegs waren.

Mit dem einen Arm schob ich sie zur Seite, schwang meine Beine herum, so schnell es auf dem engen Raum ging, und stemmte meine Füße gegen die Tür, doch sie bewegte sich keinen Millimeter. Ich holte Schwung, um dagegenzutreten, aber Frida hielt mich am Hosenbein fest.

»Hör auf! Sie dürfen nicht mitkriegen, dass wir hier drin sind. Und es ist sowieso zu spät zum Aussteigen, wir sind schon viel zu schnell.«

Halb auf dem Rücken liegend lauschte ich. Es stimmte. Wir hatten eine Hauptstraße erreicht und beschleunigten. Langsam ließ ich den Kopf in den Nacken fallen und atmete tief aus. Noch immer lag der Zigarettenqualm in der Luft, aber vor allem roch ich Fridas Shampoo, frisch und süß.

Ich drehte den Kopf und sah sie an. Sie wich meinem Blick aus und biss sich auf die Lippe. Ich hatte zwei Gründe, nicht die Nerven zu verlieren. Der eine war Dari, die irgendwo allein war und auf mich wartete. Der andere saß hier neben mir.

Ungeschickt rappelte ich mich auf, lehnte mich gegen die Rückwand der Sattelkammer und streckte meine Hand nach Frida aus. Sie griff danach, und irgendwie schafften wir es, uns so hinzusetzen, dass sie sich mit dem Rücken an mich lehnen und ich sie halten konnte. Wir hörten dem Summen der Reifen auf dem Asphalt zu und warteten, was kam.

Frida

Es war eng und es war laut, mir tat bald der Hintern weh, weil es auf dem blanken Boden unmöglich war, eine bequeme Sitzposition zu finden, aber das trat alles in den Hintergrund, wenn ich darüber nachdachte, in welche Lage ich uns gebracht hatte. Was hatte ich mir nur dabei gedacht, mich mit Jannis hier drin zu verstecken?

Gar nichts, musste ich mir eingestehen. Ich hatte nur verhindern wollen, dass die beiden Männer uns entdeckten. Dabei wussten wir nichts über sie. Es konnten einfach zwei Pferdeleute sein, die mit einem leeren Transporter unterwegs waren, sie mussten nichts mit Daris Verschwinden zu tun haben. Und trotzdem wollte ich mich nicht bemerkbar machen. Über uns, ein paar Zentimeter über unseren Köpfen, war nur eine dicke Plane, die uns vom Laderaum trennte. Wir hätten sie aushaken, uns hinstellen und die Männer rufen können, irgendetwas behaupten, etwas Albernes, dass wir einfach nur einen ruhigen Platz zum Knutschen gesucht hatten. Aber dafür war es zu spät. Wir waren schon zu lang unterwegs, sie würden Verdacht schöpfen. Und wenn die Männer Pferdediebe waren, dann reichte das, um uns …

An der Stelle dachte ich lieber nicht weiter.

Wenigstens waren wir zu zweit. Es sah Jannis ähnlich, dass er allein hatte mitfahren wollen. Aber so lief das nicht.

Ich verlagerte mein Gewicht, drehte den Kopf und legte die

Wange an seine Brust, und sofort schlang er seine Arme fester um mich, als wollte er mich trösten oder beschützen oder beides. Doch ich legte meine Hand auf seine, drückte sie und flocht meine Finger in seine. Er brauchte mich jetzt mehr als ich ihn.

»Wir finden sie«, flüsterte ich.

Einen Moment lang spannte er sich an, dann lachte er leise. »Ja. Für irgendwas muss diese Aktion gut sein. Das kann hier gar kein einsamer, unschuldiger Transporter sein, der muss was mit den gestohlenen Pferden zu tun haben. Sonst hätten wir uns ja ganz umsonst in diese bescheuerte Situation gebracht. Das sähe uns gar nicht ähnlich.«

Ich musste grinsen, weil seine Gedanken meine so genau spiegelten, aber im nächsten Augenblick fuhr ich hoch.

Jannis zuckte zusammen. »Was ist?«

»Da.« Ich deutete auf fünf Zweiliterflaschen Wasser, die mit Folie eingeschweißt waren. »Immerhin müssen wir nicht verdursten.«

Das war ein Gedanke gewesen, der sich in der letzten Stunde in mein Hirn geschlichen hatte: Wir wussten nicht, wie lange wir unterwegs sein würden, und wir hatten weder etwas zu trinken noch zu essen dabei.

Jannis war meinem Blick gefolgt, jetzt lehnte er den Kopf wieder an die Wand. »Da können wir nur hoffen, dass sie so lange mit der einen Flasche auskommen, bis wir es schaffen, die Klappe aufzumachen. Wenn sie Durst kriegen, finden sie uns sofort.«

Der Durst stellte sich dank unseres Wasservorrats nicht als das Problem heraus. Stattdessen musste ich sehr bald sehr dringend auf die Toilette. Ich setzte mich anders hin, um es besser aushalten zu können, Jannis brachte sogar den Futtereimer ins Spiel – nur über meine Leiche! –, schließlich lenkte ich mich damit ab, an der Verriegelung der Tür herumzuruckeln. Ja, vielleicht war die Hoffnung illusorisch, dass ich mich unbemerkt in die Büsche schlagen konnte, sobald die Männer anhielten, und genauso ungesehen wieder zurückschlüpfen würde, aber irgendwann mussten wir aus diesem Kämmerchen ja wieder herauskommen. Und ich wollte nur ungern darauf warten, dass uns diese Typen öffneten.

Als Jannis akzeptiert hatte, dass ich das Schloss nicht Schloss sein lassen würde, leuchtete er mir eine Weile mit dem Handy, aber dann entschieden wir, dass er besser seinen altersschwachen Akku schonte. Vielleicht hatten wir irgendwann mal wieder Netz, und dann konnten wir erstens herausfinden, wo wir waren, und zweitens Linh und Max Bescheid geben. Oder der Polizei.

Ächzend stützte ich mich auf Jannis' Schulter ab und schob mich aus dem Schneidersitz auf die Knie. Die Sattelkammer war so eng, dass ich Angst hatte, wir würden demnächst unsere Beine verknoten. Und meine Blase drückte! Solange nirgends Wasser rauschte, konnte ich es noch aushalten …

Schluss. Wichtig war dieser nervige Griff vor meiner Nase. Meine Finger glitten am Türspalt entlang, Millimeter für Millimeter tastete ich mich vor. In dem spärlichen Licht, das von oben an der Plane vorbeifiel, sah ich kaum etwas, also schloss ich die Augen, um mich besser auf meinen Tastsinn konzentrieren zu können. Der Rahmen war aus kühlem, glattem Metall, nur die Scharniere erhoben sich unter meinen Fingerspitzen.

»Findest du etwas?«, fragte Jannis nah neben meinem Ohr. »Wir sind gerade abgebogen. Ich glaube, wir werden langsamer.«

Stumm schüttelte ich den Kopf und richtete meine Aufmerksamkeit wieder auf meine Hände. Am oberen Rand der Tür stand etwas ab, ein Fetzen Gummi oder so etwas. Anscheinend war hier die Dichtung nicht mehr ganz in Ordnung. An der Ecke war nichts …

Halt.

Was war das? Mein Zeigefinger glitt in eine winzige Kerbe, in der eine Lasche nachgab, als ich darauf drückte. Ein Mechanismus klickte.

»Frida …«, begann Jannis, aber ich machte nur: »Pssst!«

Mit dem Ohr an der Tür suchten meine Finger eine zweite Kerbe am unteren Rand des Türrahmens. Als meine Fingerspitze darin verschwand und ich auf beide Laschen drückte, hörte ich ein ganz deutliches Klicken.

»Frida, wir haben angehalten. Wir müssen …«

»Probier den Griff«, schnitt ich Jannis das Wort ab.

Er hielt die Klappe und versuchte, den Griff zu drehen – und diesmal bewegte er sich. Mit einem leisen Raspeln gab die Tür unter meinen Händen nach. Jannis schob mich zur Seite und öffnete die Tür Millimeter für Millimeter.

»Raus jetzt. Auf die andere Straßenseite«, raunte er, und ich zwängte mich an ihm vorbei, stolperte kurz, als ich meine Beine nach der langen Zeit wieder belastete, und sprintete über die Straße in die dichten Büsche gegenüber.

Ganz ehrlich: Ich hätte beinahe geheult vor Erleichterung. Nicht nur wegen meiner Blase – sondern auch, weil sich meine Beine nach dem langen Sitzen entkrampften. Als Jannis und ich uns nach ein paar Minuten hinter einem Brombeergestrüpp wiedertrafen, wirkte er auch ganz schön mitgenommen.

»Du solltest hierbleiben und der Polizei Bescheid geben«, flüsterte er.

»Das machen Linh und Max«, gab ich zurück. »Und jetzt will ich davon nichts mehr hören.«

Er lächelte schwach.

»Was nun?«, fragte ich und schaute Richtung Transporter.

Einer der Männer ging mit dem Rücken zu uns vor der Motorhaube herum und hielt sein Handy in die Luft, von dem anderen war nichts zu sehen.

»Wir sollten dort auf die andere Seite gehen«, Jannis deutete nach rechts, wo der Waldweg eine kleine Kurve machte, »dann laufen wir im Unterholz zurück. Wenn wir Glück haben, können wir uns in ihrem Rücken in die Sattelkammer schleichen.«

Ich folgte seinem Zeigefinger. Er hatte recht. Solange wir in Deckung blieben, würde das wahrscheinlich klappen.

Ich atmete tief ein. »Okay. Dann verlassen wir uns mal auf unser Glück.«

Jannis hatte sich schon weggedreht. Er warf mir über die Schulter ein breites Lächeln zu. »Tun wir das nicht immer?«

Schon war er unterwegs und ich folgte ihm. Ungesehen kamen wir auf die andere Seite des Weges und ein paar Minuten später – die Männer hatten sich noch immer nicht bewegt –, lehnten wir an der hinteren Klappe des Transporters. Jannis warf einen Blick um die Ecke.

»Hey«, brüllte der eine Mann im selben Moment, und mir blieb fast das Herz stehen. »Bist du bald fertig? Wie lang kann das dauern?«

Hinter uns im Gebüsch raschelte es.

»Los jetzt«, flüsterte Jannis.

Ich duckte mich, machte die zwei Schritte zur Tür der Sattelkammer, zog sie auf und war kaum hineingesprungen, als Jannis gegen mich prallte, mich tiefer in die Kammer schob und die Tür schloss. Nach dem Tageslicht kam mir die Dunkelheit um uns herum absolut vor. Verknäult, wie wir waren, blieben wir schwer atmend hocken, warteten, bis sich unsere Augen an das spärliche Licht gewöhnt hatten, und lauschten auf Geräusche von draußen.

Alles blieb still.

Jannis

Wir waren so erleichtert, dass unser kleiner Ausflug in den Wald unentdeckt geblieben war, dass wir bestimmt zehn Minuten lang unterdrückt kicherten. Die eine oder andere Knutschunterbrechung war vielleicht auch dabei – ich war bestimmt der Letzte, der dagegen was einzuwenden hatte –, aber nach einer Weile flaute unser Hochgefühl wieder ab. Wir waren immer noch in diesem bescheuerten Transporter, ohne zu wissen, wohin wir fuhren und ob wir überhaupt auf dem Weg zu Dari waren. Solange wir auch auf unsere Displays starrten, wir bekamen kein stabiles Netz, was bedeutete, dass auch sonst niemand eine Ahnung hatte, wo wir waren. Aber wenn Max und Linh meiner Mutter und den Benekes Bescheid gegeben hatten, was los war, lief wahrscheinlich schon eine Großfahndung.

Je länger die Reifen über den Asphalt surrten, desto stiller wurden wir.

Wir saßen wieder da wie am Anfang, einfach weil es die bequemste Haltung war, die wir in unserem halbhohen Kämmerchen fanden, und hin und wieder nickte einer von uns ein.

Mittlerweile war es draußen dunkel, sodass kein Licht mehr zu uns drang. Nur wenn uns ein Auto entgegenkam, erhellten die Scheinwerfer kurz die Sattelkammer. Je später es wurde, desto weniger war an Schlaf zu denken, denn der Hunger war mittlerweile brutal. Wir trauten uns beide nicht mehr, allzu viel zu trinken, sodass unsere Mägen so laut knurrten, dass wir schon Angst hatten, die Typen würden uns hören. Einmal hielten sie an einem Imbiss oder Kiosk, aber weil wir mindestens fünf verschiedene Stimmen durch die Tür hören konnten, entschieden wir uns, im Transporter zu bleiben. Das war gut so, denn die Typen blieben nicht lang, sondern nahmen ihr Essen mit. Der Geruch nach heißem Fett und Zwiebeln zog durch den Innenraum des Transporters und Frida und ich stöhnten beide auf.

Irgendwann blieb der Transporter stehen. Die Männer unterhielten sich eine Weile, dann waren sie still. Einer begann zu schnarchen. Das Sitzen war schon vor Stunden unerträglich geworden, mir tat jeder Knochen weh, und daran, dass Frida unruhig hin und her rutschte, merkte ich, dass es ihr nicht anders ging.

Ich machte mir schon keine Gedanken mehr, wie unser Plan aussah. Ich hatte keinen Plan mehr, nur noch Hunger und das Bedürfnis, aufzustehen und meine Beine auszustrecken. Wenn ich nicht so erledigt gewesen wäre, hätte sich wahrscheinlich Panik breitgemacht. Das, was wir uns heute geleistet hatten, war sicher keine Glanztat gewesen. Wir waren einmal quer durch Polen gefahren, kein Mensch wusste, wo wir waren, und wir waren noch keinen Schritt weiter, wenn es darum ging, Dari zu finden. Vor einer Weile hatte ich auf mein Handy geguckt, es war schon weit nach Mitternacht. Ich merkte, dass mein Kinn immer wieder auf Fridas Schulter sank, aber plötzlich schrak ich hoch.

Die Türen des Transporters hatten sich geöffnet und die Männer waren ausgestiegen. Gleichzeitig, mitten in der Nacht. Irgendwas war im Busch.

Frida hatte es auch gehört. Sie spannte sich in meinen Armen an und schien zu lauschen. Die Schritte der Männer entfernten sich vom Transporter, aber sie klangen gedämpft, so als würden sie über Gras gehen.

Zwei Minuten. So lange warteten wir, bis wir zur Tür rutschten und sie öffneten. Wir fielen fast übereinander, als wir aus der Sattelkammer kletterten und versuchten, den Krampf aus unseren Beinen zu schütteln. Frida ließ sich auf den Boden fallen und wimmerte, und als ich mich neben sie setzte und ihr die Haare aus dem Gesicht strich, sah ich, dass ihr Tränen über die Wagen liefen.

»Alles okay«, keuchte sie. »Ist gleich vorbei.«

Das war es tatsächlich. Als es nicht mehr ganz so wehtat, halfen wir uns auf die Füße und liefen ein paar Runden im Kreis, um die Durchblutung anzukurbeln.

»So ein Scheißplan«, murmelte Frida, und dem war wirklich nichts hinzuzufügen.

Irgendwann waren wir wieder in der Lage, uns umzusehen. Der Transporter parkte am Rand einer Wiese, die sich scheinbar endlos im Mondlicht erstreckte. Ein schmaler Weg führte an einem Waldstück entlang und verlor sich im Nichts. Nirgends gab es Licht oder irgendein anderes Zeichen, dass in der Nähe Menschen lebten.

»Wo sind die hin?«, sprach Frida meinen Gedanken aus.

Ich zuckte mit den Schultern, doch dann drehte ich mich mit einem Ruck um. »Keine Ahnung. Aber solange sie nicht zurück sind, weiß ich genau, was ich mache.«

Frida sah zu, wie ich zu der Beifahrertür ging, und kam mir nach. Wir guckten beide ziemlich dumm aus der Wäsche, als ich vergeblich am Griff zog.

»Das kann jetzt nicht sein! Die klauen die Pferde von halb Polen zusammen, und dann haben sie Angst, dass jemand in ihre Karre einsteigt? Hier in der Pampa?« Ich fuhr mir mit beiden Händen durch die Haare.

Frida drehte sich weg und ging in die Hocke, aber mittlerweile hätte ich einen Bären essen können. Die Packung Kekse auf der Ablage hinter den Sitzen würde es allerdings auch tun. Ich war drauf und dran, die Fensterscheibe mit einem Stein einzuschlagen, doch Fridas entsetztes »Jannis!« brachte mich zur Vernunft. Mit einem Aufschrei schleuderte ich den Brocken von mir weg und stapfte auf die Tür der Sattelkammer zu.

»Was hast du vor?«

»Ich probiere es durch den Innenraum. Irgendwie müssen wir an was zu essen kommen.«

Frida stemmte sich hoch und folgte mir. Ohne ein Wort zu wechseln, hakten wir die Plane über der Sattelkammer aus den Ösen. Als die Öffnung groß genug war, zwängte ich mich hindurch und stemmte mich auf die Futtermulde. Hier konnte ich einigermaßen sitzen.

Fridas Augen leuchteten aus der Dunkelheit in der Sattelkammer zu mir herauf.

»Geh nach draußen und pass auf, ob sie zurückkommen, okay?«, sagte ich.

Sie nickte und war eine Sekunde später verschwunden.

Ich zog die Beine nach, drehte mich um und kniete mich hin. Irgendwie musste ich es schaffen, nach vorn in die Fahrerkabine zu klettern. Mit einem Ruck schob ich die Trennwand auf und guckte hindurch.

»Jannis«, zischte Frida, aber ich reagierte nicht, denn ich war mit der Nase aufs Schlaraffenland gestoßen.

Die Kekse auf der Ablage waren in Greifnähe, doch direkt davor stand eine Tüte voll Essen. Ich grapschte nach allem, was ich in die Finger bekam.

»Jannis«, sagte Frida wieder und zog an meinem Bein.

»Gleich«, flüsterte ich zurück und reichte ihr Schokolade und Bananen.

Ich hatte die Hand gerade wieder in die Tüte gesteckt, als sie mich am Hosenbund packte und durch die Luke zerrte.

Jetzt hörte ich es auch: hektisches Schnauben und gedämpfte Stimmen. Mit der einen Hand schob ich die Trennwand zu, mit der anderen reichte ich Frida meine Beute in die Sattelkammer. Sie ließ sie einfach fallen und begann schon, die Plane einzuhängen. Gerade noch konnte ich mich hindurchzwängen und ihr helfen, die letzte Öse einzuhaken, als zwei Riegel geöffnet wurden und die Rampe auf dem Boden landete. Wir kauerten uns nebeneinander und hielten die Luft an.

Das Pferd schnaubte aufgeregt und weigerte sich offenbar, in den Transporter zu steigen, aber statt es ruhig anzugehen, redeten die Typen aggressiv auf das Tier ein. Etwas klirrte, und jemand fluchte, und ich konnte hören, wie immer wieder ein Huf von der Rampe abrutschte.

Neben mir wand sich Frida. Kein Wunder, es war kaum mit anzuhören, wie die Männer mit dem Pferd umsprangen. Ich legte den Arm um sie, und als sie ihren Kopf an meine Schulter lehnte, merkte ich, dass sie sich den Mund zuhielt.

Es folgten unendliche Minuten, bis die Typen es geschafft hatten, das Pferd auf die Ladefläche zu zwingen. Fluchend band einer es fest, dann knallte die Klappe zu.

Über den Lärm, den das Pferd veranstaltete, hätte ich fast überhört, dass die Männer einstiegen und den Motor anließen. Dann fuhren wir auch schon. Anscheinend hatten sie es jetzt richtig eilig.

Ein strenger Geruch kroch in die Sattelkammer. Das arme Tier hatte vor lauter Nervosität geäpfelt, aber das hieß nicht, dass es ruhiger wurde. Immer wieder donnerte ein Huf gegen die Wand und ein schrilles Wiehern hallte vom Dach wider. Wenn überhaupt, schien sich das Pferd immer mehr aufzuregen.

Vorne in der Fahrerkabine hatten die Männer dem Toben erst schweigend zugehört, aber je länger es dauerte, desto mehr gingen sie aufeinander los. Jedenfalls klangen ihre Stimmen immer aggressiver.

»… gibt keine Ruhe«, brüllte der eine, als das Pferd mal wieder besonders laut war.

Was der andere antwortete, verstand ich nicht.

»Ein Beruhigungsmittel? Woher soll ich ein …?«

»In der Sattelkammer!«, hörte ich jetzt den zweiten.

Ob er sonst noch was sagte, bekam ich nicht mit, denn plötzlich klangen alle Geräusche dumpf in meinen Ohren. Frida hatte es auch gehört, denn sie richtete sich kerzengerade auf. Im nächsten Moment setzte sie sich auf meinen Schoß. Während ich zu verblüfft war, irgendwie zu reagieren, schob sie sich weiter, kniete sich hin, löste zwei Ösen und klappte die Plane ein Stück zurück.

Ein paar Sekunden lang schien das Pferd nur noch mehr aufzudrehen, aber Frida hielt ihm ihre Hand hin und flüsterte beruhigend.

Vorne schienen die Typen immer noch zu diskutieren. Bisher fuhren wir nicht langsamer.

Frida streckte ihren Kopf halb durch das Loch. Ihr Arm war im Laderaum verschwunden, und ich konnte mir nur vorstellen, dass sie mit den Fingern über die Nüstern des Pferdes strich, seine Lippe streichelte, bis es nicht mehr vor ihr zurückschreckte.

Ich fühlte meinen Puls in den Ohren, aber ich versuchte, mich zusammenzureißen. Ruhe, das war es, was wir jetzt brauchten. Ich gab meine Ruhe an Frida weiter und sie ihre an das Pferd. Noch redeten die Männer, doch ich hörte nur mit einem halben Ohr zu. Meine Aufmerksamkeit war auf Frida und das Pferd gerichtet und darauf, die Nerven zu bewahren.

»Fahr rechts ran.« Die Worte waren wie Stromschläge, aber sie liefen ins Leere, denn gleichzeitig kam das erlösende Geräusch: ein erleichtertes Schnauben. Das Treten hatte aufgehört und der Transporter stand, einen Moment lang war alles still.

Vorne schienen die Männer zu lauschen. »War's das jetzt?«, fragte einer.

Von irgendwo über mir hörte ich Fridas Flüstern, Bruchstücke von Sätzen, die keinen Sinn ergaben, keinen Sinn ergeben mussten, nur den einen: *Ich bin da. Du bist nicht allein.*

Ich biss mir auf die Lippe vor Erleichterung, als der Motor wieder ansprang und wir nach links zogen. Alles, was ich tun konnte, war, die Hand auf Fridas Rücken zu legen, um ihr zu zeigen, dass sie auch nicht allein war. Nur ihretwegen lagen wir jetzt nicht im Straßengraben.

Es dauerte bestimmt noch fünf Minuten, bis sie sich wieder hinsetzte. Vor Anstrengung, weil sie so lang in dieser unnatürlichen Haltung gekniet hatte, zitterte sie. Ich schlang den Arm um sie und zog sie an mich.

»Sie frisst jetzt«, flüsterte sie. »Eine trächtige Stute.«

Wir warteten, ob sie sich noch einmal rührte, aber die Geräusche von der Ladefläche blieben friedlich. Irgendwann erinnerten wir uns, dass um uns herum Essen liegen musste, und schlugen uns den Bauch mit zermatschten Bananen, Keksen, Käse und Schokolade voll.

Mit dem Kopf auf meiner Brust schlief Frida bald danach ein und kurz darauf dämmerte auch ich weg.

Frida

Ich schreckte hoch, als die Stute nervös schnaubte.

»Schhh«, machte Jannis dicht an meinem Ohr.

Langsam sank ich zurück und lehnte mich wieder an ihn, aber es dauerte eine Weile, bis die Geräusche von draußen Sinn ergaben. Ein Mann rief etwas, dann fuhren ratschend zwei Riegel zurück und etwas traf dumpf auf dem Boden auf. Die Stute wich schnaubend auf die linke Seite des Transporters aus, so weit es die Trennstreben zuließen.

»Hooo«, sagte jemand. »Komm schon, du dummes Vieh.«

Etwas Metallenes klirrte, dann schabten Nylon und Eisen übereinander. Der Mann zog anscheinend den Anbindestrick durch den Ring.

»Hör auf! Ich mach das«, sagte eine andere Stimme. Im ersten Moment dachte ich, sie würde mir bekannt vorkommen, aber die Stute wieherte schrill und warf sich gegen die Wand des Transporters, und der Gedanke war verschwunden. Mit wüsten Beschimpfungen übergab der erste Mann dem zweiten den Strick und dann war es ein paar Minuten lang still bis auf das heftige Atmen der Stute.

Nur Zentimeter von uns entfernt begann jemand, beruhigend auf sie einzureden, in dem Singsang, der in jeder Sprache gleich klingt. Wenigstens einer der Typen hatte also Ahnung von Pferden.

Irgendwann atmete die Stute tief aus. Der zweite Mann lobte sie leise, dann schnalzte er aufmunternd mit der Zunge. Durch den Boden des Transporters übertrug sich das Vibrieren ihrer Schritte, als die Stute auf die Rampe trat. Ihre Hufe trafen auf Kies oder Sand, und ein paar Meter weit war sie noch zu hören, bis der Mann sie um eine Ecke führte und der Klang ihrer Schritte im Rumpeln der Laderampe unterging. Jemand verriegelte sie, dann lief er um den Transporter herum, stieg ein und ließ den Motor an.

»Fahren die jetzt wieder?« Jannis wurde hektisch. »Wir müssen raus, bevor sie auf der Straße sind. Schnell!«

Ich war schon an der Tür, denn genau wie er hatte ich keine Lust, die Typen noch mal auf Diebestour zu begleiten. Einen Moment lang verlor ich das Gleichgewicht, als der Transporter zurücksetzte, dann rumste ich mit der Stirn an die Außenwand, weil wir durch ein Schlagloch fuhren. Stöhnend hielt ich mir den Kopf und kroch zu Jannis, der schon an der Tür herumwerkelte, aber da blieb der Transporter wieder stehen. Der Motor erstarb, eine Tür ging auf und wurde ins Schloss geworfen, Schritte entfernten sich. Dann war es still.

»Klingt, als wäre die Luft rein«, sagte Jannis nach ein paar Minuten.

Ich nickte. Gemeinsam öffneten wir vorsichtig die Tür. Sie ließ sich gerade mal dreißig Zentimeter aufdrücken, bevor sie an eine Bretterwand stieß.

»Na toll«, brummte Jannis, aber es blieb uns ja nichts übrig, als uns durch den Spalt zu zwängen. Mit einigen Verrenkungen und unterdrückten Flüchen schafften wir es auch. Wir blinzelten in die Morgensonne, und als wir uns versichert hatten, dass wir vom Hof aus auf den ersten Blick nicht zu sehen waren, dehnten wir uns und rieben das Gefühl zurück in unsere Beine. Ich hatte keine Ahnung, wie wir wieder von hier wegkommen sollten, aber in diesen Transporter brachten mich keine zehn Pferde mehr. Lieber lief ich nach Hause, und da war es mir auch egal, wo wir gerade waren.

»Wie machen wir das jetzt?«, fragte ich, als wir nach einem dringenden Ausflug hinter einen Holunderbusch eine Weile an der Ecke des Transporters gestanden und auf den Hof gelinst hatten.

»Sollen wir uns aufteilen?«, schlug Jannis mit einem unsicheren Blick zu mir vor. Mir war auch mulmig bei dem Gedanken, ohne ihn auf dem Gelände unterwegs zu sein, andererseits waren wir allein vielleicht weniger auffällig und fanden im Notfall leichter einen Unterschlupf. Und schneller waren wir auch.

Deswegen nickte ich. »In einer halben Stunde wieder hier?«, schlug ich vor und deutete nach links. »Ich gehe da lang, okay?«

Jannis lächelte schwach, dann zog er mich an sich. »Pass auf dich auf, ja?«

Seine Nähe machte es mir nicht gerade leichter, eine tapfere Miene aufzusetzen, aber wir hatten es bis hierher geschafft. Vielleicht hielt unsere Glückssträhne noch ein bisschen. Nach einem schnellen Kuss lächelte ich ihn an, drehte mich um und spähte um die Ecke. Es war niemand zu sehen. Ich rannte los.

So gut es ging, hielt ich mich an den Außenwänden der Gebäude, damit mich niemand entdeckte. Ich wurde nicht schlau aus diesem Hof. Er wirkte verlassen und ein bisschen heruntergekommen, aber es war noch nicht sehr lange her, dass er bewirtschaftet worden war.

Eine lauernde Stille lag über dem Gelände. Wo waren die Männer hin? Es waren mindestens drei, die konnten ja nicht einfach verschwinden.

Ich kam am Misthaufen vorbei. Er dampfte, was bedeutete, dass die Pferdeäpfel ganz oben frisch waren. Anscheinend waren wir also am richtigen Ort gelandet. Wenn es eine Bande Pferdediebe gab, dann brachten sie ihre Beute hierher. Jetzt musste ich sie nur noch finden.

Ein ohrenbetäubendes Rattern ließ mich zusammenzucken. Ich ging in die Hocke und legte instinktiv die Arme über den Kopf. Im nächsten Moment fuhr ich aber schon wieder aus meiner Starre hoch, denn dem Rattern folgte schrilles Wiehern. Und es kam nicht nur von einem Pferd, sondern von mindestens einem Dutzend.

Nun hatte ich immerhin eine Richtung. Geduckt schlich ich weiter, an der Rückseite einer Scheune entlang, an einer Gerätehalle vorbei bis zu einem Stall. Je näher ich kam, desto unerträglicher war der Lärm. Ich hatte am ganzen Körper Gänsehaut von den panischen Schreien der Pferde, die aus dem Stall nach draußen drangen.

Kurz musste ich die Augen schließen. Ich drückte mich an die Wand der Gerätehalle und versuchte, meinen hektischen Atem zu beruhigen, aber das gelang mir nicht. Meine Ohren hallten von dem verzweifelten Wiehern wider.

Was taten diese Männer mit den Pferden? Ich hatte Angst, weiterzulaufen und nachzusehen, doch was auch immer hier auf diesem Hof vor sich ging, wir mussten es beenden. Dadrin wurden Pferde gequält.

Ich schluckte die Galle, die mir in den Mund gestiegen war, und holte tief Luft. Noch einmal schaute ich mich um, ob ich allein war, dann überquerte ich den schmalen Grasstreifen zwischen Halle und Stall.

Um durch die hohen Fenster sehen zu können, musste ich mich auf die Zehenspitzen stellen – und beinahe wäre ich nach hinten umgekippt. Die Scheiben waren schmutzig, aber ich konnte erkennen, dass viel mehr Pferde in dem Stall untergebracht waren, als es Boxen gab. Die Tiere traten gegen die Wände und warfen die Köpfe hoch, aber in dem Chaos wurde mein Blick trotzdem von einer Gruppe auf der anderen Seite der Stallgasse angezogen. Ein Mann – er war mittelgroß, hatte dunkle Haare und einen Dreitagebart – hatte eine braune Stute an einem Halfter gepackt, durch das er eine Kette gezogen hatte. Die Stute riss die Augen so weit auf, dass fast nur noch das Weiß darin zu sehen war, und atmete schwer. Ihre Nüstern leuchteten rot, ihre schweißnasse Brust glänzte. Aus ihrem Hals stak eine riesige Spritze, durch die Blut in einen Beutel … nein, nicht tropfte, sondern floss. Ein zweiter Mann, etwas kleiner als der andere und mit einer schwarzen Mütze auf dem Kopf, hielt die Spritze, den Schlauch und den Beutel fest.

Meine Knie gaben nach, und ich musste kurz die Augen schließen, um mich zu fangen. Als ich sie wieder öffnete, fiel mein Blick auf meine weißen Fingerknöchel. Langsam löste ich meine rechte Hand vom Fensterrahmen, griff in meine Jackentasche und zog mein Handy heraus. Ich musste das filmen. Ich hatte keine Ahnung, was die Männer da taten, aber es musste aufhören. Die Polizei musste das sehen und sie verhaften und diese Pferde retten.

Ich startete die Aufnahme. Anscheinend waren die beiden mittlerweile mit der braunen Stute fertig, denn sie schoben sie brutal zur Seite und zogen den Schimmel zur Tür, der neben ihr in der Box stand.

Fast hätte ich das Handy fallen lassen. Auch das war eine Stute und sie war trächtig! Sie wieherte schrill und stemmte sich gegen das Seil, das ihr die Männer umgelegt hatten, aber da holte der kleinere der Männer aus und schlug ihr das Ende der Führkette auf die Stirn.

In meinem Kopf drehte sich alles. Wie konnte man mit Tieren so grausam umgehen, noch dazu, wenn man genau mitbekam, wie sehr sie litten? Weil ich nicht mehr hinschauen konnte, ließ ich meinen Blick schweifen. Überall sah ich stumpfes, struppiges Fell, eingefallene Flanken und hängende Köpfe. Waren alle diese Pferde so brutal behandelt worden, so lange, bis sie sich aufgegeben hatten?

Dass ich weinte, merkte ich erst, als warme Tropfen auf meinen linken Handrücken fielen. Ich … Wo war Jannis? Wir mussten sofort etwas tun, die Polizei rufen, diesen Irrsinn beenden! Wir mussten …

»Du kleines Miststück!« Ein Arm legte sich um meine Taille und zog mich vom Fenster weg. »Wie viele von euch rennen hier denn noch rum?«

»Hey!« Ich war so überrascht, dass mir der Typ, der mich gepackt hatte, mit einer einzigen Bewegung das Handy aus den Fingern winden konnte. Vielleicht hätte ich Angst haben sollen, aber plötzlich war ich so wütend, dass ich um mich schlug, mit den Händen, den Ellbogen, mit den Hacken.

Der Typ stank nach Zwiebeln und Bier und er ließ sich von meinem Ausbruch überhaupt nicht beeindrucken. »Hör auf damit, Kleine.«

Der drohende Ton in seiner Stimme war deutlich, doch ich wusste nicht mehr, was gut für mich war. Ich heulte und keuchte vor Anstrengung, mich von ihm loszumachen, und kratzte über seine Hände. Als ich nach hinten fasste, erwischte ich sogar sein Gesicht. Ich hörte die Haut reißen.

Fluchend ließ er mich los, drehte mich um und schlug mir mit einer Wucht ins Gesicht, dass ich gegen die Stallwand knallte. Für einen Moment war alles schwarz.

Als ich wieder geradeaus gucken konnte, kapierte ich, dass ich gar nicht ohnmächtig gewesen war. Ich war auf den Beinen, eine Hand hielt meinen Arm und zog mich vorwärts, wenn ich nicht schnell genug vorankam. Mein Kopf dröhnte. Die Gedanken schossen durch mein Gehirn wie Blitze, schmerzhaft und grell, und ich konnte keinen von ihnen fassen, bevor sie verloschen.

Etwas tropfte von meiner Nase. Erst beim zweiten Hinsehen begriff ich, dass es Blut war. Langsam hob ich den Kopf. Durch meine Haare hindurch erkannte ich erst nicht viel, doch langsam festigte sich mein Blick.

Wir liefen über den Hof auf den Anbau eines weiß getünchten Hauses zu. Der Typ neben mir riss mich grob vorwärts und stieß eine graue Metalltür auf, von der der Lack abblätterte. Ich zögerte, aber er zog mich mit sich. Als ich einen Schritt über die Schwelle gemacht hatte und das Dämmerlicht in dem kurzen, schmalen Flur wahrnahm, wachte ich endlich aus meinem Dämmerzustand auf.

Ich verlagerte mein Gewicht nach hinten, klammerte mich am Türrahmen fest und trat nach dem Mann. Jetzt erst sah ich ihn richtig. Er war noch nicht alt, vielleicht zwanzig, aber massig. Ohne die geringste Schwierigkeit fing seine Faust meine Hand ab, als ich nach ihm schlug. Er packte meinen Arm und drehte ihn so weit auf meinen Rücken, dass ich aufschrie.

»Wenn du das jetzt nicht lässt, packe ich noch ein bisschen fester zu, und dann können dir deine Freunde die Schulter einrenken.«

Seine Worte drangen nur langsam durch den Schmerz, aber dann blieb »deine Freunde« hängen. Wen meinte er? Jannis … und wen noch?

An Jannis wollte ich nicht denken, doch dazu hatte ich auch nicht viel Gelegenheit, denn unter unseren Füßen brach Chaos aus. Fäuste hämmerten gegen Metall, Stimmen brüllten durcheinander.

»Ruhe!«, donnerte der Typ und stampfte auf eine Eisenplatte, die in den Boden eingelassen war. Vornübergebeugt, wie ich war, schwitzend und keuchend, bekam ich mit, dass der Typ die Platte hochhob. Es war eine Falltür. Er ließ meinen Arm los, packte mich an den Haaren und stieß mich eine schmale Treppe hinunter. Ich landete hart auf einem Boden aus Stein. Die Stimmen verstummten.

Dafür kreischten meine Nerven vor Panik. Was passiert jetzt? Was passiert jetzt?, hämmerte es durch meinen Kopf.

Über mir fiel die Tür ins Schloss und wurde verriegelt. Ich kniff die Augen zusammen, um das Schwindelgefühl loszuwerden. Dann drückte ich mich mit den Händen vom Boden hoch und stellte mich aufrecht hin.

Ich brachte kein Wort heraus. In dem kalten Licht, das durch eine schmale, vergitterte Fensterluke fiel, starrten mir zwei blasse Gesichter entgegen. Und ich kannte beide.

Jannis

Die ganze Zeit hatte ich so ein Kribbeln im Nacken, während ich mir einen Weg zwischen den Wirtschaftsgebäuden hindurch suchte. Es fühlte sich an, als würde ich beobachtet werden. Oder vielleicht passte es mir einfach nicht, dass Frida allein losgezogen war.

Was war das hier? Der Hof vermittelte einen verlassenen Eindruck, trotzdem gab es Stroh und Heu in der Scheune. In einer Maschinenhalle standen ein Viehladewagen und ein ziemlich großer Pferdetransporter. Über allem lag eine angespannte Atmosphäre, gar nicht so wie auf einem normalen Pferdehof. Vielleicht war das auch zu erwarten, wenn sie hier gestohlene Pferde unterstellten, bis sie sie weiterverkaufen konnten.

Der Gedanke versetzte mir einen Stich. Ich hatte keine Zeit zu verlieren! Egal, was die trieben, wichtig war doch nur, dass Dari hier war und ich sie so schnell wie möglich fand.

Hinter der Halle gab es einen Sandplatz, der früher sicher mal ein Reitplatz gewesen war, auf dem jetzt aber das Unkraut wucherte. Dahinter begannen eingezäunte Koppeln …

Scheiße. Gerade noch rechtzeitig ging ich in Deckung. Ein Mann war plötzlich hinter einer weiteren Scheune aufgetaucht, er führte ein Pferd am Halfter, eine dunkelbraune Stute. Und dann – ich musste mich an der Ecke der Maschinenhalle festklammern, um nicht loszustürmen – kam ein zweiter Mann in Sicht. Er hatte ganz schön zu kämpfen mit seinem Pferd. Und dieses Pferd war Dari!

Er riss an ihrem Führstrick und schlug immer wieder nach ihr, aber sie ließ sich nicht einschüchtern, sondern tänzelte mit hochgerissenem Kopf um ihn herum. Knirschend biss ich die Zähne zusammen, um nicht zu ihm zu rennen und dazwischenzugehen. Immer wieder musste ich mir einreden, dass ich uns beiden nicht half, wenn ich jetzt meine Deckung aufgab.

»He!«

Mein Kopf fuhr herum, als am anderen Ende des Hofes ein Typ anfing zu rennen. Im ersten Moment dachte ich, der Schlafmangel der letzten beiden Nächte würde sich bemerkbar machen. Kamil! Wie hatte er uns gefunden?

Doch dann stellten sich meine Augen scharf. Es war nicht Kamil, nur ein Kerl mit dunklen Haaren, der ihm irgendwie ähnelte, aber ein paar Jahre jünger war. Hatte ich ihn schon mal irgendwo gesehen? Er steuerte auf den Mann zu, der Dari führte, und zog ihm den Strick aus den Händen.

»Dass ihr zu bescheuert seid, eine trächtige Stute zu erkennen, okay«, sagte er verächtlich. »Aber dann könnt ihr noch nicht mal ein Pferd auf die Weide bringen?«

Besonders beliebt schien er bei seinen Kollegen ja nicht zu sein, so wie der eine Typ ihn jetzt anstierte, während er auf Dari einredete und sie tatsächlich dazu brachte, sich zu beruhigen. Ich wusste, es war mies, aber beinahe wünschte ich mir, dass sie sich weiter so aufregte.

Stattdessen ließ sie sich anstandslos von dem jüngeren Typen auf die Koppel führen, während sich die anderen Männer verdrückten. Mir blieb nichts übrig, als an der Ecke auf eine bessere Gelegenheit zu warten, denn nach ihr und der Dunkelbraunen brachte er noch fünf weitere Pferde, alles Stuten. Anscheinend hatten sie ihm diese Aufgabe jetzt überlassen.

Was hatte er vorhin gemeint? Die anderen waren zu bescheuert, eine trächtige Stute zu erkennen? Dari war nicht trächtig, also … hatten sie sie verwechselt? Hatten sie geglaubt, sie wäre trächtig, weil sie auf einer Koppel mit Zuchtstuten stand? Aber warum stahlen die Typen trächtige Stuten? Und überhaupt, wo waren die trächtigen denn? Die sieben da auf der Weide sahen eher wie fitte Sportpferde aus.

Diese Fragen brachten mich nicht weiter. Im Gegenteil: Jetzt musste ich mich auf meinen Plan konzentrieren. Ich würde Dari von der Koppel holen und im Wald in Sicherheit bringen, danach suchte ich Frida und verständigte die Polizei und dann bekamen diese miesen Diebe ihr Fett weg.

Als zehn Minuten lang niemand mehr aufgetaucht war, nahm ich an, dass kein anderes Pferd heute Weidegang hatte. Zu dem Gatter zu gelangen, erwies sich als ziemlich schwierig, denn es gab keine Möglichkeit, mich irgendwo zu verstecken. Meine beste Chance war, schnell zu rennen und zu hoffen, dass gerade niemand um die Ecke kam.

Also machte ich das. Jeder Moment war so gut wie der andere, deswegen sprintete ich einfach los, quer über den Hof, und blieb erst wieder hinter der Scheune stehen, die an die Koppeln angrenzte und mich vor den Blicken der Männer schützte.

Dari hatte nach ein paar Rangeleien in der Gruppe angefangen zu grasen, aber jetzt hob sie den Kopf, sah zu mir herüber und brummelte. Mit ein paar Trabschritten war sie am Zaun und wieherte leise.

»Hoooo«, flüsterte ich. Verdammt. Die anderen Männer würden sich wahrscheinlich nichts denken, aber wenn der jüngere Typ – der, der etwas von Pferden verstand – das Wiehern gehört hatte, würde er vielleicht nachsehen kommen, was oder wer es ausgelöst hatte.

Jetzt musste ich schnell sein. Ich rannte zum Gatter, schob den Riegel zurück und hatte es noch nicht ganz geöffnet, als Dari schon hindurchgeschlüpft war und sich neben mich stellte. Ich strich ihr über die Nase, als sie mir durchs Gesicht schnupperte.

»Später, Mädchen. Erst müssen wir hier weg.«

Ich griff mir einen der Stricke, die der Typ eben ans Gatter gehängt hatte, und klickte ihn in Daris Halfter ein. Vom Zaun aus zog ich mich auf ihren Rücken, dann wendete ich sie und legte ihr die Beine an den Bauch. Wir hielten auf den Wald zu.

Unerwartet durchfuhr mich pures Glück. Dari war gesund und wir waren wieder zusammen.

Alles würde gut werden.

Ich hatte den Gedanken noch nicht fertig gedacht, als jemand brüllte: »Hey! Stehen bleiben!«

Wir gaben Gas. Ich achtete nicht darauf, was hinter mir passierte, fühlte nur, wie sich Dari unter mir streckte und schneller wurde, aber dann hörte ich Motoren aufheulen. Dari machte einen Satz. Ich musste nicht erst zurückschauen, um zu wissen, was uns jetzt auf den Fersen war.

Quads.

Frida

Frida!« Theo stürzte auf mich zu und schlang die Arme um mich. »Bist du in Ordnung? Haben sie dir was getan?«

Ich konnte nicht antworten, sondern klammerte mich an ihn und weinte wie ein kleines Kind. Er war ganz starr, aber nach ein paar Sekunden zog er mich näher an sich, strich mir über die Haare und flüsterte irgendwelche Belanglosigkeiten, dass alles gut werden würde, dass mir nichts passieren würde, es war egal, was. Wichtig war nur, dass er da war.

Irgendwann ebbte der Schock ab, und in meinem Kopf fand sich Raum für die naheliegende Frage: *Warum* war er da?

Ich drückte mich ein bisschen weg und nickte David schwach zu. Er hatte sich in der Ecke unter dem Fenster auf den Steinfußboden gesetzt und selbst letzten Herbst nach drei Wochen im Protestcamp besser ausgesehen. »Was macht ihr denn hier?«

»Was *wir* hier machen?« Theo runzelte die Stirn. Sein Ton wurde schärfer. »Was suchst *du* hier?«

»Dari.«

Das erwischte ihn kalt. »Was?«

Ich fuhr mir über die Nase und verzog das Gesicht, als ich merkte, dass sie ganz verschmiert war mit einer Mischung aus Blut und Rotz. David beugte sich vor und hielt mir tatsächlich ein Taschentuch hin.

»Dari wurde vorgestern gestohlen und Jannis und ich haben sie gesucht und dann sind wir hier gelandet«, versuchte ich mich an einer kurzen Zusammenfassung, die harmlos genug klang, dass Theo sich nicht noch weiter aufregte. Irgendwann musste ich von unserer Aktion in dem Transporter erzählen, das war mir klar, doch wenn es nach mir ging, lieber später als früher.

»Jannis ist auch hier?«

Ich nickte. »Aber wie es aussieht, hat er sich nicht schnappen lassen.« Der Spruch kam bei den beiden nicht gut an, doch die finsteren Blicke waren mir egal. Wir saßen ja alle im selben Boot. »Und warum seid ihr jetzt hier? Doch wohl sicher nicht wegen der gestohlenen Stuten, oder?«

»Doch.« David stand auf. Er war ein Stück größer als Theo und ich, deswegen musste er seinen Kopf geneigt halten. »Hast du gesehen, was die mit den Pferden machen?«

Die Bilder aus dem Stall blitzten in meiner Erinnerung auf wie Szenen aus einem Horrorfilm. Ich presste die Lippen aufeinander und nickte.

»Und weißt du, warum sie ihnen Blut abnehmen?« Als ich den Kopf schüttelte, sprach er weiter: »Das hier ist eine Stutenblutfarm. Sie gewinnen aus dem Blut der Stuten ein Hormon, das in der Schweinemast eingesetzt wird.« Als wäre ich schwer von Begriff, fügte er an: »Damit wir in Deutschland billige Koteletts essen können, saugen sie die Pferde aus wie Vampire.«

Ein paar Sekunden sagte keiner was. Theo legte eine Hand an meinen Oberarm, wohl um zu verhindern, dass ich umkippte. Unwahrscheinlich war das nicht, so sehr, wie es in meinen Ohren rauschte.

»Das … das kann doch nicht erlaubt sein.« Meine Stimme klang wie ein Krächzen.

David lachte trocken auf. »Natürlich ist das nicht erlaubt, ganz sicher nicht auf die Art, wie die das hier betreiben. Hast du die Stuten gesehen? Ein paar von denen machen es nicht mehr lange, so schwach sind sie schon. Von den Föten ganz zu schweigen.«

»Föten?«

»Ja. Die Stuten sind alle trächtig. Nur deswegen enthält ihr Blut das Hormon. Je schwächer sie werden, desto wahrscheinlicher ist es, dass sie die Fohlen verlieren.«

In meinem Kopf drehte sich alles. Das ergab doch keinen Sinn!

Theo schien zu kapieren, was ich dachte. »Bist du sicher, dass Dari hier ist? Sie ist nicht trächtig, oder? Für die Typen da oben ist sie wertlos.«

Ich fasste hinter mich und stützte mich an der Wand ab.

»Hey.« Theos Ärger war verraucht. Er legte mir den Arm um die Schultern und drückte mich. »Wenn Dari hier ist, findet Jannis sie. Er bringt sie von hier weg und holt Hilfe. Und dann sind wir schneller raus aus diesem Loch, als du gucken kannst, und der ganze Spuk nimmt ein Ende.«

Es dauerte einen Moment, bis seine Worte zu mir durchdrangen und ich es schaffte, meine Augen auf sein Gesicht zu fokussieren. »Weiß denn niemand, dass ihr hier seid?«

David zuckte mit den Schultern. »Wir mussten eine Entscheidung treffen. Wir haben den Hof schon eine Weile beobachtet, aber in den letzten Tagen ging es ein paar der Stuten immer schlechter.«

»Und deswegen …?« Ich sah zwischen ihm und Theo hin und her, und aus der Art, wie Theo die Stirn furchte, las ich, dass er mit dem, was David gleich erzählen würde, nicht einverstanden gewesen war.

»Deswegen mussten wir belastbare Beweise für die Polizei beschaffen. Theo und ich hätten nur ein paar Minuten für das Video aus dem Stall gebraucht. Schnell rein, schnell wieder raus. Wenn sie nicht zufällig ein neues Pferd gebracht hätten, hätten sie uns nicht bemerkt.«

»Stattdessen haben sie euch geschnappt und dann hier reingesteckt?« Ich rieb mir übers Gesicht. Dafür, dass sie professionelle Tierschützer sein wollten, hatten sie sich noch dilettantischer benommen als ich. »Wie lang seid ihr schon hier?«

»Seit gestern.« Theo wirkte immer noch genervt.

»Was ist mit Miri und den anderen? Machen sie sich keine Sorgen?«

»Doch, wahrscheinlich.« Theo zuckte mit den Schultern. »Aber das passiert schon mal, dass wir während einer Aktion keinen Kontakt haben. Vor morgen werden sie wahrscheinlich nicht misstrauisch werden.« Er presste die Lippen aufeinander. »Trotzdem muss das jetzt anders werden. So ein Risiko können wir nicht noch mal eingehen.«

Das war anscheinend ein Thema, das sie schon diskutiert hatten, denn David erwiderte seinen düsteren Blick und wandte sich dann ab.

Wir fuhren alle gleichzeitig herum, als der Riegel an der Falltür zurückgeschoben wurde. Jannis, zuckte es durch mein Hirn, doch als ich sah, dass der massige Typ von vorhin seinen Kopf durch das Loch steckte, drohend in die Runde guckte und eine Tüte auf den Boden warf, gefolgt von drei Flaschen Wasser, gaben beinahe meine Knie nach. Kaum war die Klappe wieder zu, fielen die Jungs über die Tüte her. Ich konnte mich nicht rühren.

Theo musterte mich scharf, dann hielt er mir zwei labbrige Scheiben Toastbrot mit doppelt Käse hin. »Du musst was essen.«

Ich schloss die Augen und nickte. Klar, er hatte recht. Es war mehr als vierundzwanzig Stunden her, dass ich eine richtige Mahlzeit gehabt hatte. Es half niemandem, wenn ich hier vor Hunger umkippte. Also griff ich nach dem Brot, biss hinein und kaute lustlos. Lecker war anders, aber immerhin machte es eine Weile satt. Nach ein paar Schlucken Wasser zog ich meine Kapuze über den Kopf, lehnte mich an die feuchte Kellerwand und schloss die Augen. Es gab nichts, was ich tun konnte. Nur warten.

Jannis

Die Zweige der Tannen schlugen mir ins Gesicht, ich fühlte, dass Dari schwer atmete, aber alles, was mir in den Ohren echote, war das Knattern der Quads. Hatten wir sie abgehängt? Wie lange würden sie uns verfolgen?

Und was sollte ich dann tun? Sollte ich einen Weg suchen und ins nächste Dorf reiten, um Hilfe zu holen? Oder sollte ich zum Hof zurückkehren, um Frida zu finden? Jetzt, wo mich die Männer gesehen hatten, waren sie vielleicht aufmerksamer. Was, wenn sie Frida schnappten?

Der Gedanke stellte mir die Haare im Nacken auf. Ich musste zurück, alles andere kam nicht infrage. Ich hatte nicht die geringste Ahnung, wo ich war. Bis ich hier ein Dorf fand oder einen Bauernhof, konnte Frida wer weiß was geschehen.

Daris Ohren zuckten nach hinten und sie spannte sich unter mir an. Jetzt hörte ich es auch: Motorengeräusch. Noch hatten wir die Quads also nicht abgeschüttelt.

Wir erreichten eine Wiese und ich galoppierte an. Je mehr Strecke wir zwischen uns und diese Typen brachten, desto besser. Ich hielt Dari so nah wie möglich am Waldrand, wo das Gras spärlich wuchs und ich es hoffentlich rechtzeitig sehen würde, wenn wir auf ein Erdloch zusteuerten.

Hinter uns krachte es, dann heulten Motoren auf. Anscheinend mussten wir uns ein bisschen mehr anstrengen, um die Männer loszuwerden. Ich trieb Dari an. Die Wiese zog sich einen Hügel hinauf und wir legten an Tempo zu.

Vor uns gabelte sich der Pfad. Jede Richtung war so gut wie die andere, deswegen lenkte ich Dari nach rechts. Wir querten den Weg und schlüpften unter die schlanken Birken, wo wir langsamer werden mussten und uns im Schritt unseren Weg durch das Unterholz suchten.

Von jedem anderen Pferd wäre ich abgestiegen, aber Dari war wie eine Pfadfinderin. Sie setzte ihre Hufe so sicher, ahnte jedes Loch im Boden, dass ich ihr nur die Richtung vorgab und sie den Weg zwischen den Bäumen hindurch finden ließ.

In einem Bogen kamen wir zurück auf den Waldweg und galoppierten wieder an. Noch immer hatten wir das Grollen der Quads im Rücken, sodass ich nach links und rechts guckte, weil ich hoffte, irgendwo ein Versteck zu finden.

In einem Tannendickicht entdeckte ich es. Ich lenkte Dari nach links, um ihr genügend Anlauf zu geben, ließ sie über den Graben neben dem Weg springen, saß ab und führte sie hinter einen hohen Holzstoß. Dort warteten wir.

Dari hörte sie natürlich vor mir. Kaum hatte ich begonnen, ihren Hals zu streicheln und ihren Widerrist zu kraulen, zuckten ihre Ohren in die Richtung, aus der wir gekommen waren. Ich hatte alle Hände voll zu tun, sie daran zu erinnern, dass ich auch noch da war, aber egal, was ich versuchte, sie warf immer wieder den Kopf hoch und tänzelte um mich herum.

»Ho«, machte ich hilflos, aber gerade interessierte sie sich gar nicht für mich, nur für die Männer mit ihren lärmenden Maschinen. Ganz spurlos waren die vergangenen Tage also nicht an ihr vorübergegangen. Mit Quads hatte sie schon schlechte Erfahrungen gemacht, und ihr Instinkt sagte ihr, dass sie fliehen musste, da konnte ich so viel versuchen, sie davon abzuhalten, wie ich wollte.

Die Motoren waren nun so laut, dass die Quads gleich hinter der Kurve sein mussten. In ihrer Panik riss Dari die Augen auf und stieg, und dann wieherte sie so flehend, dass es mir den Magen umdrehte. Das Wiehern hallte im Wald wider, das Rauschen meines Blutes in meinen Ohren war wie ein Echo.

So unwirklich es sich anhört: Im nächsten Moment spürte ich Fridas Hand auf meinem Rücken. Ich konnte ihre Wärme fühlen und kapierte, was sie mir sagen wollte. Plötzlich stand ich still. Ich atmete aus, wandte meine Augen von Dari ab und hielt den Strick so, dass er keinen Druck auf das Halfter ausübte. Und in dem Moment, als ich die Ruhe in mir fand, blieb auch Dari stehen, senkte den Kopf und schnaubte. Sie trat zwei Schritte auf mich zu und im selben Augenblick schossen auf dem Weg die Quads an uns vorbei.

Wir standen noch so da, als der Lärm längst verklungen war. Dari seufzte immer wieder und lehnte sich an mich, als wäre sie endlich zu Hause, und ich ließ meine Hand auf ihrem Widerrist liegen und war einfach nur da.

Frida

Woher Theo und David die Energie nahmen, sich zu unterhalten, wusste ich nicht. Vielleicht taten sie es auch nur, um nicht durchzudrehen. Theo hatte sich neben mich gesetzt und irgendwann den Arm um mich gelegt. Ich driftete in den Schlaf, wo verrückte Traumbilder auf mich warteten, chaotisch und in schneller Abfolge. Immer wieder fuhr ich hoch und schaute mich verwirrt um, aber das Einzige, was sich veränderte, war die Position des Schattengitters, das die Sonne auf den Fußboden warf.

Als ich merkte, dass ich keine Ruhe mehr finden würde, rieb ich mir übers Gesicht und starrte an die Wand gegenüber. Die Sonne stand jetzt schräg und malte durch das Fenstergitter hindurch langbeinige Pferde auf den groben Putz. Sie sahen aus wie diese Elefanten von Dalí, von denen hing ein Poster im Wartezimmer unserer Hausärztin. Das Schnauben der Pferde drang genauso verzerrt herunter in unser Kellerloch.

Moment. Ruckartig setzte ich mich auf. Theo sah mich fragend an. Was machten die denn da oben? Wieso führten sie die Pferde über den Hof? Das klang alles ganz anders als vorhin noch, als eine bleierne Stille über dem Gelände gelegen hatte.

»Wie lang geht das schon so?«

David sah mich an. »Was?«

»Da oben ist irgendwas los. Oder haben die gestern die Pferde auch schon umgestellt?«

Jetzt wirkte auch Theo elektrisiert. David hatte noch immer nicht kapiert, worauf ich hinauswollte, aber Theo antwortete: »Nein. Gestern war um diese Zeit Ruhe. Bis auf ein paar einzelne haben sie die Pferde kein einziges Mal aus dem Stall geholt, seit wir sie beobachtet haben.«

Ächzend kam ich auf die Füße und stellte mich vor die Fensterluke. Ich konnte nur einen sehr kleinen Ausschnitt des Hofs sehen, aber es war klar, dass ziemliche Aufregung herrschte. Die Stuten wirkten nicht nur verängstigt, sie waren auch nervös, so als würden sie die Stimmung der Männer aufnehmen.

Hatte Jannis etwas damit zu tun? Mehr als ein halber Tag war vergangen, seit ich ihn gesehen hatte, und ich hielt mich an dem Gedanken fest, dass er sich nicht hatte fassen lassen. Vielleicht hatte er Hilfe geholt … vielleicht waren die Männer aber auch meinetwegen nervös geworden. Dachten sie, ich würde zu Animal Attack gehören und es wäre nur eine Frage der Zeit, bis noch mehr von uns auftauchten? Oder wollten sie nicht das Risiko eingehen, dass jemand nachfragte, wo wir abgeblieben waren? Am Ende war das egal, denn …

Theo, der neben mir stand, sprach aus, was ich dachte. »Ich glaube, die hauen ab.«

Jannis

Wie durch ein Wunder hatten wir nach Stunden endlich den Weg zurück zum Hof gefunden. Einen Plan hatte ich deswegen noch nicht, aber Dari stand jetzt am Waldrand und ließ sich das Gras schmecken und ich hockte hier auf diesem Hochsitz und beobachtete den Hof. Ich hatte gehofft, dass ich Frida irgendwo herumschleichen sehen würde, aber bisher hatte ich keine Spur von ihr entdeckt.

Frida. Bei dem Gedanken an sie verknotete sich mein Magen. Was sollte das hier? Sie war irgendwo dort drüben und fragte sich, wo ich abgeblieben war.

Also los, redete ich mir zu. Ich hatte gerade den Fuß auf die erste Leitersprosse gestellt, als drüben auf dem Hof ratternd ein Tor aufgeschoben und ein Motor angelassen wurde. Schleunigst setzte ich mich zurück auf meinen Platz und sah zu, wie der große Transporter aus der Maschinenhalle rollte. Er parkte direkt vor einem der Ställe, gleich neben einem Viehladewagen, in dem normalerweise Kühe transportiert wurden.

An der Stalltür standen zwei Männer bereit, sie hielten jeweils ein Pferd. Eins wurde auf den Viehwagen geladen – es war dürr und sein Fell kam mir stumpf vor –, das andere in den Transporter, wo zwei weitere Typen es in Empfang nahmen.

So ging das eine Weile weiter, wobei viel mehr Pferde auf dem Viehwagen als im Transporter landeten. Die Stuten auf der Koppel, wo vorhin auch Dari gestanden hatte, ließen sie, wo sie waren.

Das Ganze ergab überhaupt keinen Sinn. Wie viele Pferde hatten diese Typen gestohlen? Dreißig? Vierzig? Und wie lange versteckten sie sie hier schon, wenn der größere Teil von ihnen aussah, als kämen sie gleich zum Abdecker? Wer transportierte Pferde überhaupt auf einem Viehhänger?

In der nächsten Sekunde sprang ich so abrupt von meinem Sitz auf, dass ich mir den Kopf an der Decke stieß. Wie blind konnte man sein? Genau das passierte hier: Sie brachten die schwächeren Pferde zum Schlachter! Aber trotzdem … warum? Warum ließen sie die Pferde hier so lange verrotten, bis sie nichts mehr wert waren?

Mir wurde ganz schlecht, wenn ich daran dachte, dass das Dari auch gedroht hätte, wenn wir sie nicht gesucht hätten. Moment … Waren wir vielleicht der Auslöser für diesen Aufbruch? Räumten die Typen den Hof, weil sie dachten, ich würde die Polizei rufen? Ich schnaubte grimmig. Das hätte ich gern getan, wenn mein Akku sich nicht verabschiedet hätte.

Was konnte ich stattdessen unternehmen? Nichts, war die nüchterne Antwort. Oder jedenfalls nicht mehr als vorhin auch schon. Wenn ich Glück hatte, waren die Typen so mit sich und den Pferden beschäftigt, dass ich Frida rausholen konnte. Und dann würde ich mit ihr und Dari irgendeinen Bauernhof oder ein Dorf suchen, von wo aus wir die Polizei verständigten. Und Mama. Und die Benekes und das Team.

Drüben am Stall war Unruhe ausgebrochen. Einer der Typen … Moment, das war wieder der, der vorhin so gut mit Dari klargekommen war! Diesmal hatte er sein Pferd nicht unter Kontrolle. Es stieg und brachte die Pferde auf dem Viehwagen ganz durcheinander. Wobei … eigentlich sah es nicht so aus, als wüsste er nicht, was er tat. Im Gegenteil, mir kam es vor, als würde er die Fuchsstute absichtlich steigen lassen, so wie Frida das manchmal mit ihren Ponys machte.

Einen Augenblick später zog er sie zur Seite, denn drei Pferde auf dem Anhänger nutzten die Aufregung und schlüpften unter der Absperrung hindurch, mit denen die beiden Männer an den Außenwänden sie auf der Ladefläche halten wollten. Trotz allem musste ich grinsen, als die Pferde im Zickzack über den Hof rannten und den zwei Männern, die gerade die Hände frei hatten, um sie einzufangen, immer wieder entwischten.

Im Wohnhaus ging die Eingangstür auf und ein Mann trat auf den Hof. Ich hätte ihn normalerweise nicht weiter beachtet, dafür war es einfach zu lustig, diesen Idioten dabei zuzusehen, wie sie die Pferde nur noch mehr in Panik versetzten. Aber dann machte mich etwas stutzig. Eine Handbewegung, ein Kopfschütteln – ich konnte es nicht benennen, doch plötzlich war ich mir sicher, dass ich den Mann kannte.

Was er den anderen zurief, verstand ich nicht, aber wie er dabei den Arm hob, rief Bilder in mir wach, die ich am liebsten vergessen hätte. So hatte er uns – Max, Linh und mir – letzten Herbst von einem Quad aus gedroht, hatte uns auf unseren Pferden damit durch die Gegend gejagt.

Das war Laßmann. Er war Verwalter auf einem großen landwirtschaftlichen Betrieb gewesen, und weil er im letzten Sommer nicht wusste, wie er eine Fuhre verunreinigtes Heu entsorgen sollte, hatte er es im Naturschutzgebiet abgeladen und damit langsam die Wildpferde von Eldenau vergiftet. Er war gefeuert worden, klar.

Anscheinend hatte er hier eine neue Möglichkeit gefunden, Pferde zu quälen.

Frida musste davon erfahren. Ohne ihre Hartnäckigkeit wäre er letztes Jahr unentdeckt geblieben, aber sie hatte gemerkt, dass mit den Koniks etwas nicht stimmte. Diesmal musste er ins Gefängnis. Er konnte nicht wieder so billig davonkommen.

Endlich hatten es die Männer geschafft, die drei Pferde in die Ecke zu drängen und wieder auf den Anhänger zu führen. Aber das war es nicht, was mich von meinen Gedanken ablenkte. Zwei der Typen hielten den, der vorhin die Fuchsstute hatte steigen lassen, an den Armen fest. Was war jetzt los?

Er wehrte sich gegen ihren Griff, als sie ihn zu Laßmann führten, und tauschte ein paar hitzige Sätze mit ihm. War Laßmann auch aufgefallen, dass er nicht unschuldig war an dem Chaos eben? Hatte er verhindern wollen, dass … was? Was hatte er vorgehabt? Wollte er Zeit schinden? Aber warum?

Ich beobachtete, wie sie ihn zu einem Anbau zogen, doch dann erinnerte ich mich daran, was im Moment wirklich wichtig war: Wie fand ich Frida? Und was konnten wir tun, um Laßmann das Handwerk zu legen?

Frida

Eine Weile hatten wir zu dritt um das Fenster gestanden und versucht, uns einen Reim darauf zu machen, was im Hof vor sich ging.

Irgendwann drehte David sich weg. »Die nehmen wirklich alle Pferde mit.« Er ließ sich an der Wand entlang auf den Boden gleiten.

Ich reckte den Hals, doch viel mehr erkannte ich trotzdem nicht. »Aber wohin wollen sie mit ihnen? Sie können sie auf die Schnelle doch nirgends unterbringen.«

»Deswegen suchen sie ja eine permanente Lösung.« David klang müde. Ich drehte mich zu ihm um und er sah mich an. »Sie vernichten Beweise.«

Ich verstand nicht. »Wie, Beweise?« Verwirrt suchte ich Theos Blick.

Ein Pferd konnte man doch nicht einfach durch den Schredder jagen wie ein paar Blätter Papier. Ein Pferd brauchte Platz und Auslauf und Futter … aber meine Gedanken prallten gegen eine Betonmauer, als ich kapierte, was Theos Gesichtsausdruck mir sagen wollte.

»Die fahren sie zum Schlachter?« Ich stolperte von Theo weg. »Nein. Nein!«

Theo fasste nach meinen Armen. »Frida. Frida! Wir wissen es nicht. Und selbst wenn … Frida!«

Aber ich schüttelte nur immer weiter den Kopf und wehrte mich gegen seinen Griff. Es musste etwas geben, was wir unternehmen konnten! Wir durften diese Pferde nicht einfach ihrem Schicksal überlassen!

Im Flur über uns brach Lärm los. Etwas prallte gegen eine Wand, jemand fluchte, aufgeregte Stimmen redeten durcheinander. Theo lauschte, aber ich kümmerte mich nicht darum. Erst als der Riegel zurückgeschoben wurde und die Falltür aufging, drehte ich mich zur Treppe um. Der massige Kerl stieß einen Jungen die Stufen herunter, von dem ich erst nicht mehr sah, als dass er groß und schlank war und dunkle Haare hatte. Eine Welle der Übelkeit schwappte über mich, bis die Erkenntnis in mein Bewusstsein drang: Das ist nicht Jannis.

Die Tür fiel wieder ins Schloss, und der Junge, der hart auf dem Boden gelandet war, rappelte sich ächzend auf. Theo ließ mich los. Ungläubig starrte ich den Jungen an.

»Jakub?«

Die Überraschung in seinem Gesicht war fast komisch. Bevor er etwas sagen konnte, stürzte sich David auf ihn und zog ihn am Kragen hoch.

»Schau mal an«, grunzte er, während er den zappelnden Jakub gegen die Wand drückte. »Das trifft sich ja. Ich wünsche mir schon lange, dass ich mal einen von euch Tierquälern in die Finger bekomme.«

»David!« Mit meinem ganzen Gewicht hängte ich mich an seinen Arm. »Er gehört nicht zu denen. Lass ihn los!«

»Doch, Frida«, kam Theos Stimme von hinten. Ich drehte mich zu ihm um. Er guckte finster. »Wir haben ihn auf Video. Er ist einer von ihnen.«

Das wurde alles immer nur noch verrückter! Jakub, der mit Kalina wochenlang auf der Oie ausgeharrt hatte, damit ihr nichts passierte … er konnte unmöglich mit solchen Verbrechern gemeinsame Sache machen. Ratlos sah ich zwischen Theo und Jakub hin und her.

Aus Jakubs Kehle drang nur ein Gurgeln, weil Davids Arm quer über seinem Hals lag. Bevor ich es verhindern konnte, holte David aus und hieb Jakub die Faust in den Bauch. Jakub stöhnte.

»Hör auf!«

Blindlings warf ich mich auf David und schubste ihn von Jakub weg. Es fühlte sich an, als würde ich auf einen Felsen prallen, so durchtrainiert war er, also hätte ich bestimmt wenig ausgerichtet, wenn er nicht so überrumpelt gewesen wäre. Verblüfft sah er mich an, dabei ließ er Jakub gerade so viel Raum, dass er unter seinem Arm hervorschlüpfen konnte. Er keuchte und stand vornübergebeugt da. Ich stellte mich zwischen ihn und David.

Erst als ich redete, merkte ich, dass ich weinte. »Hör auf«, schluchzte ich. »Das kannst du doch nicht machen. Du kannst dich nicht genauso verhalten wie diese Typen!«

Aus seiner Haltung wich ein wenig die Spannung, und sein Blick schwankte zwischen Betroffenheit und Wut, als er von mir zu Jakub sah.

Jakub hatte sich aufrecht hingestellt, rührte sich aber sonst nicht.

»Frida«, zog Theo meine Aufmerksamkeit auf sich. Während er redete, schaute er nicht mich an, sondern hielt den Blick auf Jakub gerichtet. »Wir haben ihn gesehen. Er arbeitet hier. Er gehört zu ihnen.«

»Stimmt das?«, fragte ich Jakub mit einer Stimme, die mir ganz fremd vorkam.

»Ich gehöre nicht zu denen. Ich habe den Pferden nie etwas getan.«

»Ja klar.« David schnaubte verächtlich und drehte sich weg. »Am Ende will's nie jemand gewesen sein.«

Ohne auf ihn zu achten, schüttelte ich den Kopf. Langsam, immer wieder. Jakub wich meinem Blick nicht aus, rechtfertigte sich aber auch nicht. Er ließ mich entscheiden. Ob ich ihm vertrauen wollte. Ob unsere Zeit auf der Oie etwas zählte.

Ich blickte Theo an. »Hast du ihn dabei beobachtet, wie er die Pferde geschlagen hat?«

Theo zögerte. »N…nein. Er hat … ausgemistet und gefüttert. Und hin und wieder ein Pferd auf die Koppel geführt.« Er warf Jakub einen unbehaglichen Blick zu. »Einmal ist er dazwischengegangen, als sie eine Stute vom Hänger runterprügeln wollten.«

Theos Feindseligkeit hatte sich in Luft aufgelöst, doch David gab sich noch nicht geschlagen. »Aber du weißt, was die hier machen, oder?«

Jakub sah kurz mich an, dann nickte er. »Sie verkaufen das Blut der Stuten. Für ein Medikament?« Er klang unsicher.

»Ja, für ein Medikament.« Wieder schnaubte David. »Der versucht doch nur, sich rauszureden.«

Aber genau das tat Jakub ja nicht. Ich kapierte nicht, wie er hier gelandet war und was er hier machte. Deswegen musste er es erklären.

Langsam ließ ich mich in den Schneidersitz sinken. Es hatte wenig Sinn, dass wir herumstanden, weglaufen konnte schließlich keiner.

»Wieso bist du aus Eichental abgehauen?«

David starrte mich stirnrunzelnd an, anscheinend hatte er noch nicht vor, Jakub vom Haken zu lassen. »Stopp mal! Wir sind hier noch nicht fertig! Wir wissen gar nichts über ihn. Vielleicht soll er uns aushorchen, ob wir Beweismaterial haben oder so.«

Jakub schüttelte den Kopf und setzte sich ebenfalls hin, gleich darauf auch Theo.

Er fasste zusammen: »Er hat ein Pferd gestohlen und versteckt und Frida hat die beiden gefunden. Oder?«

David hob die Augenbrauen und verschränkte die Arme.

»Ich hab es nicht gestohlen.«

»Er hat es nicht gestohlen!«, sagte ich gleichzeitig.

David grinste. »Bist du verknallt in ihn oder was?«

»Ach Mann, jetzt sei nicht immer so ätzend!«, fuhr ich auf. »Jakub, erzähl, wie es war.«

Aber so leicht machte Jakub es uns nicht. »Wie geht es Kalina?«, fragte er.

Einen Moment lang starrte ich ihn an. Dann ließ ich die Schultern sinken und nickte. »Gut. Denke ich. Ich hab sie auch seit Montagfrüh nicht mehr gesehen.«

Er lächelte schmal. Und dann erzählte er. Dass er für Bruno gearbeitet hatte, als die Diebstahlserie losging, dass er Angst um Kalina bekommen hatte, wie er sie auf die Oie gebracht und ich sie dort gefunden hatte. Wie wir gemeinsam zu Bruno gefahren waren.

»Es war noch eine von Brunos Stuten verschwunden. Tiziana. Das ist der Fuchs mit der breiten Blesse und den drei weißen Fesseln.«

»Sie ist hier?« Ich weiß nicht, warum mich das so überraschte – es war ja klar gewesen, dass die Männer hinter all den Pferdediebstählen der letzten Wochen stecken mussten.

Jakub nickte. »Es geht ihr nicht gut. Deswegen durfte sie gestern einen Tag auf die Koppel. Um sich ein bisschen zu erholen.«

Er presste die Lippen zusammen, und ich konnte nicht anders, ich streckte die Hand aus und drückte seinen Arm. David schnaufte, hielt sich aber mit einem Kommentar zurück.

»Das wusste ich natürlich noch nicht, als wir bei Bruno waren. Dann kam dieser Makler. Er will unbedingt Brunos Hof kaufen. Mir ist wieder eingefallen, wann der vorher schon mal da war. Das war, bevor die erste Stute gestohlen wurde, das weiß ich noch genau, weil … Egal. Ich weiß es eben. Und da dachte ich plötzlich: Was, wenn er dafür gesorgt hat, dass die Stuten wegkommen, damit Bruno verkauft? Was, wenn der mich zu den Dieben führen kann?«

»Deswegen bist du ihm hinterhergefahren?«

Jakub nickte. »Bruno hat dieses alte Moped in der Scheune. Das habe ich genommen. Er hat mich natürlich schnell abgehängt, aber auf seinem Auto stand der Name seines Büros. Das habe ich gesucht und dann habe ich ihn beschattet.«

Viel hatte das nicht gebracht, denn sobald der Makler mit dem Auto unterwegs war, konnte Jakub ihm nicht mehr folgen. Aber er hatte eine andere Idee: Er rief in dem Büro an und tat so, als wollte er einen Pferdehof kaufen. Die Angestellte hatte ihm bedauernd gesagt, dass der passende Hof gerade vor einigen Monaten verpachtet worden wäre.

Jakub rieb sich über das Gesicht. »Sie nannte mir den Ort. Und den kannte ich. Also bin ich hierhergefahren und habe den Hof beobachtet. Das, was im Stall passierte. Ich hatte keine Ahnung, was sie mit den Stuten machten. Das … das kam mir alles so grausam vor. Sinnlos.«

Er warf mir einen Blick zu.

»Ich hab nicht aufgepasst. Sie haben mich geschnappt und mir das Handy weggenommen, aber ich konnte mich rausreden. Ich habe behauptet, ich hätte gehört, dass sie Leute suchen, die mit Pferden umgehen können. Das haben sie mir abgekauft. Ich glaube, sie brauchten wirklich dringend jemanden, also haben sie mir gedroht, mich im Auge zu behalten, mir aber den Job gegeben. Tag und Nacht war ich mit denen zusammen. Ich wusste nicht, wie ich Beweise sammeln konnte für das, was sie machten. Erst hat mir auch keiner was erzählt, ich hab mir das nur aus einer Bemerkung hier und da zusammengereimt. Und dann seid ihr aufgetaucht.«

Er deutete mit dem Kinn auf Theo und David.

Eine Weile sagte niemand etwas.

Irgendwann fragte Theo: »Und jetzt?«

Jakub zuckte mit den Schultern. »Sie wollen weg. Solange sie hier sind, haben wir keine …«

Seine Worte drifteten in den Hintergrund, denn ich hörte von draußen eine Stimme. Ein Mann telefonierte. Er klang angespannt, und ich war mir ziemlich sicher, dass er keine Ahnung hatte, wie klar seine Stimme in den Keller getragen wurde.

»… selbstverständlich«, sagte er.

Ich stand auf und stellte mich ans Fenster, um ihn besser zu verstehen.

»Nein. Es sind … Komplikationen aufgetreten. Nichts, worüber wir uns Gedanken machen … Nein, selbstverständlich. Wir haben … Die aktuelle Lieferung ist komplett, nur für nächste Woche kann … Verstehe. Bis dahin habe ich eine Lösung gefunden. Wir bringen einen Teil der Stuten zu der Adresse, die Sie uns … Natürlich nicht. Es sind noch genügend Tiere da, um die benötigte Menge zu produzieren. Haben Sie eine Transportmög…? Ein Boot. Ja. Ja, ich verstehe.«

Ich dachte schon, der Mann vor dem Fenster wäre weitergegangen, weil ich ein oder zwei Minuten lang nichts hörte, aber anscheinend redete der Mensch, mit dem er telefonierte, nur sehr lang.

Denn irgendwann kam: »Wie vereinbart. Morgen bei Sonnenaufgang am Steg … Nein, wir lassen ihn an der Zufahrt zum Nationalpark stehen und treiben die Pferde an den Strand. Mit dem Transporter ist die Bucht nicht zu erreichen.«

Schritte verhallten. Weit entfernt fiel eine Tür ins Schloss, dann war es still.

Jannis

Dass Laßmann die Zelte abbrach, war mir jetzt klar. Und dass hier irgendwas lief, was illegal war, auch. Das hieß, sobald er die Pferde weggeschafft hatte, gab es nichts, was wir gegen ihn in der Hand hatten.

»Shit.« Ich fuhr mir durch die Haare.

Mir blieben zwei Möglichkeiten: Entweder ich suchte Frida, dann war Laßmann mit den Pferden weg, brachte sie an einem anderen Ort unter und machte einfach weiter. Oder ich hängte mich mit Dari an den Transporter und hoffte gegen alle Wahrscheinlichkeit, dass wir ihm so lange folgen konnten, bis wir wussten, wohin Laßmann wollte. Dann hatte ich keine Zeit, nach Frida zu sehen. Mich davon zu überzeugen, dass es ihr gut ging.

Der Viehanhänger rollte schon vom Hof. Ein paar der Pferde wieherten kläglich, aber die meisten schienen so schwach zu sein, dass sie die Fahrt einfach über sich ergehen ließen. Einer der Männer war damit beschäftigt gewesen, allen möglichen Krempel auf die Ladefläche des kleinen Transporters zu werfen, mit dem Frida und ich hergekommen waren. Jetzt war er fertig, schloss die Rampe und ging zum Wohnhaus, wo er an ein Fenster klopfte. Es öffnete sich, und er tauschte ein paar Worte mit Laßmann, bevor das Fenster sich wieder schloss und auch er verschwand.

Okay. Nur noch der große Transporter, dann waren alle weg. Das war der Moment, Frida zu suchen, Laßmann hin oder her.

Dari schnaubte. Ich drehte mich zu ihr um, doch da war es schon zu spät. Ein Mann mit Dreitagebart hatte sie am Halfter gepackt und grinste kalt zu mir hoch.

Ein zweiter stand am Fuß der Leiter und sagte: »Das war's für dich. Runter da.«

Einen Moment lang starrte ich ihn einfach nur an, während sich mein Puls von einer Sekunde auf die andere verdreifachte. Aber was blieb mir übrig? Ich saß in der Falle und hatte mich selber hineinmanövriert. Dari hatte den Kopf hochgerissen, aber noch war sie ruhig. Das Beste, was ich tun konnte, war, sie nicht aufzuregen, also holte ich tief Luft. Sprosse für Sprosse stieg ich von dem Hochsitz.

Der zweite Typ nahm mich grob in Empfang. Er packte mich am Kragen, zog mir das Handy aus der Hosentasche und drehte mir den rechten Arm auf den Rücken. So stieß er mich vorwärts und führte mich über das Feld zum Hof. Es war ein ziemlich weiter Weg.

Als wir nur noch ein paar Meter vom Haus entfernt waren, rief der Mann, der Dari führte: »Chef! Wir haben noch einen.«

Noch einen? Hieß das, dass sie Frida entdeckt hatten? Und noch ein Gedanke kam mir: Laßmann wusste, wer ich war. Wenn er mich erkannte, war ihm klar, dass ich ihn identifizieren konnte. Ich hatte keine Ahnung, wie weit er gehen würde, um mich zum Schweigen zu bringen, aber ich wollte es auch nicht herausfinden.

Deswegen begann ich, um mich zu treten. Ich drehte mich im Griff des Typen, auch wenn mir der Druck auf meine Schulter die Tränen in die Augen trieb.

»Halt still, Kleiner, oder ich verpass dir eine«, drohte der Mann, doch er kam nicht dazu, sondern musste Dari ausweichen. Durch meinen plötzlichen Ausbruch war sie so verunsichert, dass sie am Halfter zerrte und in einem Kreis um uns herumtänzelte. Der andere Typ fluchte und riss am Führstrick.

Die Haustür ging auf. Ich achtete darauf, dass ich mein Gesicht von Laßmann abgewandt hielt. So schwer war das nicht, denn der Typ drehte meinen Arm immer weiter, sodass ich stöhnend in die Knie ging.

»Habt ihr ihn, ja? Gut. Packt den Gaul in den Transporter, dafür kriegen wir vielleicht noch was. Den Jungen bringt zu den anderen. Und dann verschwindet.«

»Nein! NEIN!« Jetzt war es mir egal, ob Laßmann mich erkannte. Jetzt zählte nur noch Dari. Aber noch während die Tür hinter Laßmann ins Schloss fiel und mich der Typ in die Richtung des Anbaus stieß, zog der andere Dari von mir weg. Ihr Wiehern echote schrill in meinen Ohren, lauter noch als mein »Nein!«.

Frida

Wir sahen uns an. Schreie hallten im Hof wider, ein Pferd wieherte durchdringend. Nur Sekunden später waren über uns Schritte zu hören und die Schreie, leiser jetzt. Und in dem Moment erkannte ich die Stimme.

Ich sprang auf, aber ich wagte nicht, nach Jannis zu rufen. Wieder wurde der Riegel zurückgeschoben, wieder ging die Falltür auf, wieder stürzte jemand die Leiter herunter. Die Tür war noch nicht wieder geschlossen, als ich neben Jannis kniete und ihm die Haare aus dem Gesicht strich.

»Frida«, krächzte er, während er sich aufrappelte und gegen die Falltür hämmerte. »Sie haben … Dari.«

Ich griff nach der Wasserflasche, die Theo mir hinhielt, und reichte sie Jannis. Erst schüttelte er den Kopf, dann nahm er sie doch und trank. Er trat einen Schritt von der Leiter zurück.

»Bist du in Ordnung?«, fragte Theo.

Jannis schloss kurz die Augen, dann setzte er sich hin. Ich legte meine Hand auf seine Schulter.

»Was zum …«, brachte er heraus, als er Theo ansah. Sein Blick glitt durch den Kellerraum. Er registrierte David, doch dann entdeckte er Jakub. Er runzelte die Stirn.

»Bist du nicht einer von denen?«, fragte er nach ein paar Sekunden.

Jakub antwortete nicht, er schaute Jannis nur an. Ich holte schon

Luft, um Jannis auf Stand zu bringen, aber da wurden seine Augen riesig.

»Du bist Kuba«, sagte er.

»Nein«, widersprach ich leise, »das ist Jakub. Du weißt schon, von der Oie.«

»Er kam mir vorhin schon bekannt vor«, beharrte Jannis, ohne den Blick von Jakub zu wenden. »Ich hab ihn bei Marta auf Fotos gesehen. Er war im Team.«

»Ich bin Kuba.« Jakub sah mich an, und es kann sein, dass mir der Mund offen stehen blieb. »Das ist … war mein Spitzname im Team.«

»Voll die Seifenoper hier«, murmelte David.

Während mir tausend Gedanken durch den Kopf schossen, starrte ich Jakub – Kuba? – wortlos an. Aber Jannis wollte Licht in die Sache bringen.

»Damit ich das klarkriege: Du hast für Bruno Witt gearbeitet und deswegen einen der deutschen Plätze im Team bekommen, obwohl du Pole bist?«

Jakub nickte. »Halb Pole. Meine Mutter ist Deutsche.«

»Und dann bist du im Februar abgehauen, weil du um Kalina Angst hattest, und hast dich auf der Oie versteckt? Und in der Zwischenzeit hab ich deinen Platz gekriegt?«

»Sieht so aus.«

»Und was machst du hier?«

Jakub kam nicht zu einer Antwort, denn draußen klappte eine Autotür zu und ein Motor startete. Wir lauschten. Reifen rollten über Schotter, entfernten sich. Der Motor heulte auf, dann wurde er wieder leiser. Irgendwann war nichts mehr zu hören, keine Pferde, keine Stimmen, kein Auto.

»Jetzt sind alle weg«, stellte David fest.

»Und wir?«, fragte ich und biss mir auf die Lippe.

Meine Stimme hatte sich ganz wacklig angehört. Mussten wir darauf warten, dass Miri die Polizei informierte? Das konnte bis morgen dauern, vielleicht noch länger! Und solange saßen wir in diesem Loch fest?

Ich musste ziemlich kläglich aussehen, denn David sagte: »Die werden von irgendwo einen Notruf absetzen. Das sind Tierquäler, keine Killer. Wenn sie uns um die Ecke hätten bringen wollen, hätten sie uns sicher nicht durchgefüttert.«

So drastisch hätte er es nicht ausdrücken müssen, auf die Idee war ich noch gar nicht gekommen. Jetzt gingen mir ganz neue Bilder durch den Kopf.

Theo drückte meine Schulter und lächelte mich an, doch diesmal half es nicht viel. Jannis sah so aus, als hätte er noch ein paar Fragen auf Lager, aber Jakub war aufgestanden und machte sich in dem Winkel zu schaffen, der am weitesten vom Fenster entfernt lag und deswegen ziemlich dunkel war. »Frida? Hilf mir bitte mal.«

Ich schüttelte meine düsteren Gedanken ab und ging zu ihm, doch ich konnte mir nicht vorstellen, womit ich ihm helfen konnte. Er deutete an die Decke.

»Da ist ein Schlitz, aber er ist so schmal, dass meine Hände nicht reinpassen. Du musst hineingreifen und die zwei Riegel aufschieben. Dann können wir die Klappe aufmachen.«

»Welche Klappe?« Theo war zu uns gekommen und starrte wie ich in die Dunkelheit in der Ecke.

»Die zum Kartoffelschacht. Hier sind früher Kartoffeln und Rüben gelagert worden und durch den Schacht sind sie einfach in den Keller gerutscht. So musste man sie nicht tragen.«

»Woher weißt du das?«, fragte ich mit gepresster Stimme, während ich mich streckte, um den Spalt zu erreichen.

Jakub schwieg einen Moment. »Weil ich hier gelebt habe. Das ist der Hof meiner Familie.«

»Autsch! Mist.« Mein Finger war in dem schmalen Schlitz hängen geblieben, als ich mich mit einem Ruck zu ihm umgedreht hatte. Ich hatte mir den Nagel eingerissen, steckte mir den Finger in den Mund und starrte Jakub an.

Er hob die Hände, als David schon wieder auf ihn losging. »Es *war* der Hof meiner Familie, okay? Wir haben ihn verkauft. Erst müssen wir hier raus, dann erkläre ich euch alles.«

Theo hatte Davids Arm gepackt, jetzt ließ er ihn los, denn David nickte widerwillig. Einen Moment brauchte ich noch, um meine Gedanken zu sammeln, dann versuchte ich es wieder.

»Wo sind wir hier, Jakub?«, fragte ich, während ich mich Millimeter für Millimeter vorantastete. Bisher hatte ich nicht daran gedacht, Theo und David danach zu fragen. Aber nach unserer Nacht im Transporter hatte ich keine Ahnung mehr, in welchem Teil von Polen wir uns befanden.

»Ein kleines Stück hinter der Grenze. Ein paar Kilometer südlich vom Haff.«

»Was?« Jannis stellte sich neben uns. »Das heißt, Marta wohnt gerade mal eine halbe Stunde von hier?«

Aus dem Augenwinkel sah ich Jakub nicken. Im selben Moment zuckte ich zurück, weil irgendetwas über meine Hand krabbelte. Igitt.

»Ja«, antwortete er. »Wieso wisst ihr das nicht? Wie seid ihr hergekommen?«

Es klickte und etwas gab nach.

»Vorsicht!«, rief ich noch, doch die Klappe ging viel schneller auf, als ich gedacht hatte, sodass ich das Gleichgewicht verlor und auf den Boden knallte. Stöhnend rappelte ich mich auf.

»Tut mir leid. Sorry«, sagte Jakub, während er mir die Hand hinhielt, um mir aufzuhelfen.

Aber Jannis war schon neben mir und zog mich auf die Füße. Rötliches Abendlicht fiel auf die Steinplatten. Frische Luft strömte uns entgegen, während erst ich, dann nacheinander die Jungs über die Klappe nach draußen kletterten. Als Letzten zogen wir Jakub heraus.

Jannis

Wie lange Frida und ich dastanden und uns in den Armen hielten, wusste ich nicht. Ich war so froh, dass es ihr gut ging, und trotzdem hätte ich heulen können, dass ich dumm genug gewesen war, mir Dari wieder wegnehmen zu lassen. Wo war sie jetzt? Wo brachten sie sie hin? Mir wurde schwindlig, deswegen kniff ich die Augen zusammen und drückte Frida fest an mich, bis ich nicht mehr das Gefühl hatte, die Erde würde beben. Ich spürte, wie sich ihr Brustkorb langsam hob und senkte, und ihr Atem brachte mich in den Moment zurück.

Ich ließ sie los und holte tief Luft. Jakub hatte sich auf einen steinernen Trog gesetzt und rieb sich übers Gesicht, Theo und David kamen gerade aus dem Haus.

»Die Handys sind nicht …«, begann David, aber ich unterbrach ihn.

»Wisst ihr, was hier läuft? Habt ihr eine Ahnung, wohin sie die Pferde bringen?«

Theo verzog das Gesicht und sah David an. Frida griff nach meiner Hand. Nur Davids Miene blieb ausdruckslos.

»Zum Schlachter?« Ich schaute von einem zum anderen, zuletzt suchte ich Fridas Blick. »Die klapprigen vielleicht. Aber ich hab gehört, wie Laßmann meinte, für Dari kriegt er noch was.«

»Laßmann?« Frida riss die Augen auf. »Frau Jansens Verwalter?«

Klar, das hatte ich ihr ja noch nicht erzählt. Ich nickte und wandte mich an Theo und David. »Der, der die Koniks mit dem verseuchten Heu gefüttert hat.«

David schloss kurz die Augen und atmete scharf ein. »Einmal Arschloch, immer Arschloch.«

Jakub machte ein fragendes Gesicht, und Frida schien schon Luft zu holen, um ihm die Geschichte zu erzählen, aber dann schüttelte sie ganz leicht den Kopf und drehte sich zu mir. »Du meinst also, Laßmann will Dari verkaufen? Die anderen Pferde auch?«

Ich zuckte mit den Schultern. »Er hat sie aufgeteilt. Die fitteren kamen in den Transporter, die klapprigen haben sie auf einen Viehwagen verladen.«

Ich kniff die Augen zusammen. Schwarze Flecken ploppten in meinem Blickfeld auf. Es war eine Weile her, dass ich richtig gegessen und geschlafen hatte.

»Setz dich mal.« Frida drückte mich neben Jakub auf den Rand des Steintrogs und sah Theo an. »Könnt ihr das Wasser und das restliche Essen aus dem Keller holen?«

Theo nickte und er und David trollten sich. Jakub rückte ein Stück, sodass Frida sich zwischen uns setzen konnte. Sie legte einen Arm um mich und zu meinem Entsetzen schluchzte ich auf. Ich versuchte, mich zusammenzureißen, aber es half nichts. Ich klammerte mich an Frida und zuckte, als hätte mich jemand unter Strom gesetzt.

Anscheinend konnte sich Jakub das Elend nicht mit ansehen, denn er sprang auf. Doch anstatt das Weite zu suchen, lief er vor uns auf und ab. »Dieser Mann, Frida … Laßmann? Der hat was gesagt. Von einem Treffpunkt. Morgen bei Sonnenaufgang? Weißt du noch, wo das war?«

Ich spürte den scharfen Blick nur, den Frida ihm zuwarf, aber ich war ihm dankbar. Räuspernd richtete ich mich auf und wischte mir mit dem Ärmel über die Augen. Hatten wir doch eine Spur?

Ein letztes Mal drückte Frida meinen Arm, dann antwortete sie: »Ich hab das nicht ganz verstanden. Es muss in der Nähe eines Nationalparks sein, ein Strand mit einem Steg.« Sie krauste die Stirn. »Sie müssen die Pferde hintreiben, weil … wie hat Laßmann gesagt? ›Mit dem Transporter ist die Bucht nicht zu erreichen.‹«

Ich sprang so ruckartig auf, dass Frida zusammenzuckte. »Die Piratenbucht! Da bringen sie die Pferde hin!«

Frida starrte mich nur an, aber Jakub schlug sich die Hand vor die Stirn. »Eine Bucht mit einem Steg. Das muss es sein!« Klar, er kannte die Piratenbucht. Er war mit Marta und den anderen früher auch dorthin geritten.

Theo und David kamen mit zwei Wasserflaschen und einer Tüte auf uns zu.

»Wir wissen, wohin sie Dari und die anderen Pferde bringen!«, rief ich ihnen entgegen. »Wir müssen der Polizei Bescheid geben!«

Theo hielt mir ein mit Käse belegtes Brot hin. Ich nahm es, biss aber nicht hinein.

Er schüttelte den Kopf. »Dazu brauchen wir ein Telefon. Wir haben hier weder Handys noch Festnetz.«

Jakub deutete nach Norden. »Bis zum nächsten Haus sind es fünf Kilometer. Das schaffen wir zu Fuß in einer Stunde.«

»Nicht nötig.« Jetzt biss ich doch in mein Käsebrot. Mit vollem Mund sagte ich: »Wir reiten. Sie haben ein paar Pferde dagelassen.«

»Das könnt ihr vergessen«, meinte David zum ungefähr zehnten Mal.

Frida, Jakub, Theo und ich hatten uns je eine der Stuten von der Koppel geholt und bastelten uns aus Halftern und den paar Stricken, die wir fanden, behelfsmäßige Zaumzeuge. Irgendwo hatte Jakub einen Hufkratzer gefunden, den wir nun reihum reichten. Meine Dunkelbraune hob brav die Beine, aber ich merkte, dass sie rechts am Bauch kitzlig war.

»Ich setze mich auf keins von den Viechern. Und überhaupt, denkt ihr wirklich, die Polizei glaubt euch? Ihr habt einen vagen Verdacht, dafür schicken die Bullen doch kein Großaufgebot los. Es kann jede Bucht mit einem Steg von Kroslitz bis Danzig sein!«

Jakub machte sich nicht mal die Mühe, David anzusehen. »Eine Bucht mit Steg an einem Naturschutzgebiet. Vielleicht gibt es bei Danzig noch eine, aber nicht innerhalb von hundertfünfzig Kilometern von Kroslitz.«

»Wissen die Bullen das auch?«

Jakub zuckte mit den Schultern, doch auch wenn mir klar war, dass David nur Schiss hatte, sich auf ein Pferd zu setzen, brachten mich seine Worte ins Grübeln. Was, wenn er recht hatte? Was, wenn die Polizei uns nicht glaubte? Dann verloren wir nicht nur Zeit. Wir würden das Treffen von Laßmann und seinen Hintermännern verpassen, und damit hätte ich jede Chance verspielt, Dari jemals wiederzusehen.

»Und was ist mit dir?«, versuchte es David nun bei Theo. »Geht es jetzt nur noch um diese eine Stute? Was ist mit den Schlachtpferden? Wer kümmert sich um die?«

Theo wirkte schuldbewusst, aber völlig richtig stellte er fest: »Von hier aus können wir überhaupt nichts machen. Polizei oder nicht, erst mal brauchen wir ein Telefon. Worauf willst du warten? In einer Stunde wird es dunkel.«

Theo hatte recht. Je schneller wir jemandem Bescheid geben konnten, desto besser. Den Gedanken an Mama und welche Sorgen sie sich wahrscheinlich machte, verdrängte ich schleunigst.

Ich öffnete das Gatter und führte meine Stute hinaus. Frida folgte mir mit ihrem Fuchs. Sie war in den letzten Minuten sehr still gewesen, aber ich merkte, dass sie mir immer wieder einen prüfenden Blick zuwarf. Ich lächelte ihr zu. Ich war in Ordnung. Wir hatten einen Anhaltspunkt. Das war alles, was ich brauchte.

Theo kam gerade hinter Frida durchs Gatter, als wir alle erstarrten und uns im nächsten Moment umdrehten. Ein Auto rollte die Auffahrt herauf und hielt auf dem Hof. Ich keuchte, als ich es erkannte. Es war unser Auto. Und Kamil saß am Steuer. Seine Tür flog auf.

»Kamil …«, begann ich, aber er sah mich gar nicht.

Als er ausstieg und auf uns zurannte, hatte er nur Augen für Jakub. Er sprang über den Zaun, sodass Jakubs Schimmel einen Satz nach hinten machte, und sagte etwas auf Polnisch. Jakub nickte und dann umarmten sie sich. So standen sie erst mal da und der Rest von uns sah zu. Aus dem Augenwinkel bekam ich mit, dass Marta, Ola und Tomek aus dem Auto gestiegen waren.

Jakubs Stute schnaubte und das holte Kamil und Jakub aus ihrer Starre. Jakub löste sich von Kamil und wischte sich über die Augen. Marta und ein paar Sekunden später auch Ola und Tomek gingen auf ihn zu. Marta zögerte einen Moment, dann fiel sie Jakub um den Hals. Ihr Rücken bebte, als er die Arme um sie legte.

Kamil holte tief Luft, dann kam er zu Frida, Theo und mir herüber. »Ich muss dir was erklären«, begann er.

Da war ich ganz seiner Meinung.

»Jakub ist mein kleiner Bruder.«

Bäng, das saß. Kamil sagte bestimmt noch etwas anderes, ich sah, dass sich seine Lippen bewegten, aber diese Info allein ließ mein Hirn heiß laufen. Ich fing Fridas Blick auf. Sie wirkte genauso entgeistert. Mühsam konzentrierte ich mich wieder auf Kamil.

»… ihm Essen gebracht, und in der Zwischenzeit wollte ich herausfinden, wer wirklich hinter den Diebstählen steckt. Letztes Wochenende ist er verschwunden, ich konnte ihn nicht erreichen und da …« Erst jetzt schien ihm aufzufallen, dass wir hier mit fremden Pferden standen und anscheinend noch was vorhatten. »Wo wollt ihr hin?«

»Wir reiten zur Piratenbucht und holen Dari zurück.«

Fridas und Theos Köpfe fuhren zu mir herum. In dem Moment sahen sie sich irre ähnlich, mit dieser verblüfften Miene, die sich gleichzeitig in etwas anderes, Entschlosseneres verwandelte.

»Was?« Kamil drehte sich zu Jakub um, der zu uns gekommen war. »Woher …? Und wieso …?«

»Keine Zeit jetzt«, meinte er. »Jannis' Pferd, Tiziana und ein paar andere sollen mit einem Boot über die Ostsee weggebracht werden. Die Übergabe ist an der Piratenbucht. Wenn wir jetzt losreiten, schaffen wir es rechtzeitig bis Sonnenaufgang.«

»Können wir dann?«

Ich drehte mich zu der Stimme in meinem Rücken um. Marta und Ola hatten sich die übrigen Stuten von der Koppel geholt und führten sie an den Zaun, um aufzusteigen. Einen Augenblick später saßen sie auf den Pferden, Jakub schwang sich auf seinen Schimmel.

Ich starrte in die Runde. Sie kamen mit mir. Sie halfen mir, mein Pferd zu retten.

Marta schnaubte. »Guck nicht so belämmert. Ola und mir haben sie auch ein Pferd geklaut.«

Langsam hoben sich meine Mundwinkel, ich konnte spüren, wie sich meine Stirn zum ersten Mal seit Stunden glättete.

Kamil trat einen Schritt auf mich zu. »Jannis, warte. Ich muss dir …«

»Ich will ja nicht drängeln, Leute«, fiel ihm David ins Wort. »Aber wenn ihr nicht sofort verschwindet, war's das mit eurer Rettungsmission.«

Er deutete zur Auffahrt, über die gerade ein Streifenwagen zum Hof heraufkam.

Frida drehte sich zu Theo um. »Bleib du hier und klär das mit der Polizei.«

Theo schüttelte den Kopf. »Auf keinen Fall! Spinnst du? Ich lass euch doch nicht allein durch die Nacht reiten!«

»Ihr seid volljährig! Auf euch hören sie!«, beharrte sie. »Wenn wir es nicht rechtzeitig schaffen, dann muss wenigstens die Polizei alles versuchen!« Etwas ruhiger schob sie hinterher: »Ihr habt jetzt ein Auto. Versucht, die Schlachtpferde zu finden. Und sag Mama und Papa Bescheid, ja?«

»Leute«, drängte David, als Autotüren ins Schloss fielen. »Macht euch vom Acker.«

Tomek streckte Theo auffordernd die Hand hin. Erst nach einem Moment kapierte Theo, dass er die Führstricke seiner Stute hineinlegen sollte, und tauschte einen Blick mit Kamil. Er zögerte kurz. »Kommst du klar?«, fragte er Frida dann.

Sie lächelte ihn an. »Ja.«

Er hielt ihr eine Hand hin, sodass sie leichter aufsteigen konnte. Kaum saß sie auf dem Rücken des Fuchses, warf sie mir einen Blick zu, der mich fast in die Knie gehen ließ. Sie würde klarkommen. Mit mir. Für mich.

»Hallo?«, rief eine Stimme vom Hof her.

Kamil suchte Jakubs Blick. »Seid vorsichtig.« Als Jakub nickte, streckte Kamil die Hand aus und drückte sein Knie. »Dann holt euch die Pferde zurück.«

Frida und Theo lächelten sich zu. Er drückte ihr den Beutel mit dem letzten Essen in die Hand. Ich stieg auf, dann wendeten wir die Pferde und ritten an der Rückseite der Maschinenhalle entlang zur Wiese. Die Pferde schnaubten aufgeregt, und immer wieder brach eines aus der Linie aus, aber hinter uns blieb alles ruhig, und ein paar Minuten später verschwanden wir im Schatten des Waldes.

Frida

Rechts und links von uns ragte schwarz der Wald auf. Die Bäume waren so hoch, dass kaum ein Lichtstrahl zu uns herunterdrang. Die wenige Helligkeit schien sich auf dem weißen Fell von Jakubs Stute zu sammeln. Immerhin war sie am Anfang unserer Prozession gut zu sehen, während alles andere zu Schatten vor noch dunkleren Schatten geworden war.

Ich merkte, dass ich die Zähne zusammenbiss, und atmete tief aus, um meine Anspannung zu verringern. Die Wärme der Stute unter mir hätte mich beruhigen sollen, aber so viel hing davon ab, dass unser Ritt gelang, dass es mir schwerfiel, ganz im Moment zu sein.

Über unseren Köpfen rauschte der Wind in den Baumkronen, aber hier unten war außer den Hufen der Pferde auf dem Weg nur hin und wieder der Ruf eines Nachtvogels zu hören oder leises Rascheln im Unterholz. Die Luft war stickig, doch vielleicht war es einfach nur die Anspannung, die mir auf der Brust lag.

Der Pfad machte eine leichte Biegung, und plötzlich kam es mir so vor, als würde es heller werden.

»Schau«, flüsterte Jannis neben mir, und wirklich: Vor uns tat sich eine Lücke zwischen den Bäumen auf, durch die das Mondlicht seinen Weg zu uns fand. Es sah aus wie ein silbernes Tor, und so zauberhaft es hätte sein können, plötzlich waren auch die Bäume voneinander zu unterscheiden. Dürr und tot starrten sie in den Himmel. Ich fröstelte.

Eins der Pferde fiel in Trab. Ich reckte den Kopf und erkannte, dass Marta mit ihrem Fuchs zu Jakub aufschloss. Sie unterhielten sich leise.

Ich sah zu Jannis hinüber. Jetzt konnte ich auch wieder sein Gesicht erkennen. Grimmig hielt er den Blick auf Jakubs Rücken gerichtet, so als müsste er um jeden Preis verhindern, ihn aus den Augen zu verlieren. Von seiner Euphorie vorhin bei unserem Aufbruch war nichts mehr zu spüren. Seit ich ihm erklärt hatte, welche widerliche Machenschaften wir auf dem Hof aufgedeckt hatten, war seine Stimmung düster.

»Hey.« Ich streckte die Hand nach ihm aus. Nach einer Sekunde schien er zu bemerken, dass ich etwas gesagt hatte, und drehte den Kopf zu mir. Er nahm meine Hand und drückte sie, bevor er sie wieder losließ. »Wir werden es schaffen. Wir sind rechtzeitig da.«

Er wandte sich wieder nach vorn. »Dazu müssten wir mal Tempo zulegen.«

Endlich hatten wir den Waldrand erreicht und ritten zwischen den letzten Baumgerippen hindurch hinaus ins Mondlicht. Ich lächelte schwach, als wir gleichzeitig aufatmeten und unsere Pferde schnaubten.

Als hätte Jakub Jannis gehört, drehte er sich auf seiner Schimmelstute zu uns um. »Das dunkelste Stück haben wir hinter uns. Der Weg führt jetzt mindestens fünf Kilometer kerzengerade am Haff entlang. Wir müssen schneller werden, sonst schaffen wir es nicht bis Sonnenaufgang. Wenn eure Pferde ins Schwitzen kommen, sagt was. Wir dürfen sie nicht überanstrengen.«

Neben mir schnaubte Jannis ungeduldig. Jakub galoppierte seinen Schimmel an, wir folgten. Ein paar Minuten brauchten wir, um uns auf den ungewohnten Galopp einzustellen, aber dann konnte ich sehen, dass die anderen entspannter saßen. Die Pferde rannten jetzt ruhiger.

Mir kam es vor, als würde meine Stute nicht oft im Gelände galoppieren, denn sie suchte die Nähe von Jannis' Dunkelbrauner und gab erst nach einer Weile den Rücken her. Aber vielleicht lag ihre Unsicherheit auch an der allgemeinen Aufregung, an unserer Anspannung, die die Pferde natürlich mitbekamen.

Ich flüsterte ihr aufmunternd zu und strich ihr immer wieder über den Hals, um ihr zu zeigen, wie gut sie es machte. Langsam wurde sie locker, schnaubte und drehte immer wieder die Ohren zu mir.

Der Wind hatte aufgefrischt und auch die letzten Wolken nach Osten geschoben, sodass wir im Licht des Vollmonds viel besser sahen, wo wir unterwegs waren. Wie Jakub gesagt hatte, zog sich der Weg schnurgerade am Ufer entlang. Rechts von uns erstreckten sich Wiesen und Äcker, links glitzerten Sterne auf der schwarzen Wasserfläche des Haffs. Es war hier so breit, dass es in der Dunkelheit unendlich wirkte, wenn nicht hin und wieder am westlichen Ufer ein Lichtschein aufgeblitzt wäre – vielleicht von einem Auto oder einer Straßenlaterne.

Ich fragte mich, ob uns jemand sah, und wenn ja, was er dachte. Ob er uns für Gestalten aus einem Traum halten würde, schweigende Reiter auf ungesattelten Pferden, oder ob er seinen Augen trauen und sich fragen würde, wohin wir ritten. Ich kam mir selber unwirklich vor, je länger wir unterwegs waren, je länger wir unseren eigenen Gedanken nachhingen und nur unser Atmen und die Hufschläge der Pferde auf dem Boden uns im Jetzt festhielten.

Einmal durchquerte der Weg ein Dorf. Hier gingen wir Schritt, ließen die Pferde ausruhen und an einem Brunnen trinken. Auch jetzt redeten wir nicht, stattdessen blickte ich mich um. Die Häuser wirkten heruntergekommen, nur hier und da sah ich eine Pension, die renoviert und frisch gestrichen war. Doch ob es nur das bleiche Mondlicht war, das alles so verloren wirken ließ, konnte ich nicht sagen.

Als ich mich umdrehte, hielt Jakub Marta im Arm und strich ihr tröstend über den Rücken. Ich hielt nach Jannis Ausschau, der schon vor ein paar Minuten um eine Hausecke verschwunden war. Ich hatte nicht bemerkt, dass er zurück war und sich auf eine kleine Gartenmauer gesetzt hatte. Als ich zu ihm ging, sah er nicht auf, sondern starrte weiter ins Nichts.

Ich setzte mich und nahm seine Hand. Jetzt schien er endlich von dem Ort zurückzukommen, an dem er in Gedanken gewesen war. Er holte tief Luft und verflocht seine Finger mit meinen. Langsam malte er mit dem Daumen Kreise auf meinen Handrücken.

»Wenn … wenn wir sie nicht finden …«, fing er an, aber ich ließ ihn nicht ausreden, sondern drückte seine Hand, so fest ich konnte.

Erschrocken sah er auf. Ich hielt seinen Blick fest. »Wir finden sie.«

Nach einem sehr langen Moment sagte er: »Okay.« Er lächelte mich an und zog mich auf die Füße. »Komm. Wir müssen weiter.«

Zwei Minuten später waren wir wieder unterwegs, flüchtig wie Geister, und galoppierten kurz hinter dem Dorf an. Die Kilometer flogen unter den Hufen der Stuten dahin, doch es war, als kämen wir kaum von der Stelle.

Im Osten färbte sich der Horizont rot.

Jannis

In dem Ort, bei dem der Weg endete, brannte schon Licht in einer Backstube, und wir kratzten ein paar Zlotys und Euros zusammen, um dem verdutzten Bäcker die ersten Brötchen abzukaufen. Als er unsere Geschichte hörte – genau konnte ich nicht sagen, was Marta ihm knapp erzählte –, machte er große Augen und gab uns auch noch ein paar Äpfel für die Pferde mit und zwei Tafeln Schokolade.

Nun übernahm Marta die Führung. Wortkarg gab sie die Richtung vor. Wir folgten einer Straße, auf der schon die ersten Autos unterwegs waren, und überquerten im Gänsemarsch eine Brücke über den Fluss. Alle waren erleichtert, als wir nach ein paar Hundert Metern die Straßenseite wechselten und in einen Feldweg einbogen.

Wieder herrschte Stille um uns herum. Das Schwarz des Himmels hatte sich in ein mattes Dunkelgrau verwandelt, aber noch war die Sonne nicht zu sehen. Trotzdem war es eine fast körperliche Erleichterung, als Marta das Signal zum Galopp gab. In schlechten Momenten hatte ich das Gefühl, in einem Albtraum gelandet zu sein, für immer in dieser Nacht festzustecken, mit dem immer gleichen Wechsel von Wasser, Wiesen und Wald um uns herum. Ich konnte kaum erwarten, endlich den Strand zu erreichen, und die Angst, dass wir zu langsam sein könnten, dass wir zu spät kamen, trieb mir den Schweiß auf die Stirn.

Marta führte uns durch ein Labyrinth aus Feldwegen, die in

unmöglichen Winkeln voneinander abgingen. Die gerade Route querfeldein trauten wir uns nicht zu nehmen, aus Angst, in der Dunkelheit Löcher im Acker zu übersehen, in die die Pferde treten konnten.

Die ständigen Tempiwechsel – gestreckter Galopp auf den geraden Stücken, versammelter Galopp in den Kurven – waren nach der langen Nacht anstrengend zu reiten, und auch die Pferde fingen an zu schwitzen, sodass wir ein besonders unübersichtliches Stück im Schritt gingen. Es kostete mich meine ganze Selbstbeherrschung, meine Ungeduld nicht an der dunkelbraunen Stute auszulassen.

Als wir auf einen Wald zuritten, drehte Marta sich zu uns um. »Das ist das letzte Stück. Wenn wir die Bäume hinter uns haben, sind wir am Strand. Und dann ist es nicht mehr weit bis zur Bucht.«

Martas Ankündigung bereitete mich nicht darauf vor, dass sich der Wald scheinbar endlos hinzog. Er wirkte freundlicher als die Fichtenplantage, durch die wir am Anfang geritten waren, aber zwischen den Buchen stieg Dunst auf, sodass ich die Orientierung verlor. Waren wir noch in die richtige Richtung unterwegs? Auch hier verliefen die Wege kreuz und quer und in der morgendlichen Stille hallten die Schritte der Pferde in meinen Ohren wider. An manchen Stellen war der Nebel so dicht, dass Marta und Jakub, nur ein paar Meter vor uns, darin verschwanden. Die Feuchtigkeit perlte von den Mähnen der Stuten und kroch mir in die Knochen. Hin und wieder fröstelte Frida, also ging es ihr nicht besser.

Einmal hob Marta den Arm, und wir hielten an, um eine Wisentherde vorbeiziehen zu lassen. Fast lautlos tauchten die massigen Tiere aus dem Nebel auf. Ihr Atem hing in Wölkchen um ihre Köpfe, als die Kühe ihre Kälber durch das Dickicht führten.

So wenig Notiz sie von uns zu nehmen schienen, war ich doch froh, dass sie hinter einem stabilen Zaun waren, der den Pfad von ihrem Gehege trennte. Tomeks Stute tänzelte und prustete aufgeregt, aber er schaffte es, sie zu beruhigen, und so konnten wir nach ein paar Minuten weiterreiten. Das vermutete ich, angefühlt hatte es sich wie zwei Stunden.

»Riechst du das?«, flüsterte Frida, als wir mal wieder zum Schritt gewechselt waren, diesmal ohne dass ich sagen konnte, warum.

Doch dann merkte ich es auch: Die Luft hatte sich verändert, war würziger geworden. Ich schmeckte das Salz auf meiner Zunge. Ich drehte den Kopf zu Frida und für einen Moment erlaubte ich mir ein Lächeln. Doch dann merkte ich, wie mein Gesicht erstarrte.

»Was ist?« Fridas Lächeln gefror.

»Deine Haare …«

Stirnrunzelnd betrachtete sie ihre Locken, und es dauerte einen Moment, bis ihr aufging, was ich meinte: Das Rot war anders als in der Nacht gut erkennbar. Ohne dass wir es gemerkt hatten, war die Dämmerung gekommen. Wir tauschten einen Blick, aber Martas Stimme holte uns aus unserem Schreck.

»Wir sind fast da. Hier geht es steil nach unten, dann sind wir am Strand.«

Sie sagte es nicht, aber wir wussten alle, dass wir auf dem Pfad aufpassen mussten. Nach der schlaflosen, anstrengenden Nacht waren nicht nur die Pferde müde, sondern wir genauso.

Doch es ging alles gut. Der Weg führte in Serpentinen die Steilküste hinunter, und jetzt hatte der anbrechende Tag etwas Gutes: Wir sahen, wohin die Pferde die Hufe setzten.

Unten angekommen teilten wir uns die Schokolade und das

restliche Wasser, das wir noch dabeihatten, und verfütterten die Äpfel an die Pferde. Frida betrachtete die Stuten mit einem besorgten Ausdruck, und mir war auch klar, dass wir sie an ihre Grenzen brachten. Aber das ließ sich jetzt nicht ändern. Uns blieben vielleicht noch fünfzehn Minuten bis Sonnenaufgang. Ich hoffte, dass Laßmanns Hintermänner nicht überpünktlich waren.

Kaum saßen wir wieder auf den Pferden, hielten wir in gerader Linie auf den Felsen zu, hinter dem die Piratenbucht lag. Ein letztes Mal galoppierten wir an, aber wie anders war dieser Ritt als der Ausflug vor ein paar Wochen! Immer wieder stolperte eins der Pferde vor Müdigkeit, doch wir konnten sie nicht schonen.

Rechts von uns war ein früher Jogger unterwegs. Seine zwei Hunde flippten bei unserem Anblick aus und rasten auf uns zu. Frida fluchte unterdrückt, aber die Pferde ließen sich nicht verunsichern. Als würden sie spüren, dass sie es fast geschafft hatten, legten sie ein letztes Mal an Tempo zu. Wir fegten über den Sand wie ein Wirbelsturm, und das schien die beiden Hunde so zu beeindrucken, dass sie winselnd zu ihrem Herrchen zurückliefen.

Der Wind, der uns in der Nacht genützt hatte, weil er die Wolken wegblies, sodass der Mond uns den Weg leuchtete, war stärker geworden und wühlte das Wasser auf. Die Ostsee traf in schäumenden Wellen auf den Strand, sodass unterhalb des Turmfelsens nur ein schmaler Sandstreifen blieb, den immer nur ein Pferd passieren konnte.

Meine Geduld war aufgebraucht. Dari war – hoffentlich – keinen Kilometer entfernt, also nahm ich alles zusammen, was noch an Energie und Kraft in mir war. Meine Stute spitzte die Ohren. Mir kam es vor, als würde sie tief Luft holen, dann spürte ich den Schub aus ihrer Hinterhand. Ihre Galoppsprünge verlängerten sich und nach ein paar Sekunden zogen wir erst an Ola und Tomek, dann an Marta und Jakub vorbei. Wir waren die Ersten am Turmfelsen, aber ich hörte ein zweites Pferd atmen, seine Hufschläge wie ein Echo auf dem Sand. Frida war uns gefolgt.

Wasser spritzte auf, als sie ihre Stute aufschließen ließ. Sie scherte sich nicht darum, dass sie nass wurde, sondern hielt den Blick geradeaus gerichtet, auf den Felsvorsprung, der uns die Sicht auf die Piratenbucht verwehrte. Seite an Seite, unsere Knie so nah zusammen, dass sie sich immer wieder berührten, schossen wir um die Felsnase herum.

Auf uns wartete pures Chaos.

Das Boot, das die Stuten fortbringen sollte, hatte schon an dem kurzen Steg festgemacht und die Gangway ausgelegt. Es schaukelte auf den Wellen, aber ansonsten lag es still. Vielleicht fiel mir das deswegen so sehr ins Auge, weil sich alles andere bewegte. Die Pferde wirkten wie eine brodelnde Masse. Sie stemmten die Beine in den Boden und wichen vor dem Steg zurück, ein paar stiegen. Die Männer wedelten mit den Armen, schwangen Stricke, wichen Hufen aus. Über allem lag höllischer Lärm: gebrüllte Befehle, Schmerzensschreie, Flüche und das schrille Wiehern aus einem Dutzend Pferdekehlen.

Es dauerte einen Moment, bis ich Dari entdeckte. Sie war auf der gegenüberliegenden Seite des Stegs, am weitesten von uns entfernt, und wehrte sich gegen einen Typen, der an ihrem Halfter zerrte. Sie hatte ihn schon dreißig, vierzig Meter von den anderen weggezogen und sah nicht so aus, als würde sie demnächst klein beigeben.

»Dari«, schrie ich über den Lärm hinweg. »Dari!«

Ihre Ohren zuckten und drehten sich in alle Richtungen. Anscheinend konnte sie bei dem Durcheinander nicht heraushören, woher meine Stimme gekommen war.

»Dari!«, rief ich wieder.

Endlich wandte sich ihr Kopf zu mir. Ein Ruck ging durch ihren Körper und sie hielt still. Der Typ war überrascht davon, dass der Zug auf dem Führstrick plötzlich nachließ, und er stolperte rückwärts. Daris Kopf wurde herumgerissen, aber im selben Moment sprang sie in den Galopp, und die Wucht der beiden Bewegungen sprengte den Panikhaken an dem Strick. Sie war frei!

Doch das hieß nicht, dass sie zu mir gelangen konnte. Sie reckte den Hals und suchte meinen Blick, doch jeder Ausweg, den sie sah, wurde ihr sofort wieder von einem der Männer oder einer Stute versperrt. Die Typen waren völlig überfordert, und je mehr die Pferde sich wehrten, desto weiter drifteten sie auseinander. In ihrer Verwirrung wich Dari immer wieder zurück, bis sich das nächste Hindernis auftat.

»Hol sie.« Frida musste schreien, damit ich sie hörte.

»Was?« Ich sah sie an.

»Hol Dari da raus.« Sie nickte mir zu, wartete aber nicht darauf, dass ich antwortete, sondern trieb ihre Stute an. Und dann ritt sie mitten in das Chaos hinein.

Frida

»FRIDA!«

Jannis und Jakub schrien gleichzeitig, aber ich ließ mich nicht beirren. Wenn ich nachdachte, würde ich vielleicht umdrehen, und das durfte ich nicht. Wir waren nur Kinder auf Pferden. Wenn wir den Männern Gelegenheit gaben, sich von der Überraschung zu erholen, dass wir wie aus dem Nichts aufgetaucht waren, hatten wir verloren. Also mussten wir die Verwirrung aufrechterhalten, solange wir konnten.

Ich hörte, dass mir jemand folgte, aber im nächsten Moment war das nebensächlich, weil ich mich mitten zwischen Menschen und Pferden wiederfand. Woher meine Stute das Vertrauen nahm, mich in das dichteste Getümmel zu tragen, wusste ich nicht, aber ich war ihr unendlich dankbar. Wo immer sich eine Lücke auftat, drängten wir uns hindurch. Rechts und links von uns wurden Wutschreie laut, deswegen vermutete ich, dass die anderen es genauso machten, aber ich hatte keine Zeit zu gucken. Die Hauptsache war, dass wir Jannis und Marta genug Luft verschafften, ihre Pferde in Sicherheit zu bringen. Alles andere mussten wir abwarten.

Es war seltsam. Je wütender sich die Männer anhörten, desto mutiger wurde ich. Immer enger wurden die Kurven, die ich mit meiner Stute ritt, immer weniger Abstand hielt ich zu den Männern.

Einer der Typen ließ sich nicht von uns stören, sondern riss immer weiter am Halfter einer Fuchsstute, mit dem Ende der Führkette schlug er auf sie ein. In meinen Ohren rauschte es. Ich schloss die Beine um meine Stute und sie machte einen Satz auf ihn zu. Zu spät merkte er, was ich vorhatte, sodass ich ausholen und ihm mit Schwung in die Rippen treten konnte. Dem Mann entwich ein pfeifendes Geräusch, und in der Sekunde, in der er die Führkette locker ließ, griff ich nach dem Halfter der Fuchsstute und öffnete den Haken. Einen Moment später begriff sie, dass sie frei war, wendete auf der Hinterhand und preschte davon. Aus dem Augenwinkel sah ich Ola, die mit mörderischer Miene auf einen Mann zuritt, der seine Jacke um den Kopf einer Schimmelstute gewickelt hatte und sie auf den Steg zwang.

Links von mir hörte ich ein Grunzen und fuhr herum. Keine drei Meter entfernt rang Jakub mit einem Typen, der ihn vom Pferd gezogen hatte. Von seinem Schimmel war nichts mehr zu sehen. Ich drehte meine Stute zu Jakub um, und auch diesmal half ein heftiger Tritt, um den Mann aus dem Gleichgewicht zu bringen. Dabei erwischte ich seinen Kopf, und anscheinend wurde er einen Moment lang ohnmächtig, denn er sank über Jakub zusammen und drückte ihn auf den Boden.

»Mach schon!«, rief ich und hielt ihm eine Hand hin.

Keuchend und mit rotem Kopf wand sich Jakub unter dem Körper des Typen hervor, der sich schon wieder rührte und versuchte, sich auf Armen und Knien aufzustützen. Eine Sekunde später war Jakub auf den Beinen, griff nach meiner Hand und zog sich hinter mir auf den Pferderücken.

Einen Augenblick lang lief alles wie in Zeitlupe ab. Ich sah die einzelnen Wassertropfen aufspritzen und im ersten Sonnenlicht funkeln, als Ola ihre Stute zwischen einen der Männer und einen

Apfelschimmel drängte, der rückwärts ins Meer wich. Sand stob auf und zeichnete Schlieren in die Luft, als ein dunkler Fuchs elegant auf der Hinterhand kehrtmachte und in Richtung der Felsen davonschwebte. Tomek tanzte mit seiner Stute in Kreisen um einen der Männer herum. Ein Mann auf dem Boot am Anleger hob und senkte die Arme, und kurz hatte ich den Eindruck, als wollte er das Durcheinander hier am Strand dirigieren.

»Vorsicht!«, brüllte mir Jakub ins Ohr, und das brachte mich wieder ins Jetzt. Er streckte ein Bein aus und hielt einen der Typen davon ab, auf uns loszugehen.

Ich konnte Jakub spüren, seine Oberschenkel an meinen, seine Brust an meinem Rücken, seinen Arm um meinen Bauch. Wir mussten wie eins auf der Stute sitzen, damit sie tun konnte, was nötig war.

Ich verlagerte mein Gewicht und fühlte, wie seine Bewegung der meinen folgte. Die Stute drehte sich nach links. Dort, hinter Tomek und seinem tanzenden Pferd, holte gerade ein Mann mit einem langen Stock zum Schlag aus. Ich drückte meine Schenkel gegen den Bauch der Fuchsstute und aus dem Stand rannte sie los. Jakub feuerte sie an.

Jannis

Es war wie verhext. Genauso wenig wie Dari es schaffte, zu mir zu kommen, fand ich eine Lücke, um zu ihr zu gelangen. Die Dunkelbraune merkte, dass ich nicht bei der Sache war, sondern ständig einen Weg zu Dari suchte, und wurde immer nervöser. Aber sobald ich dachte, ich hätte eine Möglichkeit gefunden, und sie in diese Richtung drehte, schob sich ein anderes Pferd dazwischen und versperrte uns den Weg. Es war wie »Das verrückte Labyrinth« mit Pferden.

Aus den Augenwinkeln bekam ich mit, dass Frida, Jakub und die anderen ganze Arbeit leisteten und immer wieder dazwischengingen, wenn einer der Typen zu grob wurde mit einer Stute.

»Jannis!«

Ich drehte den Kopf in die Richtung, aus der die Stimme gekommen war. Nach einem Augenblick entdeckte ich Marta, die es geschafft hatte, sich aus dem Durcheinander zu befreien, und jetzt ein gutes Stück abseits von uns stand. Das war schlau, sie hatte sich anscheinend gar nicht erst in das Getümmel gestürzt, sondern war einfach außen herumgeritten. Jetzt winkte sie und deutete aufs Wasser hinaus. Bevor ich erkennen konnte, was sie mir zeigen wollte, fiel mein Blick auf ein bekanntes Gesicht.

Ich dachte nicht lang darüber nach, was ich tat, sondern steuerte auf Laßmann zu. Er hatte einen seiner Männer am Kragen gepackt und brüllte ihn an.

Wie aus dem Nichts scheute die Dunkelbraune und warf sich so ruckartig herum, dass ich mich gerade noch auf ihrem Rücken halten konnte. Doch die Bewegung machte Laßmann auf uns aufmerksam. In einer Schnelligkeit, die ich einem so alten Mann nicht zugetraut hätte, packte er meine Jacke und zerrte mich vom Pferd. Ich lehnte mich noch in die andere Richtung, aber ich war zu sehr aus dem Gleichgewicht, um ihm etwas entgegenzusetzen.

Der Aufprall tat weh. Einen Moment lang konnte ich nicht atmen, aber Laßmann zog mich schon auf die Füße, drehte mich um und schlang mir einen Arm um den Hals. Als ich wieder zu Atem kam, wehrte ich mich gegen seinen Griff, doch ich kam nicht dagegen an. Er schnappte sich mein rechtes Handgelenk und drehte mir den Arm so weit auf den Rücken, dass mir die Tränen in die Augen schossen.

»Du hältst jetzt still und gehst brav zum Steg und dann zum Boot. Verstanden?«, zischte er.

»Ja«, presste ich durch zusammengebissene Zähne hervor.

Um uns herum herrschte ein solcher Tumult, dass niemand von uns Notiz nahm, als er mich hindurchschob. Ich suchte nach irgendeinem Ausweg, aber ehrlich gesagt waren die Schmerzen in meiner Schulter so heftig, dass in meinem Hirn nicht viel Platz für anderes blieb. Ich presste die Lippen aufeinander, um nicht immer wieder aufzustöhnen, und setzte einfach einen Fuß vor den anderen, bis wir an der Reling des Bootes angekommen waren. Von Deck starrte uns ein kleiner, dunkelhaariger Mann mit Markensportkleidung entgegen.

»Da lang.« Laßmann gab mir einen Stoß und beförderte mich auf die Gangway. Beim nächsten Stoß verlor ich das Gleichgewicht. Er ließ mich los, ich landete hart auf dem feuchten Boden des Bootes und knallte mit der Stirn so heftig gegen die gegenüberliegende Reling, dass mir schwarz vor Augen wurde. Einen Moment blieb ich benommen liegen. Ich hörte Fridas Stimme, doch ich verstand nicht, was sie schrie.

Der Boden unter mir erbebte, und erst dachte ich, ich würde mir das Dröhnen einbilden, aber dann kapierte ich, dass wir uns bewegten. Die Panik schnitt durch den Nebel in meinem Kopf.

»He!«, sagte ich, während ich mich auf die Füße stemmte. »He, was soll das? Lassen Sie mich vom Boot runter!«

Laßmann und der andere Mann stritten sich so laut, dass sie gar nicht mitbekamen, dass ich etwas gesagt hatte. Immer schneller entfernten wir uns vom Steg, wo jetzt Frida und die anderen standen. Jakub hielt Frida fest, doch ich hatte keine Zeit, genau hinzusehen.

Es gab noch zwei andere Männer auf dem Boot, die ich zuerst gar nicht bemerkt hatte. Aber klar, irgendjemand musste diesen Kahn ja steuern und Laßmann und der Dunkelhaarige waren weiter mit sich selber beschäftigt.

Ich merkte, wie schwer ich atmete. In Panik durfte ich nicht geraten, sonst war ich schneller weg vom Fenster, als ich gucken konnte. Langsam schob ich mich in Richtung Brücke und achtete darauf, mich nicht ruckartig zu bewegen, damit ich Laßmann und den anderen nicht auf mich aufmerksam machte.

Ich erreichte einen Verschlag, in dem große weiße Boxen mit roten Deckeln standen. Sie hatten Schnappverschlüsse aus Metall und auf ihren Fronten waren Eiskristallsymbole aufgeklebt.

Mir lief es kalt den Rücken hinunter. Darin war das Stutenblut! Die Stuten hatten sie nicht mitnehmen können, aber mit dem Blut verdienten sie bestimmt ein Schweinegeld.

Ein wahnwitziger Gedanke schoss mir durch den Kopf. Ich warf einen Blick über die Schulter. Die Typen stritten sich immer noch, sie waren beide ganz rot im Gesicht. Wenn ich die Boxen öffnen und den Inhalt in die Ostsee werfen könnte, dann würde ich ihnen die Tour vermasseln.

Langsam streckte ich die Hand aus, griff hinter mich und bekam eine Box auf Schulterhöhe zu fassen. Die Verschlüsse waren tatsächlich nicht abgeschlossen. So leise wie möglich klappte ich den ersten, den ich in die Finger bekam, nach oben, dann tastete ich mich zu dem daneben vor. Auch den machte ich auf.

Jetzt musste ich näher an die Kiste heran. Ich trat einen Schritt nach hinten, dann noch einen. Den Blick hielt ich, so gut es ging, auf die Männer gerichtet, aber irgendwie schaffte ich es, den Deckel aufzuklappen. Eiseskälte schlug mir entgegen. In der Box konnte ich Plastikbeutel erkennen, die mit roter Flüssigkeit gefüllt waren. Ich holte tief Luft, packte einen davon und schleuderte ihn über Bord. Auch ein zweiter und ein dritter verschwanden im Wasser, bis sich Laßmann suchend nach mir umsah.

Zwei Beutel schaffte ich noch, dann war er bei mir, griff mir in die Haare und zerrte mich aus dem Verschlag.

»Du Arsch«, keuchte ich.

Ich trat ihm so fest auf den Fuß, dass er scharf die Luft einsog und den Schwall an Schimpfwörtern, mit dem er mich bedachte, kurz unterbrechen musste. Ich holte mit dem Ellbogen aus und schaffte es irgendwie, ihn Laßmann in die Rippen zu rammen, aber das änderte nichts an seinem harten Griff. Er wankte fluchend und zog mich mit sich. Während ich mich wand und nach ihm trat, versuchte ich, seine Hand aus meinen Haaren zu lösen, aber er packte nur immer fester zu. Wieder probierte ich es mit dem

Ellbogen, aber im selben Moment – was genau passierte, weiß ich nicht, es ging alles zu schnell – glitt er auf einer feuchten Stelle aus und verlor das Gleichgewicht. Wir prallten gegen die niedrige Reling, und obwohl ich noch die Hände ausstreckte und nach Halt suchte, kippte ich nach hinten. Laßmann brüllte auf, dann ließ er meine Haare los.

Das Wasser der Ostsee schlug über mir zusammen. Einen Moment lang konnte ich mich nicht bewegen, ob vor Schreck oder wegen der Kälte, die mir noch schlimmer vorkam als die in der Kühlbox.

Dann kam die Panik. Ich fing an zu strampeln und mit den Armen zu schlagen, aber ich wusste nicht, wo unten und oben war, ob ich nur immer tiefer unter Wasser geriet oder näher an die Oberfläche. In meinen Ohren rauschte das Blut und ich konnte das Licht nicht sehen. Nur Dunkelheit.

Frida

»Oh Gott, Jannis! JANNIS!«

Die Sekunden, in denen er über Bord ging und untertauchte, spielten sich wie in Zeitlupe vor mir ab. Was dann passierte, weiß ich nicht mehr genau, ich brüllte nur immer wieder seinen Namen, hörte von fern Daris schrilles Wiehern, fühlte Arme um mich, starke Arme, die mich festhielten und verhinderten, dass ich etwas tun konnte, mir den Rettungsring am Steg griff und hinausschwamm ... Wir mussten zu ihm, mussten etwas unternehmen, aber die ganze Zeit kämpfte ich nur gegen diese Arme an, die Augen auf die Stelle gerichtet, wo ich Jannis zuletzt gesehen hatte und wo jetzt nichts mehr war ...

»Frida!« Die Stimme hallte in meinem Kopf wider. Hände packten meine Oberarme und schüttelten mich. »Frida, guck mich an!«

Das konnte ich nicht! Begriff er es denn nicht? Wenn ich wegsah, fanden wir Jannis nie wieder!

Aber die Hände drehten mich so weit herum, dass ich die Stelle aus den Augen verlor. Fluchend wandte ich den Kopf und blickte Jakub ins Gesicht.

»Frida, schau hin«, sagte er jetzt. »Schau, was passiert.«

Ich hatte keine Ahnung, was das bringen sollte, und als ich mich zum Wasser wandte, ergab das, was ich sah, zuerst auch gar keinen Sinn. Doch dann kapierte ich, dass da nicht ein Boot davonfuhr und Jannis einfach zurückließ, sondern zwei. Das zweite, kleinere war weiß und blau und jagte hinter dem grauen her, auf dem Laßmann war.

Und dann entdeckte ich das dritte. Es war weiß und rot und es hielt auf den Strand zu. Nein, nicht auf den Strand! Jetzt erkannte ich es. Zwei der Leute in dem Boot beugten sich über den Rand. Und dann zogen sie Jannis aus dem Wasser.

»Geht es ihm gut?«, fragte ich, doch niemand antwortete mir.

Da stand jemand in dem Boot auf und winkte mit beiden Armen zu uns herüber. Jemand mit langen schwarzen Haaren. Linh?

»Linh!«, schrie ich, aber natürlich konnte sie mich nicht hören.

Dafür hielt sie die Daumen in die Höhe.

»Was heißt das? Heißt das, es geht ihm gut?« Ich drehte mich zu Jakub und merkte erst jetzt, dass ich mich an seinem Arm festgeklammert hatte. Um uns herum standen Marta, Ola und Tomek. Keiner sagte etwas, sie starrten alle weiter hinaus aufs Wasser.

Als ich mich wieder zu Linh wandte, erkannte ich, wer neben ihr saß. Es war Jannis. Jemand legte ihm eine goldene Rettungsdecke um die Schultern.

Meine Beine gaben unter mir nach. Ich blieb auf dem Steg sitzen, bis das Rettungsboot herankam und sie Jannis an Land hievten. Er schlotterte unter seiner blöden Decke, aber das war mir egal. Ihm auch, denn er streckte die Arme nach mir aus und zog mich an sich.

Ich ließ ihn erst wieder los, als aus dem aufgeregten Schnauben und Wiehern, das ich mit halbem Ohr wahrgenommen hatte, Hufklappern wurde. Wir sahen auf. Dari hatte sich getraut und lief den Steg entlang auf Jannis zu, so sehr hatte sie ihn vermisst. Jannis lachte auf und küsste ihre Nase.

Was in den nächsten Stunden passierte, fanden Jannis und ich nie ganz heraus. Als die Küstenwache auftauchte und klar war, dass Laßmann sich absetzen wollte, ließen seine Lakaien die Pferde Pferde sein und rannten in alle Richtungen davon. Wir bekamen das gar nicht mit, denn irgendjemand brachte Jannis eine trockene Hose, dann fing eine Sanitäterin an, ihn zu untersuchen. Sie leuchtete ihm in die Augen und horchte ihn ab, bis er ihr dreimal versicherte, dass alles in Ordnung war. Linh und Max organisierten uns Sandwiches und zwei Becher mit Tee, dann ließen sie uns allein.

Ohne ein Wort zu sagen, standen wir vom Steg auf und traten auf den Sand. Dari folgte uns.

Gemeinsam wankten wir über den Strand, so schnell es Jannis' Zittern zuließ. Am Fuß der Steilküste setzten wir uns in einen Flecken Sonnenschein. Jannis hob einen Zipfel der Decke an und ich schlüpfte darunter und schlang meine Arme um ihn. Dann wartete ich darauf, bis die Wärme in seine Haut zurückkehrte und das Beben in seinem Körper aufhörte. Ich glaube, hin und wieder hob ich auch den Kopf und küsste ihn, aber es war eine feuchte Angelegenheit mit meinen Tränen und dem Salzwasser, das aus seinen Haaren tropfte.

Dari leistete uns Gesellschaft, und nach und nach kamen auch die anderen Stuten zu ihr, die in der abgeschiedenen Bucht ja nirgendwohin konnten. Als sich ihre Aufregung legte, fingen sie an, sich gegenseitig zu kraulen. Es waren friedliche Geräusche, das Atmen und Schnauben und die Huftritte auf dem weichen Sand, und sie übertönten die Betriebsamkeit, die vorne am Steg herrschte.

Unter meiner Hand schlug Jannis' Herz ruhig und gleichmäßig.

Sein Kopf lehnte an meinem, und irgendwann spürte ich, dass sein Atem langsamer floss. Ich drehte meine Nase in seine Halsbeuge und mit dem Geruch nach Meerwasser, Pferd und Jannis schlief ich ein.

Jannis

»He, ihr zwei, aufwachen.«

Neben mir rührte sich Frida und brummte, aber ich konnte nicht sagen, woher die Stimme gekommen war. Ich musste sie geträumt haben.

»Frida, Jannis. Es ist Zeit. Wir fahren nach Hause.«

Fridas Hand glitt über meinen Bauch, dann murmelte sie: »Was?« Etwas deutlicher sagte sie: »Mama? Papa!«

Es raschelte, als sie sich von mir wegdrehte, und im selben Moment vermisste ich ihre Wärme. Widerwillig machte ich die Augen auf. Vor mir hockte Robert und lächelte mich schief an. Frida hatte die Arme um ihre Mutter geschlungen und über ihre Schulter musterte mich auch Kristin.

»Warum«, fragte sie in einem Ton, der wie ferne Gewitterwolken am Horizont klang, »könnt ihr nicht einfach mal ins Freibad einbrechen wie normale Kinder?«

Frida gluckste erstickt und lehnte sich zurück. »Wir haben Dari gerettet!«, protestierte sie schwach.

Kristin schnaufte. »Ja, und noch drei Dutzend andere Stuten. Wir haben's gehört. Aber mit mehr Glück als Verstand! Glaubt bloß nicht, dass da das letzte Wort schon gesprochen ist.« Sie griff nach Fridas Kinn und sah ihr in die Augen.

Frida nickte. Dann beugte sie sich zu Robert und umarmte ihn ebenfalls. Er zog sie hoch.

Kristin hielt mir die Hand hin und irgendwie schaffte ich es auf die Beine. Nach drei Sekunden drehte sich auch nicht mehr alles.

»Keine Probleme?«, fragte sie. »Kopfschmerzen, Übelkeit? Kreislauf?«

Ich schüttelte den Kopf. »Alles okay. Ich brauche nur was anzuziehen.«

»Ich glaube, dein Shirt ist fast trocken. Und im Auto haben wir eine Decke.« Sie legte den Arm um mich und seufzte. »Ach, Jannis … Komm, lass uns fahren. Wir haben mit der Polizei gesprochen, ihr dürft nach Hause.«

»Wo ist Mama?«, fragte ich und sah mich um. Die Sonne stand hoch am Himmel und blendete mich, sodass ich die Augen zusammenkneifen musste. Bis auf Dari waren alle Pferde verschwunden und vorn am Steg standen nur noch drei Leute herum. Auch Max, Linh und die anderen waren nicht mehr da. Wir liefen auf die schmale Stelle unter dem Felsen zu. Dari trottete neben mir her.

Ich stutzte, als ich Kristins Zögern bemerkte, und sah ihr ins Gesicht.

»Es ist alles in Ordnung«, sagte sie nach einem Moment. »Sie ist auf dem Carlshof, aber sie darf noch nicht Auto fahren.« Als ich sie immer panischer anstarrte, erklärte sie: »Sie hat einen Schlag auf den Kopf bekommen und war eine Zeit lang bewusstlos. Es geht ihr gut. Florian musste sogar den Autoschlüssel verstecken, damit sie nicht herkommen konnte. Sie wartet auf dich.«

»Aber … aber einen Schlag auf den Kopf? Von wem?«

Kristin atmete aus. »Von Laßmanns Spitzel in eurem Springteam. Es hat sich herausgestellt, dass er ihm auf den Höfen, wo ihr wart, immer wieder Tipps gegeben hat, welche Stuten gestohlen werden sollten. Bei Ola hatte er anscheinend noch nicht genug.

Durch Zufall hat Eva ihn auf frischer Tat ertappt. Da hat er zugeschlagen und ist verschwunden.«

»Und hat sie einfach liegen lassen?« Kälte schoss durch mich hindurch. Sie hatte nichts mit dem Wind zu tun, der unter die Rettungsdecke fuhr. »Wer? Wer war der Typ?«

»Ich glaube, sie sagten, er hieße André.«

»Fabians Pferdepfleger?« Ich starrte sie mit offenem Mund an, doch sie zuckte nur mit den Schultern.

»Ihr kriegt alle Antworten, die ihr wollt, Jannis. Aber erst bringen wir euch nach Hause.«

Meine Gedanken drifteten zu Max und seinem Verdacht, Kamil könnte etwas mit den gestohlenen Pferden zu tun haben, weil er an der Quelle saß. Wie falsch er lag, obwohl er in manchem trotzdem recht gehabt hatte. Kamil hatte die ganze Zeit nur versucht, seinem Bruder zu helfen und zu verhindern, dass noch mehr Pferde verschwanden. Und er allein hatte André unter Verdacht gehabt.

Kristin und Robert führten uns die Steilküste hinauf zu einem Parkplatz, wo Linh und Max, Marta, Ola, Tomek und Jakub auf uns warteten. Sie sahen so fertig aus, wie ich mich fühlte. Das schlechte Gewissen durchzuckte mich, denn während Frida und ich den halben Tag verschlafen hatten, hatten sie sich mit der Polizei, der Küstenwache und dem Transport der Pferde herumschlagen müssen.

Frida und ich gingen auf die sechs zu und umarmten sie alle nacheinander.

Ich lächelte Marta an und deutete auf den Hänger hinter ihr. »Ist das eurer?«

Sie nickte. »Wir haben die Pferde bei uns auf dem Hof untergebracht, bis die Polizei herausfindet, wem sie gehören. Alle bis auf Dari.«

Sie grinste, als Dari hinter mich trat und den Kopf auf meine Schulter legte.

»Danke, dass ihr euch um alles gekümmert habt.« Frida hatte anscheinend dieselben Gewissensbisse wie ich.

Ich nickte und sah von Marta zu den anderen, aber alle winkten ab.

Bevor noch jemand etwas sagen konnte, drängte Kristin zum Aufbruch. »Linh, Max, ihr fahrt bei Bruno und Jakub mit. Sie nehmen euch nachher mit nach Eldenau, wenn sie nach Kalina sehen.« Jetzt erst entdeckte ich den alten Mann, der ein Stück entfernt an einem Hänger lehnte. »Frida, Jannis, los, ladet Dari auf. Ihr seht euch alle am Montag wieder.«

»Am Montag?«, fragte Frida überrascht, aber die Art, wie Kristin den Kopf schief legte, war Zeichen genug, dass wir schleunigst machten, was sie sagte.

Frida

Ostern verbrachten Jannis und ich und – von dem, was ich hörte – auch Eva hauptsächlich im Bett. Mama und Papa verschonten mich mit ihrer Standpauke, bis ich ausgeschlafen hatte, aber dann hatten sie eine ganze Menge über Verantwortungsbewusstsein, Vorsicht und Vertrauen zu sagen. Es gab nicht viel, was ich dagegenhalten konnte, ich wusste selber, dass wir Mist gebaut hatten. Aber Dari und die anderen Stuten waren in Sicherheit. Und das musste als Rechtfertigung reichen.

Wie Mama gesagt hatte, trudelten im Lauf des Montagnachmittags eine Menge Leute bei uns ein. Linh zuerst, dann Eva, deren weißes Pflaster auf der Stirn schon von Weitem leuchtete, Jannis, Max und Florian. Kamil hatte das Osterwochenende mit Jakub bei ihrer Mutter verbracht und auf dem Weg hierher hatten sie Marta, Ola und Tomek eingesammelt. Als Letzter klingelte David, grinste, und als er mit zwei riesigen, in Papier gewickelten Büscheln an mir vorbei in den Flur ging, klopfte er mir auf die Schulter.

Weil wir gar nicht alle ins Esszimmer passten und der Nachmittag sonnig und fast windstill war, hatten Luise, Theo und Simon auf der Terrasse eine riesige Tafel aufgebaut. Der Tisch bog sich unter Hefezöpfen, bunten Eiern, Schinken, Rhabarberkuchen und frischem Brot.

Linh und ich standen ein bisschen abseits und beobachteten die anderen, wie sie sich begrüßten und umarmten, als hätten sie sich alle seit Monaten nicht gesehen. Es hatte so viel auf dem Spiel gestanden, und obwohl es zwischendrin so hoffnungslos aussah, war alles gut gegangen. Das konnte man schon mal feiern.

Ich musste breit grinsen, als ich David dabei beobachtete, wie er einen Strauß Narzissen auswickelte und ihn Hilda überreichte, die vor Freude ganz rot wurde und seine Wange tätschelte.

»Ob die wohl nachhaltig angebaut wurden?«, flüsterte Linh mir zu, und wir lachten auf.

In der hinteren Ecke der Terrasse steckten Max und Kamil die Köpfe zusammen. Sie sahen ernst aus, während Max redete wie ein Wasserfall. Kamil presste immer wieder die Lippen aufeinander, sagte aber nichts.

Linh stupste mich an und deutete auf die beiden. »Max wollte Kamil von seinem Verdacht erzählen und sich entschuldigen.«

Ich brummte. »Wie es aussieht, hat er keine Zeit verloren.«

Max hatte aufgehört zu reden und sah Kamil erwartungsvoll an. Wir atmeten beide auf, als Kamil schließlich nickte und Max auf den Rücken klopfte.

Jakub und Marta standen Schulter an Schulter und unterhielten sich mit Jannis, Ola und Tomek. Jannis ließ sich bestimmt berichten, was am Freitag an dem Strand in der Piratenbucht passiert war und wie es den Stuten mittlerweile ging. Gut, dann würde ich das später auch erfahren.

»Er ist echt süß«, sagte Linh leise, und als ich nicht reagierte, schob sie hinterher: »Dein Jakub. Kuba. Oder wie auch immer.«

Ich versuchte, nicht zu grinsen. »Mhm. Aber er ist nicht mein Jakub. Eher Martas Kuba.«

Linh hielt mit ihrem Grinsen nicht hinter dem Berg. »Und ist das schlimm?«

»Nein.« Mein Blick wanderte weiter zu Jannis, der gerade laut lachte. Als würde er ihn spüren, schossen seine Augen kurz zu mir herüber. Heute leuchteten sie schon wieder hellgrün, von Müdigkeit war keine Spur übrig. Ich lächelte. »Nein, das ist nicht schlimm.«

Linh schaute mich an. »Ich bin echt froh, dass dir nichts passiert ist.«

Ich sah ihr in die Augen. »Ja. Das war knapp. Und ohne euch …« Wieder guckte ich zu Jannis. »Ich bin so froh, dass ihr die Küstenwache alarmiert habt.«

Von seinem Handy aus hatte Kamil Linh und Max informiert, wo wir die Übergabestelle vermuteten und dass Jannis und ich mit Jakub und den anderen dorthin unterwegs waren. Zu dem Zeitpunkt hatten Mama und Papa schon Himmel und Hölle in Bewegung gesetzt, um uns zu finden, trotzdem dauerte es eine Weile, bis die Polizei die Geschichte glaubte. Vielleicht ärgerten sie sich auch, dass Kamil uns über das Kennzeichen des Transporters aufgespürt hatte und nicht sie. Der Transporter hatte seiner Familie gehört, und das Kennzeichen war immer noch dasselbe wie damals, als er und Jakub auf dem Hof gelebt hatten.

Linh fiel mir um den Hals und drückte mich fest, aber da klingelte es. Weil sonst niemand reagierte, machte ich mich von ihr los, wischte mir über die Augen und lief zur Haustür.

Bruno Witt stand davor.

Ich war so überrascht, dass ich ihn erst mal nur anstarrte. Als er mich anlächelte, sagte ich: »Bruno, hallo. Komm doch rein.«

»Hallo, Pferdemädchen.« Er hielt mir die Hand hin.

Ich griff danach und schüttelte sie, dann gingen wir nebeneinander den Flur hinunter. Ich hörte, wie er heftig schluckte.

Als ich ihn ansah, glänzten seine Augen. »Du hast meine Stuten nach Hause gebracht. Danke.« Und dann legte er einen Arm um meine Schultern und drückte mich.

Bei Jannis und mir traf das ja fast zu, aber auch bei den anderen hätte man denken können, dass sie seit Tagen nichts gegessen hatten. Die Sonne schien, die Bienen summten und hier auf der Terrasse klirrte Besteck, wurde gelacht und wild auf Deutsch und Polnisch durcheinandergeredet.

Während die Essenberge kleiner wurden, erfuhren wir nach und nach, was letzte Woche alles passiert war, während Jannis und ich wahlweise im Transporter, im Keller oder im Bett gewesen waren. Theo, Kamil und David hatten es dank Kamils Ortskenntnissen geschafft, die anderen Pferde zu finden und vor dem Schlachter zu retten.

Laßmann und sein Auftraggeber waren auf dem Boot festgenommen worden und saßen jetzt in Untersuchungshaft. Dass Jannis es nicht geschafft hatte, alle Blutbeutel in die Ostsee zu werfen, war jetzt ein Segen, denn sie würden wichtige Beweismittel in einem Prozess sein.

Jakub hatte sich wohl auch schon bei Peter Strohwein gemeldet und ihm sein Verschwinden erklärt. Als er das erzählte, glitt mein Blick zu Jannis. Ich war gespannt, welcher der beiden in Zukunft den Platz im Team haben würde. Doch falls Jannis dieser Gedanke auch durch den Kopf ging, ließ er sich nichts anmerken.

Irgendwann waren nur noch Krümel übrig. Ein paar einsame Schokoladeneier rollten zwischen leeren Tassen herum, und die Lautstärke hatte deutlich abgenommen, als alle in ihren Stühlen hingen und sich zufrieden den Bauch klopften. Über uns auf dem Dachfirst sang eine Amsel und nach und nach wurden alle ruhig und lauschten.

In die plötzliche Stille hinein räusperte sich Eva. Sie wirkte noch ein bisschen blass um die Nase, aber ansonsten tatkräftig wie immer. »Ich habe nachgedacht. Dazu hatte ich in den letzten Tagen ja Zeit«, ihre Hand fasste zu dem Pflaster auf ihrer Stirn, und sie lächelte verschmitzt, »und auch wenn das Denken noch ein bisschen mühsam ist, glaube ich, dass ich eine ganz gute Idee hatte.«

Florian lächelte sie an und Jannis lehnte sich in seinem Stuhl nach vorn. Er warf mir einen schnellen Seitenblick zu und zwinkerte.

»Bruno«, fuhr Eva nach einer effektvollen Pause fort, »ich wollte dich um einen Gefallen bitten. Der Carlshof läuft, aber er läuft nur deswegen, weil Jannis viel mehr mitarbeitet, als ein Fünfzehnjähriger das sollte.«

Sie sah Jannis an und für einen Moment wurden ihre Augen feucht. Unter dem Tisch griff ich nach Jannis' Hand.

»Deswegen möchte ich dir gern eine Stelle als Trainer bei uns anbieten.« Ein Raunen lief um den Tisch. »Außerdem brauche ich einen Ausbilder, wenn auch mein zweiter Vorschlag angenommen wird.«

Sie suchte Jakubs Blick. Er saß beinahe am anderen Tischende und verstand im ersten Moment gar nicht, dass sie ihn meinte. Mit großen Augen starrte er sie an.

»Jakub«, sagte Eva, »wenn du willst, dann mach deine Ausbildung auf dem Carlshof zu Ende.«

Einundzwanzig Augenpaare richteten sich jetzt auf Jakub. Nach einer Schrecksekunde sprang er auf, lief um den Tisch und hielt Eva die Hand hin. »Das will ich. Danke. Das will ich wirklich.«

Als sein Blick auf Bruno fiel und der ihm zunickte, machte er ein komisch stotterndes Geräusch, dann schluchzte er auf. Bruno stand auf, ging zu ihm und nahm ihn in die Arme.

Jannis sah mich an. »Fängst du jetzt auch an zu heulen?«

»Ich glaube schon.« Ich lachte auf und zog ein Taschentuch aus meiner Hose. Dann lächelte ich ihn an. »Sieht so aus, als hätten sich einige unserer Probleme gelöst. Wenn ihr jetzt einen Azubi *und* einen Trainer habt, können wir im Sommer ja vielleicht wirklich wegfahren.«

Sein Blick glitt über mein Gesicht. »Den Gedanken hatte ich auch schon, als Mama mir von ihrer Idee erzählt hat.« Und dann beugte er sich vor und küsste mich, und um den Tisch herrschte so ein Hurra, dass niemand es mitbekam.

Jannis

Es war friedlich im Stall. Die drei anderen Stuten dösten, ihr Atem ging ruhig und tief. Ich hatte die Arme um Frida geschlungen und das Kinn auf ihre Schulter gelegt. Ihre Wärme machte mich schläfrig, gleichzeitig war ich hellwach.

Noch vor einer Stunde hatte in der Box vor uns Betriebsamkeit geherrscht. Bruno und Jakub hatten versucht, Kalina die Geburt so einfach wie möglich zu machen. Als es dann so weit gewesen war, ging alles ganz schnell, und innerhalb von Minuten war ein hübsches braunes Hengstfohlen auf der Welt.

Jetzt stand Jakub links von uns und Bruno auf der rechten Seite, und gemeinsam sahen wir zu, wie Kalina ihrem Sohn beim Aufstehen half. Die dünnen Beine wollten ihn noch nicht richtig tragen, sodass er Mal um Mal raschelnd im weichen Stroh landete.

Aber er gab nicht auf. Vielleicht wurde langsam der Hunger zu groß, jedenfalls schien der Kleine all seine Entschlossenheit zusammenzunehmen und stemmte sich erst mit den Hinterbeinen, dann mit den Vorderbeinen hoch. Schwankend blieb er stehen, während ihm Kalina über den Rücken leckte.

»Brav«, flüsterte Jakub, und Frida streckte den Arm aus und drückte seine Schulter. Den ganzen Tag und die halbe Nacht war er vor Aufregung kaum ansprechbar gewesen, aber als das Fohlen auf dem Weg war, kam seine Ruhe zurück. Er war Kalina nicht von der Seite gewichen.

Der kleine Hengst wagte seine ersten Schritte. Verwundert guckte er sich um, so als könnte er nicht glauben, dass er das aus eigener Kraft geschafft hatte. Einmal half Kalina noch nach und stupste ihn in die richtige Richtung, dann hatte er die Zitzen gefunden und fing an zu trinken.

»Hat sie gut gemacht«, stellte Bruno fest.

Neben uns lächelte Jakub, doch er sagte nichts. Sein stilles Strahlen leuchtete auch so den halben Stall aus.

Die Milch schien dem Fohlen gutzutun. Schon nach wenigen Minuten stand es viel stabiler auf seinen Streichholzbeinen. Es wagte sich sogar ein paar Schritte von Kalina weg, drehte den Kopf zu uns und guckte uns neugierig an. Der Stern und die kleine Schnippe zwischen den Nüstern gaben ihm ein vorwitziges Aussehen. Ich hatte das Gefühl, dass Bruno und Jakub mit dem Kleinen ziemlich viel Spaß haben würden.

Bruno stieß sich von der Boxenwand ab. »Zeit fürs Bett. Die beiden brauchen Ruhe.«

Frida seufzte. Ein bisschen widerwillig ließ ich sie los, aber sie griff gleich wieder nach meiner Hand. Zusammen mit Jakub und Bruno gingen wir zur Tür. Frida knipste das Licht aus und schloss den Stall ab. Einen Moment lang lauschten wir noch, dann drehten wir uns zu den anderen.

Im Osten färbte sich der Horizont orange und über uns verblassten die letzten Sterne. Bruno, Jakub und ich brachten Frida zur Haustür, dann winkten die beiden und verdrückten sich Richtung Torbogen. Ich machte einen Schritt auf Frida zu und küsste sie.

»Wir könnten nachher ausreiten«, schlug ich nach einer Weile vor. »Oder vielleicht fahren wir nach Buddenwalde und essen ein Eis. Irgendwas Ungefährliches. Was meinst du?«

»Hm. Klingt langweilig. Ich finde, wir sollten uns umhören. Vielleicht gibt es irgendwelche Verbrechen, die aufgeklärt werden müssen.«

Ich grinste. »Kann es sein, dass deine Abenteuerlust unersättlich ist?«

Sie zuckte mit den Schultern. »Bin eben auf den Geschmack gekommen.«

Sie küsste mich noch einmal und hörte erst damit auf, als vom Torbogen ein höfliches Räuspern kam.

»Bis später«, flüsterte sie.

»Gute Nacht«, antwortete ich und wandte mich zum Tor. Aber was ich dachte, war: bis später, bis morgen, bis nächste Woche und jeden Tag darüber hinaus. Der Frühling lag vor uns, ein ganzer Sommer und danach ein goldener Herbst. Noch einmal drehte ich mich zu Frida um und winkte ihr zu. Ich hatte alles, was ich brauchte. Und morgen wartete schon.

Natural Horsemanship gegen Turniersport:

ISBN 978-3-7348-5038-7

ISBN 978-3-7348-5039-4

ISBN 978-3-7348-5040-0

Wind, Meer und Weite – für Frida gibt es nichts Schöneres, als mit ihrem Pony Liv durch die Wellen zu galoppieren. Sie kann einfach nicht verstehen, was Jannis daran findet, sein Pferd jedes Wochenende auf Turnieren über Hindernisse zu jagen. Jannis belächelt Frida dafür, dass sie so gar keinen Ehrgeiz hat beim Reiten – er und seine Stute Dari sind ein Topteam auf dem Springplatz. Doch dann beginnt Dari, sich zu verändern, und Jannis stellt fest, dass ausgerechnet Frida einen echten Draht zu seiner Stute hat. Gemeinsam versuchen sie, Dari zu helfen. Aber dann geraten auch noch das alljährliche Strandderby und die Wildpferde von Eldenau in Gefahr …

Natürlich magellan©

FSC www.fsc.org MIX Papier aus verantwortungsvollen Quellen FSC® C083411

Wir pflanzen Bäume Für unsere Umwelt www.magellanverlag.de

FAIR PRODUZIERT www.magellanverlag.de

Hergestellt in Deutschland
Gedruckt auf FSC®-Papier
Lösungsmittelfreier Klebstoff
Drucklack auf Wasserbasis

1. Auflage 2020

Umschlaggestaltung: Christian Keller unter Verwendung
von Motiven von iStock / AsyaPozniak / anttoniu / Extezy / subjob
Druck: CPI, Leck
ISBN 978-3-7348-5041-7

www.magellanverlag.de